U0681646

作家身份与城乡书写

吴妍妍 著

中国社会科学出版社

序

范培松

在师从我的博士生中，吴妍妍属于优秀的学术尖子。

刚入学时，她两耳不闻窗外事，整天埋头书本苦读。我一方面为她的勤奋所感动，但另一方面担心她三年博士下来，不要变成一个书呆子。入学不久，我的担心就被证明是多余的。在一次我所组织的课堂讨论中，讨论她提交的一篇用西方文论重新解读茹志娟的小说《百合花》的论文。应该说，《百合花》是一篇被学术界翻来覆去评论嚼烂了的名篇。吴妍妍却用西方文论全新诠释了《百合花》，分析之到位，论点之奇特，评论之准确，以及她的学术姿态的先锋，显露了她的不凡的智慧和灼人的锋芒，使我颇为震动。论文立刻被苏州大学学报看中，全文予以刊登。这是她第一次以先锋的姿态在我面前的学术亮相。

吴妍妍治学求新，从不愿重复别人说过的话。《作家身份与城乡书写》新在把作家身份作为研究的视角，从而自然地分解出"进城"，"返城"，"插队"和"城市留守"等诸角度，拓展了对城乡书写的论述空间，书中有许多真知灼见，并能严密论证，达到自圆其说。

在我看来，当今的博士生中，有一部分读博士是为了获取博士头衔，找一份理想的工作；有一部分是心不在焉，只想把博士作为叩开仕途之门的敲门砖；但是还有一部分是以学术为生命，准备为学术奋斗一生，这样的博士特纯粹。吴妍妍正属于这一种纯粹的博士。我为之感到欣慰，相信她在学术研究上定能取得更大的成绩。

引　言

　　城市与乡村是小说无法离开的两大"环境"要素。文学是人学，"人"这一个体的形成与地域环境关系密切，地域环境构成了文化、风俗、观念等一系列的存在形态，这些存在又孕育了有差别的环境主体"人"的差异性。在环境因素中，城市与乡村是最为根本的两种对立形态。它们在文学中表现为两种符号系统，共同分割了文学的空间，对文学城乡研究的意义正源于此。

　　长期以来，学者对于文学中的乡村与城市研究较为重视，多数的研究均分别将城市与乡村置于两个独立的系统中。关于乡村文学的研究可以追溯到鲁迅在《中国新文学大系·小说二集》的《导言》中对于"乡土文学"的界定，鲁迅先生是这样界定乡土文学的："蹇先艾叙述过贵州，裴文中关心着榆关，凡在北京用笔写他的胸臆的人们，无论他自称为主观或客观，其实往往是乡土文学。从北京方面讲，则是侨寓文学的作者。"① 尽管此处的"乡土"通常以乡镇为背景，其中也自然涉及到乡村。本书不用"乡土文学"是为了指明研究对象是描写乡村的文学作品；而与此相对应的概念为"城市文学"，不用"都市文学"，因为"都市"一词意指有一定规模的城市，本书的"乡村文学"与"城市文学"，

---

　　① 鲁迅：《导言》，《中国新文学大系·小说二集》，上海良友图书印刷公司1935年版，第9页。

具体说乡村小说与城市小说，是指小说的背景分别是乡村与城市。对城市文学的研究起步较晚，目前较为一致的看法是从1983年北戴河首届城市文学理论笔会算起，20世纪80年代尚显薄弱，90年代随着城市文化与城市文学本身的发展才开始蓬勃，且多停留在对于90年代"新生代"小说的阐释上。

这些研究中有大量的单篇论文，专著相对少些，也不乏有影响的力作。对此可作简单的梳理。对于乡村文学的研究主要有三种研究范式：一是以史为线，以点概面的"史"论。如丁帆的《中国乡土小说史论》（江苏文艺出版社1992年版）、范家进的《现代乡土小说三家论》（三联书店2002年版），注重乡村小说发展的社会、时代因素，研究路子是"社会历史形态—文学"。二是从乡村传统文化精神、农民文化心态进入文学研究。如赵园的《地之子——乡村小说与农民文化》（北京十月文艺出版社1993年版）、周水涛的《论新时期乡村小说的文化意蕴》（华中师范大学出版社2004年版），为"文化精神形态—文学"研究。三是选择地域文化或民俗学视野，把民俗文化作为地区文学研究的关键要素即"民俗文化形态—文学"论。如朱晓进的《"山药蛋派"与三晋文化》（湖南教育出版社1995年版）与刘洪涛的《湖南乡土文学与湘楚文化》（湖南教育出版社1997年版）。乡村文学研究注重呈现文学面貌，城市文学研究更多在于对文学中城市形象的把握。相应的研究形态也有三种：一是"史论"。如李书磊的《都市的迁徙》（时代文艺出版社1993年版）以点为线，着重城市形象的"变迁"。二是着重研究城市文学中的城市文化心理。如赵园的《北京：城与人》（北京大学出版社2001年版）、李洁非的《城市像框》（山西教育出版社1999年版），侧重于城市建构的文化环境，揭示城市人的存在形态与城市的关系。三是突出城市地域文化研究并俯瞰城市文学。如李欧梵的

《上海摩登——一种新都市文化在中国》（北京大学出版社 2001 年版）把城市文学纳入上海文化研究的范畴。在城市文学研究中，从"史"论的角度梳理城市文学的并不多见。谈到城市文学的真正发展期，许多论者认为是 20 世纪 90 年代。一个多世纪以来，城市文学一直在挣扎中生存，"鸳鸯蝴蝶"派的通俗文学是城市文学发展的第一个高潮，"海派"是另一个高潮，但并未形成规模，并且也是毁誉参半。而从革命年代起一直到"文化大革命"十年，城市文学的发展基本上处于空白，以"史"的方式梳理就将面临着一大段空白。此外，从地域文化纯粹民俗学角度切入，我们所遇到的问题是城市在现代化进程中消逝了太多的、极富地域性的传统文化，而用该地域曾有的特色来阐释该城市"今天"的写作，总让人有隔靴搔痒之感。相反，从文化精神角度切入这一代表中国现代文化繁盛的城市，无疑是有很大阐释空间的。一方面是城市传统文化，乃至于中国传统文化；另一方面又是西方现代文化，城市人于诸种文化选择过程中的退与守及其挣扎、取舍的普遍趋势等都是评论者取之不尽的话题，因此城市文化心态研究成为目前研究城市文学较为普遍范式的态度是现代人一直思考与关注的话题。

　　总的来说，以上一系列的研究均把笔墨集中于某一具体环境，城市或者乡村上。这种研究的对象集中，研究起来更为深入细致，但城市与乡村毕竟是相对存在的两种形态，仅仅以某一方面作为对象，因缺乏对照性，多少会影响该研究对象的深入，或者说全面涵盖对象的特点。也有尝试着把文学中城与乡统一起来进行研究的，如高秀芹的《文学的中国城乡》（陕西人民教育出版社 2002 年版）。该书把乡村作为静止的背景，研究对象重点在变迁的城市。这种研究把文学中的城市与乡村看作一个整体，点面结合，从文化和审美角度展示当代文学中的城市与乡村，但该论著仍以展示文学发展面貌为重。

　　本书以新时期尤其是 1980—2000 年间的城市小说和乡村小说为研究对象,为了突出自身的特色,从作家身份研究的视角,考察不同身份的作者面对城市与乡村时的写作姿态会有何异同。在谈论研究内容前,先要解决几个相关问题。首先涉及的是为什么选择这一时间段的城市小说和乡村小说作为研究对象。城市小说与乡村小说的发展有近百年的历史,相对来说,20 世纪最后20 年是城市文学与乡村文学尤其是城市小说发展的繁荣期,其关键还在于城市与乡村本身在这一时间段经历了巨大的转变。20世纪 80 年代经济体制改革首先在乡村开始,后进入了城市,不管是乡村的“城镇化”进程还是城市的“城市化”进程,其步子都是这一世纪以来迈得最快最结实的。乡村以城市为楷模,城市以发达城市为楷模,无论城、乡在社会环境、自然环境与文化环境上的变化都今非昔比,物质形态的变化自然会引发作家的思考与态度的改观,因而,选择这一时间段是极有意思的。

　　其次是城市与乡村这一概念的界定问题。在对城市文学与乡村文学研究的梳理中,笔者发现存在概念界定交叉的现象。例如,乡土文学与乡村文学之间;都市文学与城市文学之间。很明显的例子就是汪曾祺书写高邮的小说究竟属于乡村小说还是城市小说,一方面它属于乡土写作,另一方面高邮又毕竟不是乡村。这就又要扯出一个概念,即小城镇,也就是城与乡交叉地带。小城镇文学目前也引起了一定的关注,但其“归宿”尚不清楚,它具有既不同于乡村又不同于大城市的个性,在文化上居于旧与新、常与变、中与西、传统与现代之间。本书采用社会学对城市与乡村的划分方法划分城乡,以 1984 年 1 月 5 日国务院颁布的《城市规划条例》为标准,把城市看作“国家行政区域划分设立的直辖市,市、镇,以及未设镇的县城”,即城市与城镇为城,集镇与村庄为乡。城乡的差距不仅表现在物质上，而且主要表现在文化上。"城市的文化是开放的、现代的和世俗的，而乡村文化依然是封闭的、传统的、宗教的。"①

　　许多论者在涉及城乡及其文化研究时，通常认为城与乡分别代表了两种对立的文化，"城市与乡村的关系即现代文化与传统文化的关系"。但今天我们面对这一阐释，不免会引发如此困惑：城市文化中有无传统性因素或者说城市是否已与传统决裂了。1999 年 1 月 21 日，"现代性中的传统问题学术"研讨会在京举行，研讨会召开的本身就表明了学术界对这一问题的关注。就现代性与传统性的关系，与会学者最后达成了共识，即"现代性是对传统的继承与发展"。可见，现代与传统是相互的，纠结在一起的，换句话说，乡村其实也有着现代性的内容。实际上，相似的观点早就出现于马克思的论述中："一切已死的先辈们的传统，像梦魇一样纠缠着活人的头脑。"② 伽达默尔也曾为解决"理解何以可能"的问题批驳了对"传统"的偏见，他认为"传统在一个相当大的范围内规定了我们的制度和行为"③，而"即使在生活受到猛烈改变的地方，如在革命的时代，远比任何人所知道的多得多的古老的东西在所谓改革一切的浪潮中仍

---

　　① ［美］塞缪尔·P. 亨廷顿：《变化社会中的政治秩序》，王冠华等译，三联书店 1987 年版，第 67 页。

　　② ［德］马克思：《路易·波拿巴的雾月十八日》，《论文艺》，人民文学出版社 1999 年版，第 90 页。

　　③ ［德］伽达默尔：《真理与方法》上卷，上海译文出版社 1992 年版，第 360 页。关于此问题卡林内斯库、哈桑、库尔珀、帕斯、吉登斯都有所论及。卡林内斯库认为，现代性是一种"反传统的传统"；帕斯认为，现代性是"反对自身的传统"；哈桑认为，历史的发展是既连续不断又间断性的，传统依然在发展；库尔珀质疑现代社会与传统社会的二分法；吉登斯认为，"传统就是自然，自然便是传统"。这些论述都说明了现代性的出现并不意味着传统性的终结。

保存了下来，并且与新的东西一起构成新的价值"①。在伽达默尔看来，语言就是人们最无法超越的传统。可见，脱胎于乡村的城市文化并没有与传统文化绝对断裂，后者以与现代文化相融的一面进入城市；解放初期，乡村合作社、土地改革这一系列对于乡村的改革不能不说使乡村文化带上了现代性的因素。在本书写作过程中，考虑到阐释问题的明晰度，因此更突出不同社会形态下文化的差异，注重不同地域的主导文化，把现代文化看作城市文化的主导，把传统文化看作乡村文化的主导。

最后就是选取研究视角，因为此前对于乡村小说与城市小说的研究更多的是以史的角度来展开的，本书在进入研究的对象时，选取从作家身份角度切入。在考察作家创作心理时，许多论者都提到童年体验，可见童年生活对一个作家的创作影响特别大。本书基于此把作家分为两大块：一是农民出身或者父辈并不是农民，因特殊原因在农村度过童年的作家；另一是出生在城市，在城市度过童年的城市作家，也有评论者把他们界定为"农裔城籍"作家与"城裔城籍"作家。笔者认为，这种划分还不能突出童年体验在一个作家创作中的影响，例如，"农裔城籍"作家本意是指父母是农民，出生在农村后来进城的作家，但毕飞宇、北村、迟子建他们的父母并不是农民，他们中有的户口还在城市，但因为在乡村长大，他们的目光也关注乡村。尤其是毕飞宇和迟子建，从创作谈中可以看出他们对待乡村的情感以及对城市的隔膜，并且他们与真正出生在城里，在城里长大的作家例如朱文、邱华栋的写作又显然有所不同。

那些出生在城市、长在城市的作家并非都没有到过乡村，没有乡村体验。"文化大革命"期间下放的作家对乡村、城市的感

---

① ［德］伽达默尔：《真理与方法》上卷，第361页。

情与没有去过乡村的作家又有所不同。还有一些作家是"文化大革命"前下放的，有的是小时候到过乡村，有的是带着旅游的心态，有的是要在乡村安家的，况且真正与乡村没有关系的也少，这样一来，问题就有些复杂了。由此本书又进一步把城市作家分为两类：一类是在"文化大革命"时期下放、插队的城市作家；一类是"文化大革命"期间没有下放、插队的城市作家。在这三类作家中，本书把出生乡村、在乡村度过童年的农村作家称为"进城"作家，强调"进城"这一动作，以及他们遭遇两种文化及其在文化间的选择。出生在城市的"文化大革命"时期下放、插队到乡村的城市作家称为"返城"作家，这是为了区别他们与农民出身的进城作家的不同心态。把出生在城市、"文化大革命"时期没有下放的作家称为"城市留守"作家，以突出他们与"返城"作家的区别，一是有乡村生活经历，另一是没有，有与没有对于乡村抑或城市的感受是不同的。

笔者把这三种身份的作家作为本书论述城乡写作姿态的主体，但除了作家的出身与文化认同的不同会影响作家观照立场之外，还有作家的社会阅历也会对作家的写作产生影响。即便社会背景对每一个人都是一样的，个体的感受也会因人而异，因为生活阅历不同。生活阅历对于作家创作的影响是很大的，没有经历过"文化大革命"与经历过"文化大革命"的作家对于革命的阐释一定不同。换句话说，一个出生于 20 世纪三四十年代的作家与出生于五六十年代的作家对待人生的态度不同，对待城市与乡村的姿态也不同。尽管现在有很多评论者提到用"代"来划分作家的研究存在一些问题，但是有时候要突出相同经历对作家创作的影响，代际划分又体现出它的优势来。

对"进城"作家的研究，本书由出生年代，分出 40 年代及此前出生的作家、50 年代出生的作家与 60 年代出生的作家三代。"返城"作家的区分主要从"文化大革命"时期他们下乡的心态不同来分，被打成"右派"的作家与"老三届"作家下乡的心态不同，"老三届"与"69届"及此后的初中毕业生的心态又是不同的，这样就把"返城"作家分为"右派"作家、"老三届"作家、"69届后"作家三代。在对"城市留守"作家的研究中，有一点需要指出的是，他们中的许多人并不写乡村，相对而言，把他们对于城市与乡村的书写分开来谈可能会更好。就城市书写看，因为"知青"普遍下乡的事实，如果把50年代出生的作家看作一部分，操作起来并不容易。况且，从作品看，50年代与60年代"守城"作家的城市写作并无明显的代际差异，因此把研究对象分为解放前出生的"城市留守"作家与解放后出生的"城市留守"作家，分别从他们的城市小说入手研究他们的城市写作姿态。尽管他们中一部分作家并无或很少有乡村体验，但并不乏对乡村的书写，无论是打捞记忆也好虚构也好，研究他们的乡村写作就有了特别的意义。诚然，本书无法囊括20世纪最后20年里众多作家的城、乡书写，因此基本上以个案研究为主，把代表作家的特征看作这一群体的特征，深入阐释、归纳并得出结论。

接下来要涉及本书的主要研究思路，着重谈本书的主体部分。本书主体由三部分组成：第一部分探讨的是"进城"作家的城乡书写，其中包括三小节。第一节是出生在40年代及此前作家的城乡书写。这一代作家普遍接受了革命理论，对于乡村也极有感情，一部分作家始终把自己看作农民中的一员，总渴望在作品中张扬乡村精神。此外，面对贫困的乡村，他们开始思考乡村致富的出路。另一些作家较早进入城市，对身处之城的民间文化兴趣极浓，他们带着旁观者的姿态打量城市民间文化，但对于城市现代文化却显出不认同的态度，接受城市现代文化成为这一代作家进城的难题。第二节是 50 年代出生的"进城"作家的城乡书写，这一代作家普遍感受了"农民进城"的艰难，向城市进发成为他们一代人的夙愿。但几经挣扎进城之后，他们发现城市及其文化也存在着弊端，同时多年居住在城市之后，他们已开始接受并认同了部分城市文化，原先所拥有的文化正在逐渐消失，如何协调好二者的关系成为令人困惑的难题。一些作家站在乡村传统文化立场对城市文化进行批判，另一些作家则向乡村进发，寻找自己的精神故乡。第三节是 60 年代出生的作家，本书选取了一批活跃在八九十年代文坛上的作家。在格非、北村的笔下，乡村是闭塞与愚昧的；在迟子建的笔下，乡村是童话里的故事；在毕飞宇看来，乡村超越了地理意义的存在，成为其构想中的存在；对于城市，他们普遍采取了批判的姿态，但因为精神归宿地的丧失，他们的批判远非激烈，相反地，却表现出一定的困惑，批判也因此有些无力与无奈了。

　　"返城"作家对于乡村的态度与城市相关联，"文化大革命"让他们接触到乡村，但因为进入乡村的身份不同，态度也有所区别。城市"右派"作家对于乡村充满着感恩情怀，作为被剥夺了政治权利的毫无地位的知识分子进入乡村，乡亲们却无视他们的政治身份，在乡村他们仍然是一个具有意义的生命个体。但知识分子身份的隐性存在时刻呼唤他们离去，他们要实现自我价值，只有在城市才有可能，"返城叙事"便在随后展开。所谓的"返城叙事"，就是指城市改革题材，通过人物的改革魄力以及改革事业的艰辛以实现干预生活、体现自我价值的目的。"老三届"作家最初进入乡村是为了"大有作为"，他们带着理想来到乡村，目的是为了实现知识分子对农民的"启蒙"，但从另一个角度看，苦难的乡村实际上教会了他们怎样生活，对于乡村的感恩同样是有的。在惊醒于"文化大革命"的荒诞后，他们从审视"文化大革命"开始到审视乡村。他们对于城市的感情是复杂的,返城之初的迷惘、陌生与本是城市人的身份特征形成矛盾。"69届"后知青作家的城乡书写与前两类人又有区别,他们是带着"过客"心态进入乡村的,与乡村的感情较淡。他们也有对乡村岁月表示怀念的,但这种怀念并不构成他们对乡村的主导情感。城市对于他们的诱惑是巨大的,他们时刻想着的是回家——回到城市,因此返城后,他们自觉地进入了城市,并开始了拥抱城市日常生活。小市民心态也不可避免地出现在他们的写作中。

"城市留守"作家的城乡书写同样分为三节。第一节是出生在解放前的作家,没有乡村经历,他们把自己关注的目光投向城市民间文化,于其中寻找市井文化的雅趣,或观照胡同底层的生活,或审视民间文化及其出路。第二节是出生于解放后的城市作家的写作,他们对于城市及其文化也表现出思考的过程,即由对城市传统文化的批判走向城市现代文化的反思。他们或者借助于西方现代文化审视革命文化,或者借助于后现代文化思潮反思现代文化,并由此形成怀疑一切与颠覆一切的对抗的游戏姿态,但他们无论是审视传统文化还是现代文化,其姿态都有了犹豫与忧虑。这或许就是因为他们生活在城市,现实告诉他们活着就得向生活让步。第三节谈及"留守"作家对于乡村的书写,很有意思的是他们都选择了进入历史的书写方式,或者自己所谓记忆中的乡村生活,或者虚构的历史乡村,大多选择的是虚构。例如,汪曾祺的《受戒》与《大淖记事》中的乡村世界是自由而自然的,是虚构的产物;苏童的乡村写作更是借助于新历史主义理论,大胆虚构祖辈进城的历史,也带有颠覆既定乡村形象的考虑;余华的乡村写作强调"心灵体验",他重在写乡村苦难,苦难中有太多人生的宿命,与此前"进城"作家笔下的苦难相比,

考辨现代性的相对起点，并大致确定了其发展的三个阶段：第一阶段为 16—18 世纪，对现代生活的体验期；第二阶段始于 18 世纪 90 年代的大革命浪潮，现代化和现代性概念展开，人们感觉生活在两个世界；第三阶段为 20 世纪，现代化在全球范围内的扩张导致了现代公众的碎片化，人们处于一个与现代性根源失去联系的现代时期①。而关于现代性的界定，目前并未能统一。利奥塔德站在反现代性"宏大叙事"的立场上认为现代性是一种叙事方式；哈贝马斯从维护现代性立场出发把现代性看作启蒙以来尚未完成的一个方案；吉登斯从社会学角度称现代性为独特的社会生活和制度模式；波德莱尔则从美学角度认为现代性"是过渡，短暂，偶然，就是艺术的一半"②。

由上可见，到目前为止，学界对于"现代性"这一概念的解释并未达成共识，至于它内在的含义及折射出来的张力关系也并未能得到理清，要准确标明现代性起源的年代以及界定现代性的概念更是困难，各种观点分歧较大。相对清楚的是"现代性"的起源应该是一个政治、经济和思想文化的历史变迁过程。

要谈现代性首先要涉及到"现代"这一概念，从历史学角度来看，"现代"是泛指从中世纪结束以来一直延续到今天的一个"长时程"，而"现代性"则是这一时期以来新的世界体系所体现的一些特征，一种较此前时代更为进步的价值取向。18 世纪启蒙主义运动的兴起是它的缘起。这也不难理解，因为现代社会的典型特征在其初期不会非常明显，需要等到现代社会发展到较高阶

---

① [美] 马歇尔·伯曼：《一切坚固的东西都消失了》，徐大建、张辑译，商务印书馆 2003 年版，第 17 页。

② [法] 波德莱尔：《现代生活的画家》，《波德莱尔美学论文选》，郭宏安译，人民文学出版社 1987 年版，第 485 页。

段的时候才会凸现出来。本书借鉴吉登斯的观点，把现代性看作
"社会生活或组织模式，大约 17 世纪出现在欧洲，并且在后来的
岁月里，程度不同地在世界范围内产生着影响"①，将现代性与一
个时间段和最初的地理位置联系起来。也有论者从诸多观点中
归纳出现代性的三个维度：一是时间意义上的"现代性"，包含
现在、当下的意义。二是时代性。有优越于传统的意思。三是
它的价值性含义，通常指启蒙现代性。

　　借用这一概念的目的不是为了阐述清楚什么叫现代性，而是
要理出它的一些特征，把它看作城市之所以区别于乡村存在的关
键要素，并以此来明晰城市与乡村的社会文化。此外，为不同出
身写作者的写作姿态考察提供一些理论依据。

　　（二）现代性、前现代性与后现代性

　　如果把现代看作某一个时间段，就不可避免地会涉及到这一
时间段之前与之后的时间段，我们把现代看作中心，分别称之为
"前现代"（premodern）与"后现代"（postmodern）。通常的观
点是，现代泛指从中世纪结束以来一直延续至今的一个时间段，
这样，"后现代"属于"现代"领域，而"前现代"与"现代"
是相对的概念。前现代性与现代性的区别比较容易，有学者这样
界定前现代性的主导性价值：身份、血缘、服从、依附、家族至
上、等级观念、人情关系、特权意识、神权崇拜等；而现代性的
主导性价值为：独立、自由、平等、民主、正义、个人本位、主
体意识、总体性、认同感、中心主义、崇尚理性、追求真理、征
服自然等②。作为时间概念的"后现代"与"现代"的区分比

　　①　［英］安东尼·吉登斯：《现代性的后果》，田禾译，译林出版社 2000 年版，
第 1 页。
　　②　俞吾金等：《现代性现象学——与西方马克思主义者的对话》，上海社会科
学出版社 2002 年版，第 36 页。

较简单，"后现代"与"现代"的区分发生在 20 世纪 60 年代，是"现代"内部的一个问题，而作为价值概念的"现代性"和"后现代性"的区分却并不容易。

"后现代性"最初出现于 20 世纪 60 年代的建筑学领域，是一个反对传统建筑学中"狭隘严格"运动的命名。有学者认为"后现代性"是在与"现代性"的对照中确定其含义的。不难发现"现代性"与"后现代性"之间的对立：理性对感性、永恒对暂时、必然对偶然、所指对能指、存在对可能、真实对虚拟、精英对大众、中心对多元等。关于它们之间的关系，主要有两种观点。

一种着重两者的差异，代表人物为利奥塔德与詹明信。詹明信把后现代主义放到资本主义的文化框架中加以考察，认为资本主义文化发展分为三个阶段，即现实主义——现代主义——后现代主义①；利奥塔德则认为后现代主义不仅存在，而且"是现代主义的初始状态"，"这种状态是川流不息的"②。这种观点也可以试着这样理解，基于"后现代性"是对"现代性"的反动，而"现代性"又是对"前现代性"的反动，根据负负得正的原理，"后现代性"就是"前现代性"的复归。换句话说，"后现代性"出现在"现代性"之前。另一种重在"延续"。例如，吉登斯认为后现代性是"现代性开始理解自身"③，是"晚期现代性"；鲍曼也认为"后现代性并不一定意味着现代性的终结"，而是"现代性在一段距离之外而非从

---

① ［美］詹明信：《晚期资本主义的文化逻辑》，三联书店 2003 年版，第 485 页。

② ［法］让—弗朗索瓦·利奥塔德：《答问：什么是后现代主义》，《后现代状况——关于知识的报告》，湖南美术出版社 1996 年版，第 207 页。

③ ［英］吉登斯：《现代性的后果》，田禾译，译林出版社 2000 年版，第 42 页。

内部反观自身"①，由此提出"流动的现代性"概念；哈贝马斯干脆认为现代性尚是"一个未竟的事业"。库尔珀则指出两者有一个共同目标，"即消除在人类可能性的扩展过程中的障碍"，后现代去中心化的反启蒙方式其实质是"启蒙运动的一种延续"②。

有观点认为，"后现代性"体现为差异性、偶然性、不确定性、碎片性、无序性、游戏性、精神分裂、结构解体、文本互渗、修辞和反讽、躯体和欲望、无中心主义等。由于后现代社会是现代社会的一部分或一个阶段，后现代社会延续了现代社会的许多特征，正在完成现代社会没有完成的使命。比如，现代社会推崇的民主、自由、平等并没有成为后现代攻击的靶子，相反后现代进一步维持了这些特征。如果说，古典时代的标志是"稳定性"，现代与后现代的标志则是"暂时性"和不断"超越自身"的。一旦稳定性在现代社会表现出来，激进的后现代就开始了拯救，后现代拯救的是现代之中本有的却正在衰退的暂时性和超越性。

对以上三个概念的比较再作引申的话，可以把它们分别涉及到的社会生活进行简单比较，根据贝尔的观点，前现代性对应前工业社会，其时生活的主要内容是对付自然，在诸如农业、采矿、捕鱼、林产等榨取自然资源的行业中，劳动起决定性作用。人们靠本身的体力劳动，用的是代代相传的方法，人们对世界的看法受到自然力量如季节、暴风雨、土壤的肥瘠、雨量的多少、矿层的深浅、旱涝变化等因素的约束，生活节奏是由这些偶然事

①　[英]齐格蒙特·鲍曼：《现代性与矛盾性》，邵迎生译，商务印书馆2003年版，第409—410页。

②　[美]大卫·库尔珀：《纯粹现代性批判——黑格尔、海德格尔及其以后》，臧佩洪译，商务印书馆2004年版，第4—5页。

件造成的。现代性对应工业社会，由于生产商品，它的主要任务是对付制作的世界，这个世界被技术化、理性化了，机器主宰着一切，生活的节奏由机器来调整，时间被钟表的刻度均匀地隔开，能源取代了人的体力，大大提高了生产力，以此为基础的标准产品大批量生产成为这一社会的标志。后现代性对应后工业社会，这一社会的中心是服务——人的服务、职业和技术的服务，社会的首要目标是处理人际关系，后工业社会是一个群体社会，社会单位是团体组织，而不是个人，观念的多元化使人与人之间的合作比管理事务更难。① 从这里看，乡村社会更多地属于前工业社会，城市多为工业社会，后工业社会的某些因素也不可避免地存在，还将存在得越来越多。

如此探讨"前现代性"、"现代性"与"后现代性"这些概念，是因为本书要论述的对象是中国文学的城乡，涉及到城市与乡村，这就需要对"后现代性"的问题作一阐释。关于"后现代性"，国内有学者认为，当代西方人和我们的生存结构、历史性及历史处境不同，所以在西方被课题化的主要是"现代性"与"后现代性"之间的关系；而在中国被课题化的则主要是"前现代性"与"现代性"之间的关系②；相似的观点还有金耀基的"中国在21世纪最大的事业还是中国的现代化"③。因此本书在研究中把"后现代性"纳入现代性体系之中，把前者看作对后者危机的反思。此外，前现代性也不容忽视。与现代性一样，前现代性有其安全环境与危险环境，它们形成了互补形态，

---

① ［美］丹尼尔·贝尔：《资本主义的文化矛盾》，赵一凡等译，三联书店1989年版，第198—199页。

② 俞吾金等：《现代性现象学——与西方马克思主义者的对话》，第38—39页。

③ 金耀基：《简体字版自序》，《从传统到现代》，中国人民大学出版社1999年版，第3—4页。

在审视前现代性时，现代性的意义凸显；在反思现代性时，前现代性的意义亦得以凸显。

或许，一些假设性的观点能让我们更好地理解前现代社会、现代社会与后现代社会之间概念的关系，那就是"如果说，从前现代社会或传统社会到现代社会的主要转变是从共同体到社会、从身份到契约、从农业社会到工业社会、从特殊主义到普遍主义的话"①，那么，从现代社会到后现代社会的主要转变则是从工业社会到信息社会、从生产型经济到消费型经济、从物的匮乏到物的绝对的丰盛。

（三）现代性的两个方面

据卡林内斯库的观点，现代性包含着两方面的内容：一是西方文明史的一个阶段，是科学进步、工业革命和资本主义带来的全面经济社会变化的产物，并延续了杰出的传统；二是美学概念的现代性，表现为对价值判断标准的反叛②，我们分别称为启蒙现代性与审美现代性。

启蒙现代性的探讨应该从文艺复兴时起，中世纪宗教神学的价值体制被摈弃，代之以个体主义的文化价值目标，资本主义的生产方式使生产力与人类精神得到双重解放，以"自由、平等、博爱"建构起"理性王国"。启蒙现代性修正了前现代性的劣势环境并凸显了自身的优越性，其核心内容是"启蒙"。康德曾这样描述启蒙：人类脱离自己所加之于自己的不成熟状态，开始运用自己的理智③。"启蒙"意味着理性作为

---

①　金耀基：《从传统到现代》，中国人民大学出版社1999年版，第64—65页。

②　［美］马泰·卡林内斯库：《现代性的五副面孔》，顾爱彬、李瑞华译，商务印书馆2002年版，第48页。

③　［德］康德：《答复这个问题：什么是启蒙主义》，《历史理性批判文集》，何兆武译，商务印书馆1991年版，第22页。

一种思想革命，使个人从"服从"状态与神话中脱域出来，自我取代权威，知识取代幻想。它涉及到两个理想，"一个是永恒的真理，另一个是普遍的人类解放"①。前者即理性；后者即自由。城市启蒙现代性较之于乡村前现代性，其优越性正在于此。

关于"理性"的研究在古希腊时期就已存在，现代哲学之父笛卡尔的"我思故我在"命题首次确认了人作为主体的存在，理性与自我就成为主体存在的标志，主体人以超越神与世界万物之上的位置出现，凸显了人类改造世界的可能。一个最为重要的表现就是科技革命成为改造世界的力量，影响了工业革命的爆发，为人类提供了富裕的物质。马克思曾说，资产阶级在不到一百年的阶级统治中所创造的生产力，比过去一切时代创造的生产力还要多，还要大②。飞速发展的生产力使现代性在物质层面焕发出无限魅力，也从此唤醒了人类征服世界与不断占有的欲望。"自由"一词也成为精神层面的关键要素，乡村前现代社会的地位与宗教关系制约着个人的法律权利与公民资格，在"封建制度不发达的国家即等级制度占统治地位的国家里，人类简直是按抽屉来分类的，那里伟大圣者（即神圣的人类）的高贵的、可以自由转化的成员被割裂、拆散和隔绝"③。自由给予人的就是从先赋身份的束缚下挣脱出来，确立人的平等特权，重新发现自己，凸显个体价值，确立自律理性，按自己的理性决定自身的命运，为自我立法，与前现代时期的他律形成对照。自由自觉是人的本质，追求个性、独立、平等、民主的渴望由自发中产生，

---

① 姚大志：《现代性与启蒙》，《求是学刊》2003 年第 30 卷第 3 期。
② 马克思、恩格斯：《马克思恩格斯选集》第 1 卷，人民出版社 1972 年版，第 22 页。
③ 同上书，第 142—143 页。

"一个种的全部特性，种的类特性就在于生命活动的性质，而人的类特性就是自由自觉的活动"①。正是现代社会为个人提供了自由的空间，当这一些乡村难以提供而城市却极力张扬时，后者对个体的吸引力是不言自明的。

如果说，前现代社会人类的危机主要来自于自然威胁与生存困境，这些危机在现代社会早已解除，启蒙现代性不仅体现为物质的优越，也为人类实现人的本质提供了可能。"现代社会制度的发展以及它们在全球范围内的扩张，为人类创造了数不胜数的享受安全的和有成就的生活的机会。"② 科技革命与工业革命发生在城市，自由等价值理性实现的可能在城市，故恩格斯说："第一次大分工，即城市和乡村的分离，立即使农村人口陷于数千年的愚昧状况。"③ 在我国城市与乡村之间，启蒙现代性所凸显的物质富裕程度为乡村活命文化提供了"保障"，城市给以自由与全面发展为本质的人类提供了实现空间，从贫穷与封建闭塞中出走成为农民的夙愿，表现在文学中则是对城市工业文化的认同、乡村经济体制的变革、对城市物质文化的艳羡的大量书写。这也使得 20 世纪 80 年代一大批作家在进行乡村书写的过程中，把乡村看作精神的贫乏地（主要是无法为人类提供自由与实现自我价值的空间），成为他们的逃离之所。这种逃离主要表现在两方面：一是挣扎着离开土地，进入城市，成为城市"农民"；二是随改革大潮而来，知识农民在乡村大胆地进行思想与经济体制改革，自觉地把城市现代文化"输送"到乡村。如此，书写城市现代文明进入宏大叙事，而乡村的田园风光却逐渐成为被告别的"冷风景"。

---

① 《马克思恩格斯全集》第 42 卷，人民出版社 1979 年版，第 96 页。
② 安东尼·吉登斯：《现代性的后果》，田禾译，译林出版社 2000 年版，第 6 页。
③ 《马克思恩格斯选集》第 3 卷，人民出版社 1972 年版，第 330—331 页。

　　城市现代性的启蒙使人类摆脱了封建社会的封闭与蒙昧状态，进入了工业化、技术化、理性化的时代，但随着现代工具理性的不断扩张以及后工业化时代的到来，现代社会在消除传统文化危机与风险环境的同时逐渐暴露出自身的危机与风险，对城市现代性的反思由此开始。首先是物质的膨胀带来都市人"异化"的可能。现代人在走出诸神的控制之后，成为主宰自己的主体，人的劳动也表现为服务于自我的自为状态，但在资本主义机器大生产条件下，劳动却成为衡量主体人的标准，"作为不依赖于生产者的力量"①，与人的存在相对立。更有甚的是，人的对象化劳动并不是人的主体本质的实现，而是人本质的物化，即人与人的关系存在于物与物的关系之中。卢卡契就认为，工人通过出卖他本人的商品，把劳动力归入一个被量化和机械化的过程，自身不过是这个过程中机械化和合理化工具的符码。生产力的发展成为双刃剑，它一方面使城市现代性优越于乡村传统性；另一方面，生产力的发展使价值增值成为社会目的，这又将促使主体解体。现代性以张扬个性与自我出场，技术工业的复制却导致主体平面化、物化与去个性化，个性由此虚幻。寻求个性、寻求自我成为审美现代性的核心内容。

　　个体意义的凸显导致整体性意义的丧失，意义多元成为现代性的品质之一，一切坚固的东西都已烟消云散，整体性、完整性与确定性代之以不确定、碎片化与断裂。在乡村社会小规模社群具有浓厚的合群性，与城市社会相比，这个世界严格地、明确地划分着朋友和敌人，表现为相对确定的社会秩序。现代社会的不确定性与断裂摧毁了稳定与永远的归宿，加上宗教信仰的缺失，精神流浪攫取了现代人的心灵。乡村传统社会在本质上是一个

---

　　① 《马克思恩格斯全集》第42卷，人民出版社1979年版，第91页。

"圣化的社会",社会行为受宗教、传统教条、习俗成规及先知、真人的"典籍"所控制,人们自觉或不自觉地接受"神秘主义"的支配,它为人类在面临自然的威胁与物质匮乏时提供解释,并令信仰者们感到安全。而在一再宣称"上帝死了"的城市现代社会,缺失宗教信仰后,个人的意志得以张扬,人类在面对来自现代性的危险与矛盾因素时,已经无法为自己提供任何解释并寻求出路,灾害逼近成为当今时代的一大特征,失去上帝与信仰之后的人类也失去了彼岸感。海德格尔用"此在"为人类由彼岸进入此岸即日常生活立法,此在作为人存在于日常的一种状态,这一点意味着失去彼岸感的现代人开始走向此岸即走向世俗,"脱离与彼岸的对抗性结构,取消彼岸对此岸的生存规定"①。

　　有人这样阐释审美现代性:"审美现代性体现为感性和超感性两种形式,感性审美现代性体现为大众审美文化;超感性审美现代性是精英审美文化。"② 在反思城市现代性的趋势下,审美现代性在艺术上的思考表现为几个维度:或者走向大众文化,或者走向精英文化;或者走向日常,或者走向理想③。

　　在审美现代性视域下观照城市,主体的危机、信仰与精神家

---

①　刘小枫:《现代性社会理论绪论》,三联书店 1998 年版,第 301 页。

②　杨春时:《论审美现代性》,《学术月刊》2001 年第 5 期。

③　如果要为这种区分寻找理论根源,可以追溯到本雅明与阿多诺的大众艺术之争。本雅明对现代性的批判是从"语言堕落"的界定开始的,"灵韵"作为他美学的核心范畴成为评价传统文化与现代文化的标尺。其主要特征为神秘性、距离感与独特的欣赏方式等。本雅明认识到源于人类经验的贫乏,传统艺术与复制艺术时代中的灵韵早已消失,但他对这一艺术持乐观态度,并认为其中有解放的潜能;相反,阿多诺从批判启蒙的神话角度批判现代性,他认为启蒙由神话的批判最终堕落为神话,工具理性成为主宰精神和社会的统治原则,但对人类自然欲望等非理性因素的摒除,将导致个人的自由处于压抑状态,这种文化工业历史背景下产生的大众艺术与复制艺术需要重新阐释。因此,在整个现代社会中,艺术只有保持独立、成为"他者"才能保持批判精神。

园的缺失成为现代性的负面因素，也使文学艺术表现出迥异于前现代时期或者说启蒙现代性特征下所具有的风格。在20世纪80年代末尤其是90年代的市场经济体制下，国内出现了强烈的反传统的西化意识，人们对于现代性有了新的阐释，更多地表现为在审美现代性视域下审视城市现代文化。而城乡写作则表现出对于城市现代性的批判。这种批判以两种方式出场：一是对城市大众文化、日常生活的描述；二是由批判城市现代性而来的"精神游牧"，或者以人道主义精神直面城市欲望，或者尝试着从城市现代性下出走，向乡村传统精神回归，寻找理想中的田园风光。这一点与启蒙现代性视域下的城乡书写形成对照，这是由现代性优势力量向劣势凸显过程中人类感受的必然。

从启蒙现代性视域下对城市现代文化的认同到审美现代性视域下城市现代文化的反思，本意不在城乡，而是不同文化语境下对于城市文化与乡村文化的不同的姿态。从文学书写上看，应该说，选择何种姿态取决于个人对城乡的看法，但事实上，城乡间的任何取舍并不如此绝对，追求启蒙现代性有对前现代性的难舍；而审美现代性的审视，所批判的仅是其负面因素，其远优于前现代性的因素仍值得肯定。因为文学中的城乡终究只是作者表达自我的环境场，写作也是脱离了物质层面、进入了精神层面的思考，城乡间的取舍预示了作家自身于城与乡间的去留，也昭显了他们对两种文化精神的不同把握。

二 1980—2000年中国城乡形态简述

在现代性视角下关注城市与乡村，其目的在于阐明书写城市与乡村的文化语境，这种语境为作家的写作提供了"物质基础"。我国的现代性真正开始于中国共产党第十一届三中全会，主要表现为社会结构的转型，即"由农业的、乡村的、封闭的或半封闭的传统型社会向工业的、城镇的、开放的现代性社会的转变"①。我国社会结构原本是乡土性的，钱穆先生就认为，中国的城市皆守山林化，求静。事实上，中国文化的最高理想也就是人与自然的合成体，即人文的自然化，自然的人文化②。尽管中国的改革是从乡村开始的，相对于城市，它的步伐太慢，且经济体制改革使城市逐渐与乡村拉开距离，表现出现代性的某些特征，而乡村更多的还是前现代性。这两种"性"分别作为城市与乡村文化内涵的主导，突出了城与乡之间现代文化与传统文化的对立，这种对立以社会结构与文化心理为主。

（一）城市与乡村

关于城市与农村的区分，1887年，国际统计学会曾提出过一个各国通用的居民点分类标准，规定一个居民点人数在2000人以上的，可称为城市居民区；2000人以下的则为农村，但这个规定并没有被普遍采用。目前我国主要以户籍制度来区分城市与乡村，居住于城市的人是非农业户，居住在乡村的则为农业户。

城市的发展经历了几个阶段，第一个阶段是"城"的阶段，即城市的乡村化阶段，城市是乡村的政治、军事和经济的掌握者，城市的意义更在于政治、军事意义；第二个阶段是"都市"的阶段，"都"指封建政权，"市"指手工业和商业，在这个阶段，"市"还没有强大到控制整个城市的地步，这就使得城市还带有浓厚的封建性，政治军事还没有放弃绝对统治地位；第三个阶段为"市"的阶段，这个阶段始于19世纪末20世纪初，城

---

① 郑杭生等：《当代中国城市社会结构》，中国人民大学出版社2004年版，第37页。

② 参见钱穆《现代中国学术论衡》，岳麓书社1986年版，第214页。

市的职能变为经济性，城市的力量以工商业为中心，打破了过去城市中政治军事的绝对统治地位，市政机构变成服务机构和调节机构。①

乡村则指居民以农业为经济活动基本内容的一类聚落的总称。一般认为，乡村的人口密度低，聚居规模较小，以农业生产为主要经济基础，社会结构相对较简单、类同，居民生活方式及景观上与城市有明显差别等。在中国，乡村指县城以下的广大地区，生产力水平十分低下，经济不发达，产业结构以农业为中心，其他行业或部门都直接、间接地为农业服务或与农业生产有关，故认为乡村就是从事农业生产和农民聚居的地方，把乡村经济和农业相等同。

按照生活方式、人口密度等区分出乡村与城市，首先是行政意义上的划分，因为生活方式不同自然引发了文化意义的不同，通常，城市与乡村是两个对立的概念，城市"这一概念作为对一种人类社会的语言把握，只有在它和'乡村'这一概念相对时才是有意义的，才是无懈可击的"②。

（二）城、乡社会结构

罗吉斯把社会结构分为初级关系和次级关系两种，并认为前者出现于乡村，血缘关系占主导；后者出现在城市，具有共同利益的正式组织占主导。相似的观点有滕尼斯的"礼俗社会"与"法理社会"，认为乡村社区对应礼俗社会，这个社会中的群体明晰而且牢固，社会个人的特征不明显甚至微弱，生活的特征表现为亲密无间、与世隔绝、排外的共同生活，人们有共同的朋友、敌人和善恶观念；城市社区对应法理社会，个人显著、坚

---

① 李书磊：《都市的迁徙》，时代文艺出版社 1993 年版，第 12—14 页。
② 同上书，第 10 页。

实，城市生活的特点是自私自利，人们之间的相互关系是分崩离析甚至相互敌对的①。涂尔干则用"机械团结"社会与"有机团结"社会区分乡村社区与城市社区。"机械团结"社会强调伦理道德、风俗习惯，社会相对稳定、封闭；而"有机团结"社会则是一种建立在社会成员异质性和相互依赖基础上的社会秩序。不同的社会结构孕育了不同的文化心理结构，乡村以家族为基本单位，维系着生存、绵延、族化，产生了食、性、生等与之相适的"活命文化"，主导价值为血缘、礼俗、家族本位、封闭、亲情、特权意识等；相对自由的城市具有政治、经济、文化的高度集中性和人口的高度异质性，表现出崇尚理性、欲望、个人本位、民主等价值判断。

由不同的社会结构进入文化心理，西美尔曾从货币入手，探讨都市人的计算性格、理智至上、傲慢冷漠、矜持保留等特征，而农民心理的特点主要为守旧（这是农民固有的心理）、迷信、极端的个人或家庭主义、情感颇易受人指使（农民缺乏社会教育，容易感情用事）、节俭、多疑、正直诚实等②，这一点也构成了现代性与传统性的区别所在。

诚然，任何一种社会结构都是相对的，城市社会与乡村社会都在变迁，美国社会学家罗吉斯就说，即便在乡村社会，邻里关系的重要性正在降低，群体关系正从以地缘和血缘为基础转到以共同兴趣为基础。

（三）1980—2000 年中国城乡社会形态

我国古代，城市主要是政治、军事意义上的存在，《吕氏春秋》中就有"筑城以为君，造郭以为民"的说法，乡与城

---

① 许英：《城市社会学》，齐鲁书社 2002 年版，第 36—37 页。

② 言心哲：《农村社会学概论》，中国书局民国二十八年版，第 285—293 页。

的关系较为密切。费孝通就曾说："从基层上看去，中国社会是乡土的。"他又说："从这基层上曾长出一层比较上和乡土基层不完全相同的社会，而且在近百年来更在东西方接触边缘上发生了一种很特殊的社会。"① "特殊社会"出现的根源是"市"的因素膨胀。关于"市"，《易经》中的"日中为市，致天下之民，聚天下之货，交易而退，各得其所"，可见其商业性质。19世纪末20世纪初，现代工业突飞猛进，中国城市由军事化、政治化的城进入"市"的阶段，社会连接纽带由血缘转为商品，城市与乡村的差距才由此拉开。新中国成立初期，国家的正式权力深入到最基层的乡村社会，"导致乡村权威基础的变化，乡村社会向现代社会"②迈进，其时农民开始流向城镇，转变成工人阶级。从国家统计年鉴中可以看出，1949—1960年乡村人口所占全国人口比重呈下降趋势，1960—1973年出现小幅度增长，之后开始下降③。

中国自1978年以来的社会转型实际上蕴含着两个过程：一个是市场化过程，一个是现代化过程。前者主要是一个体制转轨过程，发生在城市；后者主要是一个结构转型过程，即从农业的、乡村的、封闭的或半封闭的传统性社会，向工业的、城镇的、开放的现代社会的转变④，这种转变主要在农村。有资料表明，自20世纪80年代以来，农村社会发生了较大变

---

① 费孝通：《乡土本色》，《乡土中国·生育制度》，北京大学出版社2004年版，第6页。

② 李立志：《变迁与重建：1949—1956年的中国社会》，江西人民出版社2002年版，第56页。

③ 国家统计局编：《中国统计年鉴 1992》，中国统计出版社1992年版，第77页。

④ 郑杭生：《当代中国城市社会结构 现状与趋势》，中国人民大学出版社2004年版，第37页。

化，首先是农村经济体制改革，加快了农民致富的步伐；随后是"农民进城"，农民阶级劳动力的流动性越来越大。从1978年起，虽然农村的劳动力从31282万人增加到2000年的49876万人，但真正在乡村的劳动力所占比例却从1978年的90.96%下降到2000年的70.1%。而在农村的劳动力中，由于其他农村产业的发展，真正从事农林牧渔的劳动力所占的比例从1978年的100%下降到2000年的70.1%，其绝对数量也从1991年的最高峰34186万人下降到2000年的32798万人。若以职业为标准对当代中国农民阶层进行划分，就会发觉除了农业劳动者阶层，还有农民工、私营企业主、农村管理者、农村知识分子阶层。后面三类不是纯粹意义上的农民，本书研究的对象为前两类。

因农民阶层的转变、现代观念的影响等，农村的家庭规模结构发生了变化，从最初的"核心家庭"（小家庭）阶段到主干家庭（由主要社会关系组成的家庭）再到今天的"网络家庭"时代，农民家庭的这种纽带使整个农民阶级虽身处改革开放时代，却仍能享受一种相对宁静的生活。这一方面决定了农村稳定的可能性；另一方面又使长时期存在的矛盾和冲突不能得到及时解决，致使农民阶级在整个现代化进程中表现出摇摆性和不稳定性，因此，传统性和现代性的冲突在农民阶层尤为明显。

自1978年以来，城市社会结构也发生了较大变化，尤其在20世纪90年代市场经济体制改革彻底改变了整个社会的职业结构和人们的职业位置以及思维观念。首先从人口比例上看，20世纪90年代乡村的"城市化"进程使一大批农村人流向城市，到90年代末，城市人口从1979年的约19%增长到30%强。从社会结构上看，自改革开放以来，停止"以阶级斗争为纲"，实行"经济建设为中心"，这大大削弱了"政治分层"，"职业分层"成为整个社会的基本分层结构和机制。从我国城市社会分层结构看，城市人口主要包括私营企业主、白领阶层、工人阶层以及城市中的农民。同时，城市也面临着一系列问题，比如失业问题、交通问题、环境问题等。

城市文化也是某种意义上的地域文化，其生长发展的基本矛盾是地域的独特文化与时代社会普遍文化间的冲突，在全国范围内，则表现为地方文化与中央文化（国家的制度文化）的矛盾；如果将地域的界限扩大为世界，民族国家的文化也是一种地方文化，城市文化的建设隐含着另一个更深刻的矛盾：现代的世界性文化与地方性文化的冲突①。

第二节　作家身份与文学写作

一　作家身份与写作立场

（一）身份

身份（identity），又称"认同"。米德认为身份"是个人在其所属的'社会群体的整体之上'体验自我"②；有的学者把"身份"等同于"地位"（status），认为身份"指个人在社会关系体系中所处的位置"③。这些概念把"身份"置于社会学层面上考察。被学界看作最早最系统阐述"身份"概念的德国社会学家马克斯·韦伯也注重"身份"的社会性，认为"身份"是

---

① 杨东平：《城市季风：北京和上海的文化精神》，东方出版社1996年版，第67页。

② ［英］亚当·库珀、杰西卡·库珀主编：《社会科学百科全书》，上海译文出版社1989年版，第711页。

③ 王康编：《社会学词典》，山东人民出版社1988年版，第236页。

在声望方面可以有效得到肯定和否定的特权，它建立在如下一种或数种因素之上：生活方式；正式的教育过程；因出身或因职业而获得的声望。

身份分为两类：一是先赋身份，指个人出生时的家庭出身及幼年经历，包括性别、种族、阶级、户籍等；一是自致身份，指个人通过努力而获得的身份，如人事身份、所有制身份、职称身份等。先赋身份稳定，是被定义的；自致身份流动，是被认同的。因此，身份既牢固又有变动，何种身份占主导地位因身份制度的不同而不同。"自致身份"的强化导致身份渐趋多元，以及身份间或认同或冲突的可能。先赋身份是无选择存在的，它自始至终或隐或显地盘踞于人的意识之中，其失落往往关系着主体的生存危机；自致身份则是通过努力获得的，存在认同与否的问题，一旦对自致的身份产生质疑，随之而来的是对部分自我的否定以及自我立场的危机，或向另一种身份靠拢。先赋身份有不可选择性，也是出身、种族、性别的不可选择性，其不同决定着个人所获取社会资源的数量和机会的不同，同时也相应地影响了自致身份获得的可能性。诚然这种影响是随着社会为自致身份提供机会越多而越小的。

我国古代身份等级制较为森严。早在西周时期，宗法分封制与世卿世禄制以出身严格限定等级名分，先赋身份占绝对优势；隋文帝时期实行科举制，先赋身份的优势有所削弱，但自致身份真正发生作用是在封建社会结束以后。20世纪初到70年代末以"阶级成分"来划分"身份"，这种划分与政治意识形态联系在一起。在改革开放前的计划经济时期，国家赋予每个社会成员各种身份，主要包括阶级身份、户籍身份、职称身份，其中户籍身份尤为重要。有论者就这样说过，在当代中国，农民所面临的一个最大的悲剧恰巧不是历史文化的悲剧，而是体制的悲剧。新中国成立以来我国采取的是城乡分治政策制度，既不是依靠个人的才能，也不是根据个人的选择，仅仅是依靠出身，农民就被固定在土地上，成为最下层人。如果没有其他的特殊机缘，摆脱这种身份的可能性微乎其微。

（二）社会身份与文化身份

本书所涉及的身份首先是一种社会身份，即人们在一定的社会制度、社会结构中所处地位的外在标志。在现代社会中，身份反映人们社会地位的等级差别，主要表现在人们的职业角色——工作职务职位的不同上。选择"身份"作为研究视角并不鲜见，但目前国内批评界多在研究比较文学领域用它。此处的"身份"指"文化身份"，塞格斯认为它主要依附三个因素：一是某个民族或族群的形式特征；二是社群的心理结构；三是外部形象①。这是在把一个民族文学置于世界文学视域之下，探讨如何保持自身固有属性抑或"民族性"的问题，是在建构自我位置以及如何建构的意义上使用这一概念的。处于跨文化语境下文化间的交流与碰撞之中，对"文化身份"的关注尤为重要，它主要涉及族裔身份与性别身份，多用于华裔作家的书写研究。目前国外采用"身份"进行文学研究的多限于传记文学领域，考察作家身份与讲述的关系②。

本书的身份主要指"社会身份"，也并不排斥"文化身份"的内涵。社会出身、经历本身就蕴含着某种文化背景，出身于乡村的作家必然对乡村文化更有认同感，而出生在城市、长在城市的作家对城市文化又感觉默契，这就是文化认同上的

---

① 〔荷兰〕瑞恩·塞格斯：《世纪之交的文学和文学身份建构》，斯义宁译，《外国文学》1999年第4期。

② Jens Brockmeier and Donal Carbaugh, *Narrative and Identity* (John Benjamins Publishing Company, 2001).

差异。一旦所面临的文化与自身所认同的文化产生冲突，文化
选择就表现出来了。例如，沈从文从湘西进入北京，感受到城
市文化优越于乡村的内容，对本土文化也表现过否定姿态。但
他并未融入城市，因为小学毕业进大学读书无门，与城市尤其
是那些所谓的文化人之间心存芥蒂，对于故乡，包括对于故土
的文化语境的思念油然而生，《边城》就通过翠翠的爱情悲剧
探讨了少数民族文化在汉民族文化、西方现代文化冲击下的命
运。这些文化层面的思考自然还是由作者的社会身份引发出来
的。基于此考虑，本书的"身份"一词主要有两个内涵：一是
社会身份；另一是因出身而来的文化身份。本书所探讨的作家
身份以作家的社会身份为主，兼及其文化身份。

（三）写作立场

任何写作都是有立场的，写作立场是写作的出发点与归
宿。"立场"是指认识和处理问题时所处的地位和所抱的态度，
"写作立场"则是写作时写作者所处的地位和所抱的态度。
"立场"可以等同于姿态。从某种意义上说，写作立场即写作
姿态是指作者如何定位自身及在这一位置上作何发言。正如莫
言所说的"作为"的写作，而非"为"的写作①，它涉及的是
精神与存在的关系问题。有定位就会有隐含读者的存在，隐含
读者也即作者写作过程中假定的一个读者，作家会基于这一读
者的审美趣味、知识能力、生存方式等方面的考虑适当调整自
己的创作，但在更多的情况下是作家要面对他发言，或对话或
启蒙或批判等。

"写作立场"主要涉及"为谁写"、"谁在写"两个问题。

---

① 莫言：《作为老百姓写作》，《小说的气味》，当代世界出版社 2004 年版，
第 122 页。

"谁在写"指作家写作时的身份，臧克家一直称自己为"农民诗人"，把自己的写作立场定位为农民要求他以一个农民身份发言，就需要体验农民的情感与思维方式、感受农民的审美情趣、了解农民的生活方式与生活现状；沈从文自称自己为"乡下人"，他的写作是站在与都市知识阶层相对峙的乡下人的立场上的；朱文曾调侃说如果自己是作家，那么路遥就是农民工，如果这句话成立，农民工就是路遥写作的身份。"谁在写"有时并不等于"为谁写"，这道理其实很简单，从性别角度来看，为妇女鸣不平，即"女性"写作并不意味着作家就必须把自己当作一个女性，比如路翎的《饥饿的郭素娥》、鲁迅的《祥林嫂》、吴组缃的《菉竹山房》。女性创作的目的也很有可能不是在为女性鸣不平，如最早写出《莎菲女士的日记》的丁玲也写了《水》、《太阳照在桑干河上》、《杜晚香》这样并不具有女性意识的作品。"为谁写"就是指作家的写作目的，作家的写作立场不同，其写作目的也不同。

选择作家的"写作立场"或者说"写作姿态"进行研究，不仅因为它为文学发展提供了内因，而且与当下作家多元的写作姿态同样是相关的。自1942年毛泽东发表《在延安文艺座谈会上的讲话》起至当代"十七年"，作家的写作被纳入体制之中，社会公众话语空间的建立使个人的独立性失去存在的空间，个人站在阶级立场上为政治向大众发言是时代使然，为集体代言的作家无法也很难表现出迥异于时代的写作姿态。80年代，个体与国家在面对"十年"浩劫的苦难中达成共识，作家以"民族救赎"为己任又一次"自然"地充当启蒙者，为集体言说。但在失去了"共名"语境的90年代，由于市场对文学的冲击，我们似乎已无法找到昔日赫然潮动的"听众"，写作也不再成为社会、主流意识形态关注的话题。关键是，价值多元、共生共存的文化状态不可能再"孕育"出写作立场同一的作家，1998 年韩东、鲁羊等人发起的题为《断裂：一份问卷和五十六份答案》的调查之举生冷地证实了分化的存在。

通常说，作家总是处于两个空间，写作初育于私人空间，但写作的目的是进入公共空间，所以在某种程度上，个人的写作建构了二元对立的存在，但在 90 年代，这一矛盾并不发挥作用，多元的精神追求与价值立场促成了不同写作秩序的存在，也为作家在"公共"与"个人"之间提供了舒放自如的可能。多种写作立场共存是一种必然，而读者的分流也意味着作家"潜在读者"的多样性，或者说"为谁写"的多重性。本书以"写作立场"作为观照作家创作的关键词，认为作家在确立创作之初就对写作对象有了一个较为明确的写作态度，这种态度能够体现出作家的认识能力、思想观念、审美趣味等。再回到城、乡书写中，我们发现地域对人的重要性，或者说，恋乡恋土对于生存者的重要性，故乡、居住地与异乡对于作家的感受是不同的，这种感受既是理性的，又是感性的，也将影响作家面对城乡及书写城乡的态度。

二　文学写作

马斯洛认为，人要在满足生理需要、安全需要、爱和归宿需要等基础上才能萌发自我实现的需要。因而可以说，作家首先作为社会个体存在，然后才是作为"作家"的存在。"作家"是一种自致身份，也是社会职业身份。在"作家"身份之外，他有出身、性别、籍贯、户籍等先赋身份与人事、职业等自致身份。考察作家身份与文学创作的关系，首先应把握创作的关键要素，即何种因素主导了作家的创作。

（一）体验

文学创作是作家为现实生活所感动、根据对生活的审美体验，通过头脑的加工改造，以语言为材料创作出艺术形象，形成可供读者欣赏的文学作品的"精神活动"。把创作看作一种精神活动，这一活动的主导动作就是"体验"。

"体验"即体会、理解、前理解、视域、循环等，伽达默尔就曾说过体验是主体"把客体作为一个东西，一个'物'来对待"，而"体验"体现的是主客体间的"互动"关系。客体对主体的意义"在于在对象上面凝聚了主体化了的生命和精神"①。作家的写作就是一个不断体验的过程，作家"社会人"的角色使他把体验指向生活，他的前体验是再体验的基础，为作家提供视域也相对限制了视域，作家的创作过程是体验的循环过程，他持何种观照立场或者说以何种身份"看"将不同程度地影响视域。作家的写作就是站在自己的写作立场上，循环体验所面对的生活，继而表达自己的体验。对于作家写作与身份关系的研究，我们从两个角度来把握：一是童年体验；一是成人体验。

（二）童年体验

童年体验对创作的影响不断被提起，许多作家把自己的创作关键词归结于童年体验。冰心就曾说过："不论童年生活是快乐，是悲哀，人们总觉得都是生命中最深刻的一段；有许多印象，许多习惯，深固的刻画在他的人格及气质上，而影响他的一生。"② 迟子建在谈创作时说："童年的经历会不知不觉地影响你

---

①　王岳川：《二十世纪西方哲性诗学》，北京大学出版社 1999 年版，第 53—54页。

②　冰心：《我的童年》，黄河文艺出版社 1986 年版，第 353 页。

的写作。"① 这并不偶然。童年与文学的关系密切，其形象思维、自我中心以及游戏的方式有共通之处②，童年期感知世界的方式、自我中心状态、创造均与作家的写作相似，且这些方式随着成年期集体意识的增强而被遮蔽，这也是作家的写作总自觉不自觉地迈向童年体验的关键。童年体验主要借助于文化的潜移默化，它来源于两种方式：一是习俗。关于习俗对个人的影响，本尼迪克特曾这样说过："落地伊始，社群的习俗便开始塑造他的经验和行为。到咿呀学语时，他已是所属文化的造物。""个体所属的文化提供了他所生活的原始材料"③，文化主要的获取是在不知不觉中通过语言实现的，并往往进入前意识范畴。语言是一种文化载体，接受了一种语言也意味着接受了该社群的文化，尽管这种接受或许是被动的。布鲁纳有一段关于贫穷文化的论

---

　　① 舒晋瑜：《吸收各种营养才会健康——访女作家迟子建》，《中华读书报》2006 年 6 月 29 日。

　　② 相关的论述较多，从形象思维上看，皮亚杰认为儿童期，其感知能力、形象思维已成熟，运算（抽象）思维较弱，成人的形象思维服从于运算思维，而对于儿童，尤其是在那些尚未开始运算思维的儿童中，这两个方面还没有协调起来。关于形象思维与创作的关系，维柯曾就此进行过专门探讨，其影响有两方面的内容：一是以己度人的隐喻，即诗人和儿童一样"把整个自然看成一个巨大的生物"；二是"想象性的类概念"，儿童无抽象类概念，只以感知的具体形象通过想象进行分类，这就如同作家典型性格的塑造，也是通过"想象类概念"（参见朱光潜著《西方美学史》，人民文学出版社 1979 年版，第 330—336 页）。从自我中心上看，1—3 岁之间儿童开始发展自我意识，把自己看作主体而与客体区分开来。这也是拉康所谓的"镜子阶段"，即"处于婴儿阶段的孩子，在镜中'影像'的观照中，我突进成一种首要的形式"（参见［法］拉康著《助成"我"的功能形成的镜子阶段——精神分析经验所揭示的一个阶段》，《拉康选集》，褚孝泉译，三联书店 2001 年版，第 90 页）。皮亚杰认为，儿童往往以自我为中心，把注意力集中在自己的观点与动作上，随着心理生理的发展才逐渐去中心化，渐进地适应自然环境与社会环境；作家的创作也是一个以自我为中心的表现自我的过程。

　　③ ［美］露丝·本尼迪克特：《文化模式》，王炜等译，三联书店 1988 年版，第 5、231 页。

断，即"继续几代人的贫穷产生一种活命文化"，"像这样一种
贫穷文化，早期就影响儿童——在他们怎样学习树立目标、调整
手段、延宕奖赏或不延宕奖赏各方面。他们也很早就学习小团体
的谈话和思考方式，他们的语言使用反映缺乏远见，囿于地方观
念，以致越来越难以在贫穷四邻的小团体之外进行活动或工
作"①。这一论断或许绝对，但能够为我们从童年体验阐述作家
创作提供一些可能的思路。

童年期身份的获得多是既定的，即使有自致身份，个人选择
的机会也相对极小。出身、家庭、所属文化、种族等是先赋身份
的一部分，影响乃至相对决定儿童受教育的机会、居住环境的条
件。居住于封闭乡间的儿童通常无法感受到都市现代文化，不同
的个性受到不同文化的规约，体验亦不同。且体验又是一个循环
的过程，它会不断影响后继的体验。

（三）成人体验

对大部分作家来说，成人体验是他们写作的"现在进行
时"。书写是在"作家"身份上的体验过程，这一体验既包括普
通"成人"体验，又有作为"作家"的体验。较之儿童、青年，
成人首先要面对家庭、婚姻、职业等日常问题，这些问题的解决
是他们适应社会生活的重要方式。通常个体对问题的解释依赖于
自我，而非他人强加的结构。这一个体是被社会承认之后的个
体，作为个体存在的成人体验更多地来自日常生活，因此当下生
活对于作家的写作亦较为重要。

"作家"体验是在成人体验之上站在"作家"立场上的体
验，"作家"的身份使一切体验最终得以表达，因此，"作家"

---

① ［美］布鲁纳：《布鲁纳教育论著选》，邵瑞珍、张渭城等译，人民教育出版
社1989年版，第426页。

身份的实现是成为作家的关键。我们可以把作家放在知识分子范畴里研究。萨义德这样解释"知识分子"：知识分子是具有能"向（to）公众"以及"为（for）公众"来代表、具现、表明讯息、观点、态度、哲学或意见的个人①。"向"表示知识分子个体的存在，"为"表示了其存在的意义。"作家"为知识分子的写作既不可能完全割裂个人的体验，而仅仅作为大众代言人存在；也不可能纯粹为个体言说者。萨特就曾说过，作家成为一个"作家"是其个人的自由，但一旦成为一个"作家"，他就是"一个应该满足某种要求、并且不管他本人是否愿意已被授予某种社会职能的人，不管他想干什么，他必须根据别人对他的看法行事"②。"作家"通过文学参与现实存在，站在公共空间为大众立言，这样的体验是个人体验与大众体验所达成的"共识"。

　　为个体的存在与为公众的存在是作家面对的两种矛盾，童年体验以及成人体验各自独立而又交叉于"作家"体验之中。"儿童期的每一种基本冲突都以某种形式继续存活在成人心中"③，他们当仁不让地占据作家体验的最深层；日常体验为作家此在的体验引发创作的动机。而作家的身份是一个纵横的"系统"，隐在的先赋身份指向童年，"作家"身份与其他社会自致身份构成了大众与个体、想象与现实的纠葛，由此，不同作家选择何种身份为谁发言、书写何种体验向谁发言则自然构成了文学丰富走向的可能。

---

① ［美］萨义德：《知识分子论》，单德兴译，三联书店 2002 年版，第 16—17页。

② ［法］萨特：《什么是文学》，沈志明、艾珉主编：《萨特文集·文论集》，人民文学出版社 2000 年版，第 150 页。

③ ［美］埃里克·H. 埃里克森：《同一性：青少年与危机》，孙名之译，浙江教育出版社 1998 年版，第 69 页。

第 二 章

"进城"作家的城乡书写

自 20 世纪 80 年代起，乡村"城市化"进程是社会结构变迁的关键词，城市对于乡村的冲击不仅表现在物质的诱惑、地域空间的占领以及乡村人口向城市的流动上，而且更重要的是文化意义上的占领。这种占领对于"进城"作家来说或多或少是沉重的，他们的"根"在乡村，出发地在乡村，童年与少年时期认同了乡村文化，即便在进入城市后感受并部分地习惯了城市的生活方式，也认同了优越于乡村文化的城市现代文化，"根"的失落对于每一个写作者都是感触颇深的。而在进入城市之后，怀旧的渴望又在不知不觉中滋长。陈忠实就曾说过，现在自己喜欢住在乡下老屋，喜欢哄人的搅团，"搅团又被乡下人戏称'哄上坡'，我曾经发过誓，如果能有福分不吃搅团，我将永远不再想它。当我和乡民都以白面为主食的日子到来时，过了几年却想吃搅团了，真是不曾想到。"①

第一节 "革命"认同下的乡村张扬与城市反思

对于 20 世纪 40 年代及此前出生的一大批作家来说，"革命现实主义"的意义深远。他们中有一部分人在当代"十七年"

---

① 陈忠实：《搅团——关中民间食谱之二》，《原上的日子》，太白文艺出版社 2004 年版，第 89 页。

时期就开始了创作，换句话说，《在延安文艺座谈会上的讲话》是他们直接或间接的创作指导。《讲话》确立了"为工农兵服务"的文学宗旨，意味着作家必须深刻把握工人、农民、军人的生活及其思想。为"工农兵写作"在当代"十七年"经历了一次"改装"，整合进社会主义的内容，即"社会主义现实主义"文学的产生①。社会主义革命和建设成为主要表现对象，工农兵再次成为主人公，"民族的、阶级的斗争与劳动生产成为了作品中压倒一切的主题"②。革命的宏大叙事主导了文学，此时期阶级身份成为主导身份。遵循写作的党性原则的作家把革命、阶级问题作为写作的关注点，而就单个作家而言，出身于乡村还是城市对于写作本身并没有影响，因为无论工人与农民，均被纳入"人民"这一大体系之中。

　　这一代的"进城"作家们，多在 20 世纪五六十年代就步入文坛，这多少意味着他们的写作与革命文学的不解之缘。他们均经历了由旧社会向新社会的转变，无论是否被打成"右派"，对党和新中国的感恩心态是一成不变的。

　　对于这一代的进城作家，城与乡只是革命地域的不同，相较于此时出生于城市的作家，他们在进行农村题材创作时就有了优势，更由于农民的"革命中最广大最坚决的同盟军"地位，他们的"进城"意味着革命的彻底性，农民出身也带来了自豪感，他们一再在创作中宣扬自己的农民身份。这是一批新中国培养起来的农民作家，"农民"是他们中大多数作家无须理性去认识的身份，在选择写作对象时，农民、农村通常是他们所热衷的。高

---

　　①　周扬在 1952 年一次讲话中说，目前中国文学"已经开始走向了社会主义现实主义的道路"，参见《社会主义现实主义——中国文学前进的道路》，《周扬文集》第 2 卷，人民文学出版社 1985 年版。

　　②　洪子诚：《当代文学概说》，广西教育出版社 2000 年版，第 17 页。

晓声就说:"我是农民这根弦上的一个分子。""这也许是我写起来比较自由的原因,因为我不但是在写他们,为他们说话,也是在写我自己,为自己说话。"① 刘绍棠说:"农村是我的生身立命之地,农民是养育我的父母和救命恩人。写农村,写农民,正是我的感恩图报。"② 丛维熙也说:"我家在农村,故乡的人和事给了我的创作绝大的恩赐。"③

此外,还须强调的就是对党与新中国的自觉认同也纳入他们创作的意识中,他们在创作中,时刻"以人民的利益为重,以社会主义和共产主义的事业为重,以能够代表真理,代表人类进步的共产党的纲领为重"④。刘绍棠就提出文学创作要坚持"党性"原则,"要服从党的事业的需要,要站在无产阶级立场上反映社会生活"⑤。如果从思想上来考察这一代作家的作品,自然会发现"无产阶级"立场极为明显,对于党的形象以及党所领导的一切革命事业也是极力肯定的。这使作家的写作常常不是源于自我感情抒发的需要,而是"革命"的需要。

一 张扬乡村精神的不遗余力

这一代"进城"作家较早离开乡村进入城市,却自始至终把笔与农民、乡村联系在一起,我们可以从他们最初与城市、乡

① 高晓声:《曲折的路》,《创作谈》,花城出版社 1981 年版,第 51 页。
② 刘绍棠:《乡土与创作——〈蛾眉〉题外》,《刘绍棠研究专集》,重庆出版社、贵州人民出版社 1985 年版,第 147 页。
③ 丛维熙:《在创作的道路上》,《丛维熙研究专集》,重庆出版社、贵州人民出版社 1985 年版,第 16 页。
④ 高晓声:《扯谈及其他》,《创作谈》,第 95 页。
⑤ 刘绍棠:《刘绍棠谈"乡土文学"与创作》,《刘绍棠研究专集》,第 208 页。

村间建立的关系中找到理由。20 世纪五六十年代城市与乡村均处于革命文化语境之下，无论乡村题材抑或城市工业题材，只要表现革命内容，都是为社会主义文化事业服务的。而"文艺为工农兵"服务的宗旨又确立了工人、农民、军人三者之间的平等地位，实际上也划分出文学的三个关注领域，即城市工业题材、农村题材与军事题材。此外，在"革命文化"认同语境下人们更强调精神自我的实现，渴望个体小我融入国家、社会大我，在以为社会主义事业奋斗来体现自我价值的社会主义建设时期，城市较之于乡村并没有显示出太多优越性。出身于农民的作家对乡村文化的熟悉与认同使他们较之其他作家更拥有对乡村的"话语权"，而同时，对于乡村及其传统文化，他们普遍表现出认同姿态，这一认同在写作中便是以乡村文化守护者身份大胆地张扬传统文化精神。

执着于乡村的人性人情，张扬乡村精神是这一代"进城"作家共同的写作主旨，毕竟与故乡的血肉联系是割不断的，周克芹就说他的创作"受自己生活于其中的环境的影响比较大。只要一动笔，一幅幅景象各异的乡村图画便出现在我的眼前"[1]。但对于乡村他又不像刘绍棠一般沉醉于完美世界的勾画中，他说："我的创作幻觉往往来自家乡和自己的经历，但我经常要摆脱它，而使自己隐蔽起来，努力做个冷静的旁观者，去评说乡村生活、乡土人情的是与非，去探索人们的内心世界，去表现他们的喜怒哀乐。"[2] 他把乡民看作"我的父母兄弟姐妹们"[3]。在周克芹的作品中，我们较难发现与时代辉映的宏大主题，乡村

---

[1] 周克芹：《自序》，《周克芹》，人民文学出版社 1993 年版，第 3 页。

[2] 同上。

[3] 周克芹：《〈许茂和他的女儿们〉创作之初》，《新时期获奖小说创作经验谈》，湖南人民出版社 1985 年版，第 7 页。

"是与非"的书写没有阶级斗争的相伴，所有的矛盾均来自思想观念的不同。

以 1984 年发表的《果园的主人》为例，小说写技术员良玉拒绝果园主人的两个女儿的爱情，选择了渴望城市生活的尤金菊，以此表明纯洁的爱情观。有趣的是，1989 年，作者在发表的《秋之惑》中明确标示该篇"系《果园的主人》的续篇"，小说的结尾与前篇截然不同，良玉重新回到果园，当得知因为自己的离开给二丫及果园带来重大损失之后，他"良心"发现，感到愧对过往的人与事。随后他与渴望城市文明的金菊间产生裂痕，最后重新选择二丫，希望通过种植果树以实现自我价值。良玉的回来留给读者这样一个信号，作者在远离乡村之后最终还是渴望返乡。1987 年的《上行车，下行车》则更有意思，在县城工作的方达芬本该进省城相亲，却去了插过队的乡村。当年为了进城，她拒绝了乡下人豆子的爱情，在潜意识中渴望找回那段感情，却发现豆子已有未婚妻。尽管方达芬并未找回失去的东西，但"回来"这一动作本身就说明了她对于乡村的留恋。从《果园的主人》到《上行车，下行车》再到《秋之惑》，作者对乡村的姿态可谓一目了然，即"出发——迷失——回归"。

张扬乡村文化精神首先是对于传统文化的坚守，刘绍棠的创作在这方面表现得尤为突出。他曾一再重申自己的"农村土著"身份，高举"乡土①文学"大旗，从《蒲柳人家》开始就身体力行。他把"乡土文学"的源头追溯到鲁迅，认为鲁迅的理论与创作为乡土文学的发展奠定了基础，但这一创作手法在革命年代却"变形"为注重革命内容及为政治的需要，从而忽视了对

---

① 此处的"乡土"延续了鲁迅的"乡土文学"口号，但考虑到刘绍棠住在北京乡下，因此把"乡土"等同于"乡村"。

特殊风土人情的描写①。在当代"十七年"乡村文学的优秀作品中，刘绍棠清楚地认识到浓郁的地方特色是成功的重要因素，从空白处生长，致力于乡土文学创作，展现京东北运河农村丰富多彩又别具一格的风土人情，以土为洋，把"我"的变为世界的，这为他开启了创作之门。

刘绍棠的乡土小说涉及面较广，但无论是表现家乡革命历史、父老情感还是历史风土人情与现实生活，颂扬与坚守传统文化主导了他的写作姿态，他说："我所有的小说创作，都是满怀感恩和孝敬的心情，为粗手大脚的爹娘画像。"② 以画像为前提的乡村观照预示着刘绍棠的乡土写作带有感恩的抒怀，这既有一个农家子弟对于养育自己的父老乡亲与土地的热爱，还有对"文化大革命"回乡时受到来自乡亲关爱的感恩。

认同传统文化与美化乡村精神是刘绍棠写作的出发点，小说《蒲柳人家》就是对乡村父老品德的审美性书写，通过对一批农民形象的塑造表现出来。女中豪杰一丈青、仗义施财的何大学问、主持正义的吉老秤、虽为露水鸳鸯却彼此真心相爱的柳罐斗与云遮月，他们代表了正义的一派以及传统文化的精神内核，虽处于最底层，却疾恶如仇，并表现出对于"恶"的勇敢的斗争。杜四与老婆豆叶黄对望日莲心怀鬼胎，他们代表邪恶的一派以及传统文化中的劣势环境。以一丈青、何大学问与吉老秤解救望日莲并给她与周檎做媒来表现善与恶的较量，一方面体现了善有善报、恶有恶报的传统文化中的道德内涵；另一方面张扬了农民精神中不屈的一面，展现出农民"革命"斗争的热情，从而达到

---

① 参见刘绍棠《乡土文学浅谈》，《刘绍棠文集》第10卷，北京十月文艺出版社2003年版，第124页。

② 刘绍棠：《乡土文学与民族风格》，《当代作家谈创作》，中央广播电视大学出版社1984年版，第27页。

歌颂农民形象的目的。但歌颂却并不意味着无视人物缺点，在这些乡村英雄身上同样有着不足：一丈青思想封建；何大学问好戴高帽子，这些无伤大雅的缺点描述并不会产生否定人物形象的结果，相反却展现出人物形象的复杂性，达到塑造人物形象丰富多彩的效果，增强了小说的真实性。

但有一点需要提到，小说中正义的伸张并不是通过说理（隐形法官的在场）而是通过"武力"来实现的。一方面可以看到在20世纪30年代的中国，通县乡村的农民无法找到伸张正义之地，唯有在拳头中出"政权"，并以此引申出在解放后人民群众当家作主，政府作为主持公道的场所，解救农民于水深火热之中。另一方面，"武力"体现出乡村的反抗精神。这种精神一扫自鲁迅笔下的闰土们以来的农民被动屈服姿态，他们卑微的神情，与解放区写作连贯起来，突出农民阶级的扬眉吐气，真正表现出农民的刚劲与力量。

刘绍棠以坚守乡村文化为自身文化立场的审视姿态，首先表现为对背弃家乡者的否定。女性"留守者"作为乡村道德的评判力量，评判着出走者在道德上的欠缺。《乡风》中的李良辰考上大学后与乡下原配离婚，"离婚"是一个有意味的动作，它意味着人物背弃传统文化，接纳了城市现代文化。作者给这背弃传统文化的人安排的结局是"反右"时被后妻出卖，挨斗，跳河自杀未遂，获救后有家不能归，可见作者对羡慕城市荣华者与"弃乡者"的批判与否定。这种评判的前提是乡村文化与城市文化的对峙，乡村越发质朴，城市越发堕落。但事实上，城市提供的物质文明与精神自我解放程度明显优于乡村，这一点是刘绍棠无法否定的。一味颂扬乡村精神而拒绝接纳城市，将农民永远固守在土地上终究与时代相悖。一方面无法背弃乡村；另一方面又需要寻求超越乡村文化的城市文明，刘绍棠笔下的农民该何去何从？在《蒲柳人家》中他设置了周檎在北京求学后回乡教书，以解决出乡与坚守的难题，即接受了西方现代文化，并把这种文化引入乡村，既不摒弃现代文化，又维护自身坚守的乡村文化的主旨，这无疑是刘绍棠为其所塑造的人物寻找的最佳结局。但在改革开放后，农民进城成为一种趋势，尤其在乡村亦面临着"城镇化进程"之际，乡村开始自觉接纳城市文化，在留守与远离间踌躇似乎已无多大意义，无论张扬留守者还是批判远离者都明显与时代相冲突，如何在进城与返乡之间寻找平衡且固守乡村文化是刘绍棠面对的难题。《十步香草》无疑是其解决二者矛盾的一种新设想。

《十步香草》讲述了通州城内一个大四合院里的人事纷纭。20世纪80年代改革之初人心躁动，院主单身男人郓河人被造纸厂解雇，守着价值十几万家产的他并不变卖家产以求荣华生活，而甘愿到斗笠村以"扭转农业萎缩局面"为目的的一家联营公司帮忙。相反一批农业户主纷纷进入城市，并把土地转交给郓河人经营。作品的重点显然不是思考农民放弃土地进城这一事实，而是城里人下乡，正是有了农民放弃土地进城这一现实背景，郓河人的下乡才有了特别的意味。城市出身的郓河人为"熟悉与了解农民"的强烈渴望者，且一直与城市保持对立姿态，结尾处更加确证了这一倾向，一直想着"回村务农"的市民郓河人，在得知朋友在乡下开厂时，"飞向鸡笼店"，且"不给自己留回城的后路"。我们说，身为农民坚守乡村文化无可厚非，身为市民又无乡村体验，对乡村生活同样缺乏了解的郓河人为何对乡村产生强烈的向往？刘绍棠未作正面交代，或者对他来说，向往的原因并不重要，关键是有了这种向往，人物才有了下乡的可能；有了这种可能，农村才有了希望。这种设置极有意思，在郓河人看来，不信任、戒备、对于金钱的欲望充斥着城市，人人都想在城市获取利益，而相对来说，乡村却呈现出好一派田园风光。但其实，乡村同样遭受了现代文化中欲望的冲击，斗笠村一家以"扭转农业萎缩局面"为目的的联营公司就是城里人（官员）办的，名不副实，充满着权力与利益的斗争。与刘绍棠此前的小说如《乡风》、《吃青杏的时节》相比，《十步香草》的"新设想"不仅表现为城里人下乡的决心，对农民进城也没有了批判。"不批判"姿态不妨看作刘绍棠对于农民进城事件所做的"让步"，而郓河人的下乡则意味着坚守乡村文化的另一种努力。

不难看出，并不过多评介城市现代文化，而仅以乡村精神为对象的书写在刘绍棠的小说中走到了极致，它迎合了刘绍棠所张扬的"乡土文学"的写作主旨，这种写作曾一度使刘绍棠获得成功，但又因为乡村本身的危机（"城市化"进程），乡土文学写作在此后似乎又面临着困境。毕竟乡村田园牧歌的图景正在消逝，写过"知识农民返乡"与"市民进乡"之后，刘绍棠在面对农民进城之趋势，如何行之有效地张扬乡土精神应该是一道难题。但对于这个接受了现代文化的农民知识者，在接受城市文化之后却执著于乡村传统文化的写作，这显然需要一种文化自觉。事实上，从他选择把表现乡村浓郁的地方特色作为写作宗旨起，就决定了他的笔自始至终将留在乡村，即使面对农民进城的趋势，他仍要为乡村文化击鼓而歌。

对于乡村精神的张扬在刘绍棠、周克芹的写作中得到极力渲染，这其中也面临着一些问题，如果把乡土文化看作与自身生命攸关的存在，书写农民接受城市现代性、实行经济体制改革必然影响这一"存在"，而进城农民追求城市现代文化与执著于乡村传统文化显然是一对相反的命题。更为关键的是，安排农民进城还远不是乡村精神守护者可以接受的故事结局。乡村需要发展，城市现代文化无疑提供了一个很好的参照，避免城市现代性而一味书写乡村传统性才由此表现出自身的局限性。因此有论者认为，刘绍棠在过分张扬乡土文化从而封闭村落的过程中，"把传统的情和义传奇化和夸张化"，必然失去了"对当代现实有效的阐释，乡土在刘绍棠那里走进了封闭而狭窄的胡同"①。

二　改革：物质贫困的乡村之出路

刘绍棠提供的是一种理想的乡村，乡村因为他的虚构而显得诗情画意。但现实中的乡村是否如此？不妨看一组统计数字，根据《中国统计年鉴》，1978 年农村人口为 8 亿，其中贫困人口为 2.5 亿，农村年人均收入为 133.57 元，城镇职工年人均工资为 615 元。从城乡居民收入比例看，以农民收入为 1，1980 年的比例为 2.24：1，1984 年为 1.83：1，1985 年后重新扩大，1994 年达到 2.6：1，可见，现实中贫困是农村一直要解决的问题。这样一来，我们看到的是乡村农民善良、纯朴，却终日面临饥饿的问题，乡村精神的富裕与物质的极度贫乏形成了反差，改革成为许多作家所关注的内容，如周克芹的《许茂和他的女儿们》、何士光的《乡场上》，思考农业问题、农民问题，为农村生活的深刻变革作·说明。

一直以来，高晓声就以考察在城市现代文化对乡村传统文化的冲击下，农民的物质文化现状及其在日常生活中所凸显的文化心态为写作主旨。选择乡村题材，用高晓声的话说，是无法进入城市，21 年的下放生活与思考，乡村自然成为其创作的源泉。他对于乡村的书写并不在于表现乡村极具特色的风土人情，作为一个农家子弟，他自然深悟到农民文化及乡村精神的内质，并认同乡村活命文化，表现在其作品中就是塑造了一批纯朴的农民形

---

①　高秀芹：《文学的中国城乡》，陕西人民教育出版社 2002 年版，第 105 页。

象，这些农民超越了地域上的存在，他们首先是作为乡村普通的劳动者，与革命、信仰、理想诸辉煌的字眼无缘，所有能够昭显的是他们与活命文化相关联的传统精神，恋土、恋亲、勤劳，同时亦不乏劣根性。

在刘绍棠笔下，伴随着张扬传统文化而来的是对农民文化中劣根性持一种温和与宽容的姿态；高晓声则以此作为进入农民文化心态的通道，从而审视农民文化。他说，"农民的个性是很复杂的"，"他们的弱点确实是很可怕的"，"我们的文学工作者，科学工作者，要用很大的力气，对农民做启蒙工作，这个工作责无旁贷"[①]。本着启蒙立场设置农民形象，便带上了先在的缺陷，迷信、保守，更奢谈理想与精神追求。高晓声的启蒙目的显然不在于否定人物，《李顺大造屋》中的李顺大为造屋而走后门，作者并不为此批判或审视李顺大的思想腐化。把李顺大这一行为纳入 20 世纪 80 年代的背景下，将发现，改革开放时期某些不正之风盛行，无力的农民小人物自然无法超越世俗，亦无法主导自身的命运，但"造屋"与"吃食"一样都是农民活命文化的基础，他们不可能抛弃自身的活命之源，亦无力寻求正义的时代英雄气概，与不正之风作斗争，所能做的只有屈服，即送礼。

这种即便是值得同情的违规行为也没有被作者一笔带过，结尾处"灵魂不得安宁"的李顺大惭愧地大骂自己"我总该变得好些呀"，这一"骂"使农民形象得以提升，它意味着农民李顺大并不为自己利用不正当手段获利而沾沾自喜，反而因为与传统道德相冲突而表现出对自身行为的不满。责骂凸显了传统文化及农民精神，它一方面弥补了人物形象的不足，在个人无法主宰的

----

① 高晓声：《谈谈文学创作》，《创作谈》，花城出版社 1981 年版，第 60—61 页。

特定情景下"助长"了性格的缺陷，出于无奈的选择而相对淡化了后果的严重性；另一方面，以传统文化对应不正之风，突出传统文化精神的优越性。从对人物性格中某些缺点的否定书写出发，而以张扬传统文化作结，可见，所谓的审视传统文化本身就是以认同为前提的。

认同传统文化意味着对农民性格的认同，却又放大了农民性格的缺点，人物的二重性格展现出真实而复杂的个性，这一设置伴随着幽默笔调，其结果是淡化这一复杂性，使人物缺点在嬉笑中得以遮蔽。鲁迅说过，喜剧将那无价值的东西撕破给人看，即用一种不协调的结构，以玩笑的形式与理性的内容达到讽刺效果，在笑中揭露与鞭挞。高晓声对于农民性格中的劣根性就是通过在滑稽中实现批判的，把人物性格中的缺点置于喜剧式的絮叨中，使人物不再可憎而可爱起来。《陈奂生上城》中的陈奂生在得知要花五块冤枉钱交住宿费后，心痛不已，在床与沙发上胡乱折腾，对于一个一毛一毛地挣着油绳钱的农民，这一数额显然超过预算，肉痛一大笔开支是自然的；由没法向老婆交差的沮丧到想起坐吴书记的车，住五元一夜的高级房间的振奋，陈奂生获得了精神上的胜利。这种精神胜利法的书写并不能简单地认为是对人物的批判，高晓声说："对陈奂生们的感情，决不是什么同情，而是一种敬仰，一种感激。正是他们在困难中表现出来的坚韧性和积极性成了我的精神支柱。"① 从陈奂生的"精神胜利法"先回到阿Q，作为一个欺善怕恶带有流氓无产者气质的穷佃户，阿Q身上所体现的国民性弱点与他自身个性中嬉皮、无赖的一面是吻合的，既体现了一个弱者无法获胜后理直气壮的苟且偷生，又体现了封建传统文化下被扭曲的人的存在，这与鲁迅以批

---

① 高晓声：《且说陈奂生》，《人民文学》1980年第6期。

判国民性弱点为前提从而否定封建文化的目的是相关的。尽管评论界对陈奂生的"精神胜利法"的评论总是延及阿 Q，然而不难发现他们之间的本质差别。阿 Q 性格中的无赖形象在陈奂生身上并不曾有，实际上，陈奂生的"精神胜利法"体现的不过是一个摘掉落后帽子并获得物质满足之后的农民开始了精神自我的寻求，虽然也有着农民文化中的劣根性，如炫耀、攀比、要面子等，但这一精神上的胜利并非阿 Q 的自欺欺人，而是出于终于摆脱贫困后农民自我在改革开放背景之下的苏醒，已不再是因贫困而全无自尊的"漏斗户"主。可见，其中的否定意识，亦不过是善意的嘲讽。毕竟，出身农民的高晓声对于农民文化心态的矛盾心理远非单纯以肯定或否定可以界定。"我是农民"的身份使他面对农民表现出自觉的亲和；"我是农民作家"让他不忘启蒙姿态，在认同中自觉保持距离。他的启蒙姿态并不是居高临下的，在对农民心态的评诉上，高晓声没有把农民的缺点上升到一个高度，而是选择一种低姿态在幽默中"一笑而过"。身为知识分子的高晓声对于乡村传统文化的审视不是以批判为目的的，而是在审视中渗透着高晓声对于乡村、对于农民的期望。一方面是高晓声对于自我的无法放弃；另一方面是因为他把农民看成潜在的读者，他的写作是写农民，为农民写，是给农民看的。他说："随着农村经济的好转，农民精神生活的需要也越来越迫切了。""作为社会主义的文学，必须全力去占领农村阵地，提高为基础服务的效率。"① 以农民为读者，写农民关注的事情，选择于农民日常生活中塑造农民形象，确立了农民的主体地位，它既需要超越农民精神的启示意义，又需要与农民思维同步，深入把握农民的精神本质。

---

① 　高晓声：《希望努力为农民写作》，《创作谈》，花城出版社 1981 年版，第 30 页。

　　高晓声审视农民性格中的劣根性，达到对农民思想精神乃至传统文化的审视，是通过城市现代文化的背景来实现的。如果说，刘绍棠预设了城市与乡村对立的场景，并出于张扬乡村精神的考虑而对城市现代文化表现出审视姿态，这种对立在高晓声的作品中相对淡化，城市现代文化成为应对乡村传统文化与检验农民心态的参照系。《陈奂生上城》中为了展现农民于时代中的文化心态，高晓声把事件发生的背景放在城市，给省吃俭用的农民陈奂生一次展现性格的"机会"，因为生病住进旅店而花掉五块钱的陈奂生首先想到的不是自己的生命，却是身外之物——区区五块钱。在城市现代社会，健康成为人们寻求的目标，生命远远重于金钱、利益、声誉。但在乡村文化中的"吃食"意味着衣、食、住、行是生存的主题，它体现在五块钱等同于两顶帽子、六斤油绳加成本费、不吃不喝要劳动一个多星期。这一等式在已满足物质需求且正在追求精神自由的城市人看来是可笑的，但可笑之后，高晓声却让我们看到了其中辛酸的内容，那就是农民的生命竟不值五块钱，甚至一张床！对于这一认识高晓声是痛苦的。"不值"的关键何在？ 20 世纪 80 年代的农民尚无法认识到人作为个体的意义以及生命的唯一性，"自我"也是一个超越意识范围的话题，更严峻的现实在于精神自我需要以物质自我的实现为前提，衣、食、住、行等最基本的生存需要有了保障之后，追求精神享受才有了可能。尽管小说用幽默的表述展现陈奂生的"气急败坏"以及"精神胜利法"，然而其中所包含的是乡村活命文化中值得反思的内容。审视乡村文化亦认同乡村文化；批判农民心态又"幽默"而过；在城市现代文明语境审视中又不乏辛酸的内容，高晓声对于农民文化心态的思考旨在阐明一个道理：如果说农民文化心态的劣根性的确存在，它是否有改造的可能？答案应该是肯定的。从愚昧的陈奂生在摘掉"漏斗户"主的帽子后，依然复苏了自我，证明物质文化对精神文化的主导作用。它预示着解决农民文化心态的难题在于解决乡村的物质贫困状态，城市现代文化因此成为必不可少的工具。

对农村物质贫困的焦虑使高晓声以启蒙者姿态为农民写作，把城市文化作为审视农民心态的工具，却又站在乡村立场上认可传统文化。高晓声究竟要以何种方式表述乡村，是渴望乡村进入城市现代文明，还是重申乡村精神？应该说，他是较为关注宏大主题的，他自己就说过，他的小说"从《流水汩汩》到《漫长的一天》，从《'漏斗户'主》到《柳塘镇猪市》再到《陈奂生上城》，基本上把一九七九年农村在政治经济上的进度和变化反映出来了"①。在对农村变化的书写中，我们并未发现远离乡村进入城市成为市民的农民，即使有过多次进城甚至出国经验的陈奂生，进城也并不曾有过对城市现代文化的艳羡，自始至终都保持着农民本色。他在县委书记吴楚家总不能闲着或逛街，看到有一块荒地就不自觉想到开荒、种植、收获，体现出农民本色；在国外也不为美国的繁华所迷惑，一心想着的是老婆孩子热炕头。农民的期盼是实实在在的，它与看得见摸得着的收获联系起来，这样一种期盼使农民目光并不深远，但却为一点一滴的收获感动，这种"感动"又是高晓声所感动的。很显然，即使乡村需要从现代文化中获取物质上的进步，对于城市现代文化的寻求并不是高晓声的书写主旨，《陈奂生上城》中所张扬的也正是陈奂生一直坚守的传统精神。但传统精神显然无法让农村与农民自立，正是在这种背景下，改革开放成为农民致富的契机，由此不难理解，对改革开放与党的政策的肯定成为高晓声启蒙的思想导向。高晓声多次赞扬农民对共产党的信念，他说："林彪、'四人帮'打着党的旗号欺侮了他们十年，也没有从根本上动摇他

① 高晓声：《生活和"天堂"》，《创作谈》，花城出版社1981年版，第24页。

们对党的信念。一旦'四人帮'粉碎，党制订了正确的路线，逐步恢复优良的传统作风，他们的脚步就一天也没有停顿地跟上来了。"① 农民思想的转变实则是高晓声最为关注的，《荒池岸边柳枝青》中的张炳林积几十年之经验，竟"确认共产党是反对发家致富的"，对政策心有余虑；《陈奂生包产》中陈奂生由采购转为包产，心里总是不踏实，想"文化大革命的样子还没看见吗"。这些忧虑终于在被现实证明为多虑后，人物才深刻认识到"靠了共产党，靠了人民政府，才有这个雄心壮志，才有可能使雄心壮志变成现实"的事实，从而转为对政策的接受。可见，高晓声书写农民心态、渴望启蒙农民的目的正在于使农民抛弃故步自封的观念，大胆地迈上改革之途，与改革、与时代同步，摆脱困扰已久的物质匮乏的现状。

　　高晓声身为农民的生活体验使他认识到物质条件的匮乏及由此而来的精神文化低下的必然性，提高乡村物质文明才显得尤为重要。经济体制改革为乡村物质富裕提供了可能性，乡村农民获得了物质乃至精神上的富足，抛弃传统文化的束缚，顺应改革开放大潮是农民与农村摆脱贫困的关键。高晓声的启蒙意义并未止于审视农民心态，既然精神的改造需要建立在物质程度的满足上，物质进步才是农民及农村最好的出路。这是建立在一个假设的理论前提上的，即物质富裕必然带来精神上的自足，农民需要物质与精神上的自足，但以现代文化为工具的自足在何种程度上能真正助长农民精神？靠着与吴书记的关系进城采购的陈奂生依然是"依附"他人之力，而绝非自立，且这种依附并非万能，农民需要真正的自立，自觉接受现代文化，进行乡村经济形态的改革。接受现代文化之后的农民该如何守护与改造乡村传统文化？正如李

---

① 高晓声：《且说陈奂生》，《创作谈》，花城出版社1981年版，第13页。

顺大依然要以送礼获得造屋的合法性一样，忏悔终究不能抹去送礼的事实，农民在获取物质文明的前进路途中，传统文化精神在不可挽救地一点点消失。更进一步说，当农民进城成为必然，进城后的农民是否依然是农民，他们还有没有保持乡村传统精神的必要，乡村传统精神面对现代文化的冲击又该向何处去？高晓声把笔墨停留在农民物质文明进步的策略思考上，这一点明示了他曾身为农民有感于 20 世纪 80 年代农民的出路而做的选择，但审视传统文化并不能真正解决传统文化即将面临的危机。其实这并不仅是高晓声笔下的农民要面对的，也是所有中国农民需要面对的难题。

三 打量市井文化与否定城市现代文化

无论在刘绍棠笔下还是在高晓声抑或周克芹笔下，我们能发现城市与乡村在文化意义上的对峙。乡村文化通常作为自我文化，城市文化则作为排斥的对象。如此一来，他们笔下的人物在进城之后要么转变为灵魂堕落者，要么就在城里时刻想着念着乡村。城市现代文化成为这一批作家笔下人物进入城市的难题。在刘绍棠的《乡风》中，李良辰考上大学进城了才有可能背叛妻子；周克芹尽管没有明确地说明这种对立，《秋之惑》中的尤金菊渴望进城，因为城市有物质的富裕与更多发展自我的空间，良玉的返乡与二丫重归于好预示着对立的存在。

诚然，这些出生于乡村的作家，对于城市的否定或质疑，是文化意义上的存在，他们仍然居住在城市。"归来者"身份也表明城市早已认可了他们，也接纳了他们，只是他们在心理上仍旧依恋乡村。也并非农村作家就无法涉足城市，陆文夫与邓友梅就是这样的作家。陆文夫爱苏州，称苏州小巷为"梦中的天地"，他的书写是站在外来者立场上对吴文化的观照，尽可能地展现苏州之美。他的作品大多写市井小民的悲欢离合，表现出鲜明的小巷风情。陆文夫的"小巷人物志"系列小说，对苏州各式各样的小巷风貌和小巷生态作了形象的描绘。如对于苏州水乡小巷，《小巷人物志》代序《梦中的天地》中就有这样的描写：

> 河两岸都是人家。每家都有临河的长窗和石码头。那码头建造得十分奇妙，简单而又灵巧，是用许多长长的条石排列而成的。那条石一头腾空，一头嵌在石驳岸上，一级一级地扦进河来，象一条条石制的云梯挂在家家户户的后门口，洗菜淘米的女人便在云梯上凌空上下，在波光与云彩中时隐时现。那些单桨的小船，慢悠悠地放舟中流。让流水随便地把它们带走，那船上装着鱼虾、蔬菜、瓜果。只要临河的窗口内有人叫卖，那小船便箭也似的射到窗下，交易谈成，楼上便垂下一只篮筐，钱放在篮筐中吊下来，货放在篮筐中吊上去，然后楼窗吱呀关上，小船又慢慢地随波漂去。

《临街的窗》也写得美：

> 东六扇长窗就关了，有粉红色带黄花的丝质窗帘，清风撩开了窗纱，可以见到一位美丽的少妇当窗梳头，那长波浪的青丝一会儿披散在肩上，一会儿又随着那仰起的脖子甩到脑后，使得窗下行人的脚步也有些迟疑。这少妇有时也唱几句地方戏，嗓音甜美圆润，听了叫人舒心畅气。

《美食家》写到苏州文化的精华——"食文化"，"一张大圆桌就象一朵巨大的花，象荷花，象睡莲，也象一盘向日葵"，吃的顺序也非常讲究,"开始的时候是冷盘,接下来是热炒,热炒之后是甜食,甜食后面是大菜,大菜后面是点心,最后以一盆大汤作总结。"作者以外来者姿态尽情地展示苏州吴文化的精细与雅致。《美食家》着重"食",《人之窝》则关注"住",均为人们最基本的生活需求,小说把许家大院的历史纳入20世纪40—60年代以及"文化大革命"时期各种势力明争暗斗的揭示之中,人与物的经历深深烙上了时代印痕。小说结尾的纷纷下放使悲剧上升到最高点,作者并非没有意识到要让人物迎来圆满结局,文中写道:"先知者的话总是灵验的,十年之后,今天登船而去的人又陆陆续续,遮遮掩掩,曲曲折折地回到了苏州。"但此刻要强调的不是苦尽甘来,而是"在这一抢一还之间,你的生命也就快到了尽头",这样使得对"文化大革命"的反思就越发沉痛。

陆文夫对于苏州的写作,更突出其文化特有的个性,他的笔法也带有"寻求"的意味,换句话说,他的苏州写作不是背对,而是"面对",由于"面对",对方的特异与个性就成了他的兴奋点,即写作中突出苏州吴文化的"独一个",他对苏州的写作就带上了打量的姿态。

与陆文夫关注苏州民间文化一样,邓友梅也把京城的民间文化作为着笔点。较之陆文夫,邓友梅更早进北京城,11岁才返回故里邓村,随即参加革命。新中国成立之后,邓友梅移居北京,故乡邓村的记忆早已淡远,北京却相对具体可感,进入城市的书写由此可能。事实上,邓友梅自己也说过,他的北京风俗写作是因为"有生五十余年,有三十多年是在北京度过的。几十年来,我和许多老北京结下了深交①。与陆文夫一样,他也是

---

① 邓友梅:《序》,《邓友梅小说选》,四川文艺出版社1987年版,第2页。

站在城市外来者立场①观照北京的。从某种程度上说，邓友梅书写北京的成功得益于"外来者"身份。这一身份让他对城市终究有些隔膜，却给了他一个不同于本地人的观照视角，"不同"是创作的关键。邓友梅说："我打过一个比喻：刘绍棠是运河滩拉犁种地的马，王蒙是天山戈壁日行千里的马，我是马戏团里的马，我的活动场地不过五米，既不能跑快也不能负重。我得想法在这五平方米的帐篷里，跑出花样来，比如拿大顶，镫里藏身……你得先想想自己的短处，然后想辙儿，想主意：我是不是也有行的地方？我比刘绍棠大几岁，解放时我十八岁，他才十二岁，我对解放前的北京城比他熟悉些；王蒙知识比我丰富，才智过人，可是他在北京的知识区长大，不熟悉三教九流汇集的天桥，他没见过我见过，我拿这个跟他比。你写清华园我写天桥。只有这样才能为读者提供多种多样的审美对象，在各个生活角落，发现美的因素。""每个作家好比一块地，他那块是沙土的，种甜瓜最好，我这块本来就是盐碱地，只长杏不长瓜，我卖杏要跟人比甜，就卖不出去。他喊他的瓜甜，我叫我的杏酸，反倒自成一家，有存在的价值。"② 正是凭着"自成一家"的写作观念，邓友梅突出京城民风民俗，聚焦于旧北京文物行中人，这些人物均为城市平民，无权无势，纵然如那五也只是落魄贵族。作者选择此类人物系列，把一些本土人熟视的京城古玩、字画解释得韵味十足。那些人与城多为旧式，故事也多在旧社会发生，但最终要贴近时代由旧换新，人物也便从旧社会走向了新社会。

---

① 赵园曾说过，邓友梅是站在山东人角度对北京的理解（参见《北京：城与人》，北京大学出版社2002年版，第69页）。邓友梅的故乡为邓村；陆文夫也不认定苏州是故乡（见《故乡情》，《寻根》1997年第6期）外来者的立场在这个意义上存在。这里的"外来者"可以说是"异乡人"，但并非"边缘人"，革命年代大概只有革命与非革命才构成中心与边缘的区别。

② 邓友梅：《略谈小说的功能与创新》，《北京文学》1983年第9期。

《那五》中那五的风光在旧时代已经完结，小说结尾仍不失要把他"教育、改造"成新式文人。尽管作者并无意追求重大题材，人物命运却总关涉到历史变迁，明确表现出对新时代的歌颂。这一点并不奇怪，作者就曾说过，腐朽的大清王朝统治者们"不仅断送了他们的政权，并且使多少八旗后裔，变成了既可怜又可悲的废物！直到中国共产党取得了政权后，才为他们开辟了一条弃旧图新的生活"之路，新旧时代的对照，体现的正是"中国人民大革命的必然性与必要性"①。

《索七的后人》可以看作《那五》的"序集"，也是那五在新时代的可能之路。逃往日本的索七留下两个儿子玉宝与石柱儿，石柱儿被人民政府接管后又红又专，虽曾受过批斗但革命信念依旧；玉宝则在代表旧社会的太爷填房的影响下，个人主义思想严重，虽在"文化大革命"中也被改造"进步"了，"文化大革命"后却打着"合法"的幌子非法地走私了大量文物，最后被石柱儿报案。玉宝与石柱儿的两种结局是在向读者表明，"革命"之路是光明之路，沉溺于旧中国"阴魂不散"的腐朽思想将自取灭亡，在对比设置中完成对党和新中国的颂扬②。从"京味"到"革命"，这一点并不奇怪，在这一代作家身上，强烈的革命情节总会影响他们的创作，在写《那五》之前，邓友梅就写了一系列战争小说，如《在悬崖上》、《追赶队伍的女兵》。

以外来者观照城市民间文化，这些民间文化也属于传统文化范畴。换句话说，他们的笔所触及的不是城市的现代文化内容，而

---

① 邓友梅：《序》，《邓友梅小说选》，四川文艺出版社1987年版，第3页。
② 洪子诚语，邓友梅的北京风俗写作是"对于已失去其生命活力的'帝都'的衰败的揭发，和对于蕴藏于风俗文物中的传统文化神韵的着迷"（参见洪子诚著《中国当代文学史》，北京大学出版社1999年版，第327页）。似乎可以说，前一个"揭发"导致对革命的赞扬，后一个"着迷"引发致力于传统文化的书写。

是传统文化中的民间文化，或者说市井文化。现代文化却成为他们质疑的对象。例如，陆文夫的《毕业了》就写了自己对于当下城市的态度。留恋过去的老太李曼丽在家人与朋友的劝说下终于鼓起勇气抛弃一切旧物，要紧跟时代，在变卖旧衣物时却发现眼前这个时代已开始了一种有别于传统方式的价值重估，李曼丽最后选择了放弃。李曼丽面对的不是价值重估本身，而是这个时代，在西方现代文化冲击下的城市，她的守旧物、舍不得丢东西本身就体现了一种传统的文化观念，人物的放弃也预示着作者对于现代文化接纳的困难。邓友梅对于当下城市的写作，多表现为上一代人对现代社会一些年轻人的现代观念乃至城市现代文化进行批评以及改良的渴望。如《业老二佚闻》中的"排队"一节，由"插队买鱼"写出当时走人情、走关系的不正之风；"吃饭"通过饭店服务质量差写出服务业的服务意识不够以及管理部门的不力；"发明"通过业老二买到质量不过关的电器蚊香，写出假冒伪劣产品的盛行。值得称道的是，不同于陆文夫的无奈，邓友梅对这些不良现象都表现出直接干预的决心与勇气，且多了一些幽默与调侃。《业老二佚闻》中"发明"一节，业老二在先买到假货又换到假货，突发奇想拿手炉烤蚊香片挺管用且无奈之下，分别给上海那个杂货店和哈尔滨出手炉的工厂写了一封信，建议手炉和蚊香片一起卖，这里用幽默调侃的方式实现对假冒伪劣现象的批判。写信、提建议通常是邓友梅的人物对不良现象的直面方式，许多结果大都不令人满意。从某种意义上讲，邓友梅的城市现代生活的干预与陆文夫的放弃都表现出一定程度上的无奈与困惑。

现代与传统的差异体验在"革命"、"阶级"、"国家"、"人民"等字眼的光芒中相对隐淡。如果要追问现代化对他们意味着什么，大概总是"革命"、"解放"、"人性"、"物质富裕"等启蒙意义上的存在。传统通常表现为"乡情"、"感恩"、"风

俗"、"习惯"等，这些在他们的童年体验就有所接触。因此在
他们的写作中，现代与传统的差异还不是关涉的对象，即便一些
作家笔下的人物在城乡之间做出选择的时候，他们普遍选择了留
守乡村，这更多的是源于作家自身对乡村难以割舍的情感。20
世纪80年代中后期，西方的各种思潮大量涌入，人们的观念意
识发生了迥然变化，一些信仰甚至与革命时代的背道而驰，他们
对于城市现代性表现出否定乃至批判，面对陌生的城市与陌生的
人，向内心"撤退"也好，走向尚未变的乡村也好，都是不约
而同地汇聚于传统。无论他们书写城市抑或乡村，传统、现实、
社会、革命等都是写作的关键词。

第二节 "农民进城"的挣扎与徘徊

对于城市现代文化的向往是乡村由来已久的话题，这种向往
在中国的封建社会多表现为官本位的文化影响下农民参加科举考
试，超越自身所属阶级，获取一官半职，但在严格的等级制度下
这种超越几乎成为不可能。20世纪初启蒙现代性思潮下对于民主
与自由的呼唤动摇了等级制度，革命年代，工农兵联盟与"农村
包围城市"的战略方针凸显了乡村的政治地位，而在"文化大革
命"期间，城市成为受难之始发地，乡村反而漠视了阶级斗争。
20世纪80年代经济体制改革首先从农村开始，但城市经济改革反
过来又为深化农村经济改革提供了有利条件。城市经济体制改革
为吸纳与分流农村大量剩余劳动力提供了直接条件与机遇，农民
开始大量向城市流动。有资料表明①，农村劳动力向城市转移早

① 郑杭生等：《当代中国城市社会结构 现状与趋势》，中国人民大学出版社
2004年版，第281—285页。

在新中国成立之初，农村存在过多剩余劳动力的问题在土改后期即已显露出来，当时党和国家对此有非常清楚的认识。土地改革改变了许多农村人口的职业属性，将近 2000 万原来不从事生产的地主加入到农业生产中来，原来并不参加农业劳动的妇女也投入到生产互助组、合作社中。1952 年成为新中国成立初期农村劳动力外流的高峰年。1955—1958 年，农村劳动力向其他生产部门的转移率直线上升；1967—1970 年，农村劳动者转化为非农劳动者的概率直线上升；1977—1981 年出现的农业劳动力职业转换的加快与知青返城有直接关系；之后1982 年又回到 1975 年的水平；1984—1987 年持续较高的职业转换，一方面是乡镇工业发展的结果，另一方面与沿海城市工业发展相关；1990 年后开始了民工潮。之所以列这一系列数据，是为了说明出生在 20 世纪 50 年代的农村人，他们"文化大革命"前在县城上学，城市给了他们较大的诱惑，"文化大革命"时期与"知青"一同回到乡村，成年后渴望进入城市，"知青"返城潮多少加大了他们进城的艰难，他们在 20 世纪80 年代初进入城市是困难的。

在几乎所有现代化问题研究文献中，农民都至少是被当作传统观念、传统生活方式的阐释者，而城市人、都市生活大多被置于"传统——现代——后现代"的关系式中相对滞后的部分。城市对于农民的吸引力极大，一方面是丰富的物质程度；另一方面是相对自由的氛围。这种吸引甚至到了把认同城市与否作为农村青年思维是否先进的标准，表现在文学作品中，便是认同城市文化并大胆接受现代观念的农村青年多被设置为值得肯定的农村改革者；而一味固守传统文化的则作为故步自封的典型，尚需进行精神改造的落后者。

一 "异乡人"在乡村文化与城市文化之间

对于城市现代性的认同并不是一个轻松的过程，其中涉及城市是否接纳追求者以及乡村是否有阻碍，种种困境使追求也表现出挣扎的艰难。即使在挣扎着进入异族文化之时，仍有相伴随而来的危机，即对本民族文化的漠视。失落于本民族文化之后的现代文化追求者感受到失落自我之痛，回顾自身所属文化，回归乡村的渴望由此展开。这样一种由挣扎到放弃再到回顾的姿态，在 20 世纪 50 年代出生的"进城"作家身上表现得极为明显，他们是真正感受到挣扎进城之痛的作家。应该说，对城与乡采取何种姿态取决于作者面对城市文化与乡村文化的姿态，或亲密或疏离；或认同或审视。对这些"进城"作家来说，"挣扎进城"的深刻记忆是他们无法忽视的存在，一方面，乡村传统是自我得以确立的根本；另一方面，城市现代文化是远远优越于"自我"存在的"他者"。挣扎之举所带来的是面对城市复杂难言的心态：自卑、艳羡抑或对城市的怨怼。对于这一代"进城"作家精神层面的思考，我们参考"异乡人"这一概念。

最早提出"异乡人"概念的是西美尔，他认为"异乡人""不是今天来明天去的漫游者，而是今天到来并且明天留下的人，或者可以称为潜在的漫游者，即尽管没有再走，但尚未完全忘却来去的自由"①。西美尔从社会的空间秩序角度进行阐释，认为"异乡人"是精神流浪者。这一精神流浪者的出现是与现

---

① ［德］西美尔：《社会学》，林荣远译，华夏出版社 2002 年版，第 152 页。"异乡人"（stranger）也被翻译成"外来人"、"陌生人"、"局外人"，有人把帕克的"边缘人"也纳入"异乡人"范畴。

代社会结构相关联的，前现代社会时间与空间融合，并以空间来
计算时间；而在现代社会，时空的分离导致空间的"虚化"，空
间从根本上讲不过是心灵的一种活动，空间距离因而成为心理距
离。因此，西美尔所谓的"异乡人"对家园的怀念总在精神层
面，地域上的临近并不意味着距离的消失。关于"异乡人"，鲍
曼也曾从矛盾性入手，认为它是"不可决断者家族中的一个成
员"，"既非朋友也非敌人"，"因为它们什么都不是，所以它们
有可能什么都是"①。"不可决断"让本土深感威胁，于是采取
"去疏离化"或"驯化"、同化"异乡人"。这让"异乡人"面
临尴尬，认同本土文化意味着肯定自身生活方式的低劣与不合道
德标准，但承认自我的低劣显然又是一个痛苦的过程。这导致了
异乡人面对本土文化时会采取双重姿态：一方面，拒绝离去
"渐渐会将他的临时寓所改变成一个家园——正像他的其他的，
即'原初的'家园退回到过去，或者完全消失一样。然而，另
一方面，他保留着离去的自由，因而能够以本地人很难具有的平
静之心来察看本地状态"②。

　　目前许多论者用"异乡人"来概括几乎所有"进城"作
家。的确，对于城市，他们都属于"异乡人"，但相对而言，
40 年代出生的作家在"文化大革命"前就进入了城市，那时候
进城没有 70 年代末 80 年代初那么困难，并且城乡差距也没有
后来那么大。而 60 年代出生的农村作家，他们大多数都通过读
大学的方式进入城市，随后获得工作，这种进城相对更为轻松，
这一代作家通过写作获取进城资本的相对较多，在某种意义上，

---

　　① 齐格蒙特·鲍曼：《现代性与矛盾性》，邵迎生译，商务印书馆 2003 年版，
第 83—85 页。
　　② 同上书，第 90—91 页。

他们对于创作的投入，是因了他们把写作当成实现自我价值的唯一手段，他们的进城之痛也越发刻骨铭心。由进城的艰难到进城之后面对城市文化，并发现城市文化的某些弊端，否定与批判也是必然的。进城越难，批判越发沉重，正所谓希望越大失望就越大，他们的心理遭遇也越强烈。源于此，本书用"异乡人"心态作为阐释这一代作家心理矛盾的理论支点。在我们的"进城"作家与城市关系问题上还有一点不容忽视的是，乡村与城市即异乡与本土间的等级差别是先在的，城市文化不仅远远优越且与乡村文化呈对立姿态，"进城者"早已自觉认同城市现代文化，他们惊羡于城市的物质富裕与精神自由程度（主要指启蒙现代性），但随即面对的就不仅是城市现代文化的排斥与鄙视，而且是自身被同化之后自我身份丧失的危机。"异乡人"清醒地意识到坚守自我的重要性，他们与城市间的关系显得复杂而暧昧，既渴望栖身于此又渴望精神流浪。借用西美尔的话说就是："他没有从根源上就为群体的某些个别的组成部分或者一些片面的倾向而被固定化，面对所有这一些，他都采取'客观'的特殊的姿态，这种姿态并不意味着某种单纯地保持距离和不参与，而是一种由远和近、冷淡和关怀构成的、特殊的形态。"①

对身为"异乡人"的写作者来说，写作是身居城市后在回忆中展开的，他们未进入城市前就部分认同了城市现代性，进入城市后，城市更为他们提供了不断认识的可能。纵观这些身为城市"异乡人"的"进城"作家对于城市的观照姿态，我们发现其中经历了由认同城市现代文化到自我身份（自我文化）丧失的尴尬，再到寻求自我身份的过程，从一批"进城"作家的写

---

①　西美尔：《社会学》，林荣远译，华夏出版社2002年版，第513页。

作中可以清楚地看到这一存在。

二 离别乡村与向城市进发

说中国农民进城是一个古老的话题并不为过，中国原本就是乡土性的，城市最初也只不过是"四面围以城墙"，"城郭也，都邑之地，筑此以资保障也"，以农、林、渔、猎等为生都是广泛意义上的农民。随后工、商业的发展才有了职业的转换，"农民进城了"。农民本意是指从事某种职业的人，后又被人为地赋予贬义，指人目光短浅，封建愚昧，小农意识。尽管这是随启蒙的知识分子对于农民乃至国民的批判而来的，但是从中可见农民、农村在当代中国的地位。对于中国农民来说，进城的意义就在于超越自己的先赋身份，向社会证实自身的能力，彻底推翻人们意识中的"出身论"。

对启蒙现代性（城市现代文化）的追求为知识农民带来了进城的渴望，他们把脱离自身所属阶级进入城市成为"公家人"作为奋斗目标，因为城市不仅提供了优越的物质环境，还提供了实现自我价值的精神场。他们对乡村表现出一定程度的拒斥。莫言就这样说过："十八年前，当我作为一个地地道道的农民在高密东北乡贫瘠的土地上辛勤劳作时，我对那块土地充满了刻骨的仇恨。""当时我曾幻想着，假如有一天，我能幸运地逃离这块土地，我决不会再回来。"① 刘庆邦也说过："生在农村，长在农村，我的祖父和父亲都在村前的地里埋着，我没有什么理由不老老实实在农村呆着，没有什么理由不把农村看成我的立足生存之地。可是不行，一万个理由都不能说服我，我心想走出去，一心

---

① 莫言：《超越故乡》，《小说的气味》，当代世界出版社 2004 年版，第 363 页。

想着离开我的家乡。"① 出乡、逃离土地成为一代"进城"作家的渴望,写作就成为进城的手段。例如阎连科,"我最初学习写小说时,目的非常明确,那就是为了逃离土地,为了离开贫困、落后的农村"②。

源于自身的进城经历,"农民进城"于是成为一批"进城"作家关注的话题。最先关注这一话题的是路遥,他笔下的知识农民高加林开了一代知识农民进城的先河。选择这一题材主要归因于作家的出身,他说:"作为一个农民的儿子,我对中国农村状况和农民命运的关注尤为深切。"③ 事实上,作为一个"进城"知识青年,路遥对农民进城的客观现实表现出深切的关怀是自然的。但问题是,接受城市文化离开乡村与拒绝城市文化固守乡村是俨然对峙的姿态,于对立间作何选择就预示了写作者对乡村文化的"处置"方式,路遥选择了接受城市现代文化。为了明确自己在城乡间的姿态,他设置了现代文化与传统文化决然对立的前提,以"突出贫与富、城与乡等的强烈反差,通过对比形成冲突"④,以无法回避的姿态凸显自己对城市文化的追求。

小说《人生》中为了表现两种文化的冲突,设置了一些细节,比如,高加林叫巧珍刷牙。一天,巧珍在家门口刷牙,几个小孩和无聊的老头在围着看。被围观对于城里人来说可能并不算什么,他们习惯于展现自我,而在农村尤其一个女孩子就显得有伤风化。巧珍的父亲当即拉下脸来,骂她丢人。文章这样写道:

---

① 刘庆邦:《到远方去》,长江文艺出版社 2002 年版,第 247—248 页。
② 阎连科:《我为什么写作——在山东大学威海分校的讲演》,《当代作家评论》2004 年第 1 期。
③ 路遥:《生活的大树万古常青》,《路遥文集》第 2 卷,陕西人民出版社 1998年版,第 376 页。
④ 路遥:《答中央广播电视大学问》,《路遥文集》第 2 卷,第 452 页。

　　巧珍委屈地站起来，说："爸，你为啥骂人哩？我刷牙讲卫生，有什么不对？"立本："狗屁卫生，你个土包子老百姓，满嘴的白沫子，全村人都在笑话你这个败家子！你羞先人哩！"

　　巧珍："老百姓连个卫生也不能讲了？我就要刷！"

　　《人生》通过刷牙这一细节突出城市与乡村文化的差异，从某种程度上说，牙齿的清洁程度能够代表生活水平，"刷牙"讲卫生在城里是一件非常平常的事，因为在城市，活命并不成问题，更多涉及的是卫生、健康、享受等相关问题。乡村人却不容易接受"卫生"，活命是最重要的事。另一个细节就是井水被污染，高加林和巧珍往井里洒漂白粉被村民误解，突出的也是两种文化观念的对峙。一面是乡村文化所表现出的弊端，另一面是被城里人羞辱，高加林在对自己的自信中产生了进城的念头：我非要到这里来不可！我有文化，有知识，我比这里生活的年轻人哪一点差？我为什么要受这样的屈辱呢？这正如刘庆邦所说的："初中毕业以后'回到了各自的乡村'，我们是多么的不甘心啊。"①

　　高加林在县中几年的学习生涯让他接触到城市现代文化，因为这种认识是在他深刻体悟乡村文化的缺憾之后，所以城市现代文化才以几近完美的面貌在构想中出现。"进城"对于高加林来说，既是获得了城里人身份为自己"争口气"，更是认同城市现代性而自甘被同化。但进城又是背叛爱情与传统道德的，在各种力量的较量中，高加林选择了进城，置巧珍的爱于不顾，接受了黄亚萍的爱。诚然，从一开始，高加林对于巧珍的爱就是情感战

---

　　①　刘庆邦：《到远方去》，长江文艺出版社2002年版，第221页。

胜理智斗争的结果。他一度后悔对巧珍的冲动，因为和巧珍恋爱就意味着他无法离开土地了，要一辈子当农民对高加林来说是难以想象的事情，但对于异性的渴望又让他无法用理智来说服自己放弃巧珍。巧珍的爱在一段时间里成为高加林的慰藉，她的爱是无私的、充分给予的，但是与城市相比，她的诱惑力又显然太弱了。

黄亚萍是与巧珍性格观念截然不同的女性，小说设置高加林与黄亚萍的爱，其目的是要表现高加林的文化选择，即对城市文化的接受以及对乡村传统文化的放弃。这种接受与放弃对高加林来说是不轻松的，其中含有内心的挣扎，也即文化之根意义上的割裂，是自我对于自我的告别与改造。

高加林乡村告别的手势是沉重的，这主要表现在他在巧珍、黄亚萍之间选择的艰难上。在黄亚萍对他表示了爱意之后，高加林把感情的天平放在黄身上，并决定与巧珍断绝关系。当个人的前途与爱情发生了冲突，高加林毅然选择了前途。在某种程度上，高加林对于黄亚萍的选择更多的是从理性出发的，用贬斥自己来树立一种勇气与意志："你是一个混蛋！你已经不要良心了，还想良心干什么。"但在与巧珍摊牌之后，他依然像孩子一样大声号啕起来。即便在与黄亚萍热恋的日子里，他有时也会猛然想起巧珍来，"心顿时像刀绞一般疼痛，情绪一下子就从沸点降到了冰点"。而黄亚萍就像烈性酒一样，使他头疼，又使他陶醉。

即便高加林为了进城付出了惨重的代价，包括对自我的背叛，但"挣扎进城"并没有成功，他最终被城市的公正法理驱逐出城。丧失"城里人"身份后的高加林带着对城市的幻灭返乡，宣告了农民进城的失败，迎来的却是乡村的真诚与接纳。驱逐与真诚、出乡与返乡的矛盾凸显了乡村的伟大，高加林渴望弥补愧疚，巧珍的出嫁又把高加林永远置于传统文化的背叛者位置。这种设置很有意思，很显然，作家并不想拒斥城市文化，与其说是回归乡村，不如说是不忍弃置的一次回顾，是在认同现代文化前提下的颂扬传统文化，出于被迫的返乡预示着对城市文化的渴望仍在。高加林再次寻找巧珍，其实质并非自觉远离城市彻底回归乡村，而是城市失败者渴望在乡间寻求慰藉，以求解脱负罪感。作者使浪子的愧疚永远无法消除，也使刘巧珍所体现的传统文化之美越发神圣与崇高，她身上体现了"我们这个国家、这个民族的一种传统美德，一种在生活中的牺牲精神"，"不管社会前进到怎样的地步，这种东西对我们永远是宝贵的"①。路遥并非要为传统文化立法，惩罚乡村逆子，能力并不差的高加林仅仅因为农民身份而无法成为"公家人"，失败使人物获得了本不可能有的同情，并以此突出农民进城的艰难。这一点与路遥的初衷是吻合的，他说："从感情上说，广大的'农村人'就是我们的兄弟姐妹，我们也就能出自真心理解他们的处境和痛苦，而不是优越而痛快地只顾指责甚至嘲弄丑化他们。"② 路遥对高加林给予的同情表明作者并不否定进城之举，农民进城失败的书写与其说是对传统文化的固守，毋宁说是出发前的拥抱，有了对传统文化的张扬之后路遥开始消除内疚感，并大胆地从乡村出走。

路遥的许多作品都突出了对乡村文化的依恋，《风雪腊梅》中漂亮的冯玉琴被地委书记的夫人看上，想让她嫁给自己的儿子，她却不为所动，依然选择了回到自由、畅快的农村。《黄叶

---

① 路遥：《关于〈人生〉的对话》，《路遥文集》第 2 卷，陕西人民出版社1998 年版，第 416 页。
② 路遥：《早晨从中午开始——〈平凡的世界〉创作随笔》，《路遥文集》第 2卷，第 67 页。

在秋风中飘落》中，县教育局长卢若华虚伪、丑陋；高广厚老师则真诚、淳朴。刘丽英与高离婚，嫁给卢若华，最初考虑的是后者能给她富裕、体面与光彩，但强烈的母性意识与对新婚丈夫的失望让她最终回到高的身边，人物的选择预示着作者对于乡村传统文化无法割裂的情感。

有了对乡村传统文化的眷恋与肯定，之后的进入城市就尤为毅然决然了。因此，从某种意义上说《人生》是《平凡的世界》的基石，正因为有了高加林的进城之为，才有孙少平做"公家人"的执意。换句话说，进城农民对乡村传统的愧疚在高加林身上已然结束，因此，孙少平才能在不断的援助与支持下获取成功。《平凡的世界》中对于爱情的设置可以与《人生》进行比较，从田晓霞对孙少平的爱与巧珍对高加林的爱中可以看出，一方面女性是传统文化美德的代表；另一方面也体现出路遥对于城市现代文化的接纳姿态。在《人生》中，巧珍成为进入城市后高加林愧疚传统文化的根源，因此进城之后的高加林返乡是必然的；而在《平凡的世界》中田晓霞却成为孙少平接受现代文化的力量，进城后的孙少平虽游离于城市底层，与省城记者田晓霞的爱实则是对美好的设想，一个矿工与城里的大记者结合毕竟有些荒唐，田晓霞的死解决了"设想"面对现实的尴尬。从高加林的进城失败到孙少平成功的不同书写中，路遥认同城市现代性的姿态逐渐明朗，如此一来，就不难理解他的思考了："当历史需要我们拔腿走向新生活的彼岸时，我们对生活过的老土地是珍惜地告别还是无情地斩断？"① 路遥选择了清醒而沉痛地告别，自觉认同现代文化且进入城市成为他的主题。"告别"手势下的

---

① 路遥：《早晨从中午开始——〈平凡的世界〉创作随笔》，《路遥文集》第 2 卷，陕西人民出版社 1998 年版，第 66 页。

回眸只是为了保持感情的平衡，而在《平凡的世界》中就体现了这一点。孙少安拒绝田润叶的爱，回到乡村表现出对传统文化的眷顾，但究其实质不难发现，少安与少平，一个留守农村实施农村体制改革；一个挣扎进城工作，不管为农民还是工人，他们都在自觉追求城市现代文明，这也正是 80 年代初乡村的普遍姿态。路遥所要做的就是为这一批挣扎进城的农民代言，他说过作家的"责任不是为自己或少数人写作，而是应该全心全意全力满足广大人民大众的精神需要"，"全身心地投入到生活之中，在无数胼手胝足创造伟大历史伟大现实伟大未来的劳动农民身上领悟人生大境界、艺术的大境界"①。路遥的城市认同主要在于对时代的认同，追求城市启蒙现代性也正因为城市现代性相对前现代性（传统性）具有绝对的优越，这实际上也是作者对乡村与传统文化出路所给出的思考。

应该说，路遥以及这一代其他的"进城作家"，其本身的进城经历就是一段 20 世纪 80 年代农民进城的挣扎史与苦难史。与城里人相比，他们普遍家庭贫寒，自卑感也极强，他们往往会加倍努力，获取城市社会的肯定，文学就成为了手段。为了进城而写作，他们的写作中总不难看出离乡的苦痛与进城的挣扎。

三 "废都"与"废乡"的二难

路遥站在农民立场书写，所要做的是对启蒙现代性的认同与呼唤，他的写作体现了 20 世纪 80 年代农民对城市文化的想象性渴望，既与乡村存在着割不断的联系，又渴望告别乡村。这种渴望之所以是想象性的，是因为渴望者本身对于城市及其文化并没有深彻的体悟，或者说，他们与城市相处毕竟短暂，对城市的认

---

① 路遥：《在茅盾文学奖颁奖仪式的致词》，《路遥文集》第 2 卷，第 374 页。

识并非深刻,"想象"因为艳羡而放大了城市的优越性,淡化了城市及其文化的不足。伴随着现代性危险环境的逐渐显露即审美现代性反思思潮下城市批判的到场,前现代性的优势在"异乡人"心中不觉凸显;更重要的是,由认同现代性导致被同化,其后果无疑是自我身份的丧失,寻求自我身份与传统文化由此显得迫切,这在文学上往往表现为"精神返乡"的书写。

但事实上,任何一种寻求并非易事,现代社会与传统社会均具有安全环境与危险环境。对"进城"作家来说,启蒙现代性的冲击与乡村的城市化进程将导致传统文化面临威胁以及乡村的消失,并由此威胁到个体自我身份的确立,深受传统文化熏染的乡村之子深知传统文化的劣势,丧失故乡的"进城"作家批判城市现代性是否有意义以及返乡如何可能?他们在去与来之间陷入困境。

在查阅这一代"进城"作家关于进城与乡村记忆等的论述时,很容易发现他们在城市与乡村间的徘徊心态。起初为了逃离土地而进城,并渴望不再回来,或参军或招工或写作,与乡村、与泥土在精神上的牵连却使地域上的逃离多少失去了意义。贾平凹在《四十岁说》中就提到自己是一个山地人,在中国的荒凉而贫瘠的西北部一隅,虽然做够了白日梦,那一种时时露出的村相,逼他无限悲凉。这种感觉不仅贾平凹有,刘庆邦也说过自己与故乡割不断的关系。"像是一种无形的东西牵着我,我从哪里飞走,还要回到哪里去。这种无形的东西是强大的,我抗不过它。"① 地域上的逃离与精神上的永远牵念让"进城"作家无处躲藏,并为写作者带来了精神栖息的两难。

一直在书写中表现于两种文化定位中存在两难的是贾平凹,

---

① 刘庆邦:《到远方去》,长江文艺出版社 2002 年版,第 236 页。

这首先表现在他对自己身份的定位上。贾平凹曾坦然相告"我是农民",以一种城市"异乡人"欲弃城而去的口吻,他说:"忧伤和烦恼在我离开棣花的那一时起就伴随我了,我没有摆脱掉苦难。人生的苦难是永远和生命相关的,而回想起在乡下的日子,日子变得是那么透明和快乐。"明明是告别的手势,却以背对的姿态。他又说:"当我已经不是农民,在西安这座城市里成为中产阶级已二十多年,我的农民性却并未彻底退去,心里明明白白地感到厌恶,但行为处事中沉渣不自觉泛起。"① 以"我是农民"的定位获得否定农民文化心态的合法性,而"忧伤和烦恼"与"回想乡下"又是对昨天的留恋。这显然是面对城市文化与乡村文化的两种姿态,既感性认同又理性批判。事实上,贾平凹从"我是农民"到"我是诗人"再到"我是西部作家"的多种界定也预示着"自我"定位抑或文化归属的艰难。贾平凹早期的小说如他自己说的,"都是写商州山地的,又都是现阶段农村经济改革后的故事"②。所改革的不仅是农村经济体制还有农民意识,这种改革以城市现代文明作为参照标准来评判乡村的一切,并由此得出农民意识的缺陷。而对于现代性的追求则体现在爱情的抉择上。《小月前本》中的小月与传统农民才才有婚约,用村里人的评价,也即以乡村传统观点看,才才是个好农民、苦农民、穷农民,好、苦、穷的意思是这样一些农民死守着几分薄田,日出而作,日落而息,完全传承了传统农民的生活方式以及文化精神,虽然穷也不想怎样挣钱,即便种田太苦也认命、守旧、勤劳、古板、善良。与才才相对照的是农民门门,门

---

① 贾平凹:《我是农民》,陕西旅游出版社2000年版,第230、22页。

② 贾平凹:《后记》,《腊月·正月》,北京十月文艺出版社1985年版,第419页。

门在村里人眼中是二流子，不好好种庄稼，穿得体面，吃喝得油舌光嘴，在村里最早买收音机，戴了手表，门门撑竹排而到过县城。与才才相比，门门接受了更多的现代文化，有现代意识，也难免带有商业气，这让一贯重情重理的乡民有些反感也是常理之中的。但小月并不喜欢才才，而是对门门感兴趣，引起小月兴趣的起初还不是门门本人，而是门门的城市见闻。换句话说，门门对小月的诱惑实际上是城市现代文化对于农村的诱惑，这表现在物质的富裕与对女性自我的肯定上。小说最后小月选择了门门，但作者并不想把她塑造成一个嫌贫爱富、见异思迁的人，也不想让她完全与乡村割裂，在她离开传统农民才才，走向有现代意识的农民门门时，心里却在想："要是门门和才才能合成一个人，那该是多好呢。"尽管"要是"的感慨并没有影响小月的选择，无法忽视的却是出走的瞬间"回眸"，这是一种对传统文化的眷恋又对现代文化的接纳。《鸡窝洼人家》中所阐释的也是这一话题，鸡窝洼里回回和烟峰是一对夫妻，烟峰是个活泼的女人，"头发从来没有妥妥帖帖在头上过"，不会生孩子，爱骂丈夫。禾禾与麦绒本为一家，禾禾是个转业军人，不愿过传统农民的生活，想通过别的正当渠道挣钱，不料欠下一大笔债，被村里人看作浪子，后夫妻离了婚。这里也可见乡村社会的价值观念，即一个农民的自我价值是在伺候土地的过程中实现的。禾禾进城卖红薯挣了钱之后给烟峰买了一面镜子，烟峰很喜欢；禾禾给自己买了几支牙膏。这个细节也极有意思，对镜子的喜爱意味着女性对自身外表的在意，也隐含着女性对自身个性的重视；牙膏则是卫生的象征，与乡村传统文化有所冲突，禾禾挣了钱本该存起来，留着细细地花，而不是买镜子、牙膏这些不适用的东西。许多乡村人对外表并不讲究，比如麦绒与回回，他们遵循传统观念，麦绒会过日子，回回也喜欢守旧，省吃俭用。在小说最后，烟峰选

择了禾禾，麦绒选择了回回，这就是传统与现代观念的差别使之
然。四人的选择主要是文化意义上的选择，但作者并没有褒贬任
何一方，在着重写禾禾和烟峰组合的同时，也不忘添上回回与麦
绒的一笔，以此表现突出现代性并兼顾前现代性。

　　但不管怎样，两种文化本身的对立是存在的，当两种文化发
生冲突时，抉择就是必需的，贾平凹不忍放弃传统文化，但对于
现代文化又是肯定的，因此无论是《小月前本》还是《鸡窝洼
人家》都在亦步亦趋中表现出对传统文化的部分放弃与现代文
化的认同。对于 20 世纪 50 年代出生的"进城"作家，进城并
非易事。毕竟对于乡村传统文化的牵念有更多感性的因素，自然
无法彻底放弃。在渴望进入城市时，会有对城市文化的认同，在
进入城市之后，也会有对乡村文化的渴望。《浮躁》中的金狗进
州城，从农民转变为记者以及对英英的欲望均是现代性同步的；
而对小水的爱情是扎根于传统的。金狗在逐渐被现代性同化的过
程中，惊恐于某种东西的丧失，这种东西实际上是归属于传统文
化的自我身份的丧失，由此萌发回归的渴望，小水成为他的精神
支柱。在他失望于城市与女性之后，小水越发神圣崇高，金狗最
后选择返回州城。若小说到此结束，不过是《人生》中农民进
城故事失败的重演，不同的是高加林是被迫返乡而金狗是自觉行
为，但都是由女性的完美把传统性渲染到极致。所幸，故事并没
有就此作结，金狗的返乡开始了作者对传统文化的另一阐释。因
福运的死而成为寡妇的小水接受了金狗的爱，小水从传统文化的
象征变为欲望的爱人，传统文化的神圣光环随之淡化，小水的进
城意味着对现代性的认同与传统性的远离。金狗娶小水看似回归
传统文化，实质上是对传统文化的一个交代，归乡不是目的，带
小水进城才是关键所在。因而结尾处，作者并没有给他笔下的人
物以豪迈的姿态迈入城市，小水的"忧虑"为全文设置了迷障，

预示着进城后的农民将面临新的忧虑。可以说,《浮躁》以前,贾平凹对于自我与城乡文化间关系的阐释,与路遥有着很大程度上的相似之处,但《浮躁》之后,贾平凹的笔触伸向了进城知识农民的心态描写,以及"精神返乡"的探索,贾平凹的写作就有了超越性意义,这种"超越"使他不仅在陕西文坛,而且在国内文坛也有着不可忽视的位置。

《浮躁》中小水的忧虑实际上也是贾平凹的忧虑,忧虑并没有伴随着城市物质生活的好转而减退,相反在继续,体现在写作上就是《废都》、《白夜》与《土门》书写进城农民的"出走"。《废都》是"出走"的最初尝试。关于《废都》的主旨,贾平凹曾说过:"旨在说庄之蝶一心要适应社会而到底未能适应,一心要有作为而到底不能作为。"①《废都》所废的不仅是城市,更是活动于城市的精神自我,庄之蝶在渐趋颓败的废都里,肉体与灵魂受到了重创,最后选择"出走"。从金狗的进城到庄之蝶的出走表现出贾平凹对城市文化的第一次大胆质疑,原先挣扎着渴望进入的州城只不过是一座被欲望、糜烂、颓废充溢的废都,挣扎进城有何意义?但贾平凹又显然并未毅然放弃城市,事实上,在他进入城市之初就已认同城市文化,这意味着城市文化也成为他自我的一部分,放弃城市自然也放弃了自我,这种放弃与放弃乡村同样难以承受。庄之蝶的出走是贾平凹勇敢地背叛城市,可悲的是,这种出走是没有归宿的出走,庄之蝶最后昏死在火车上,这并不意味着人物解脱了困境,形同虚设的出走使出走者面临着更大的困境。《白夜》中贾平凹选择了"隐性出走",西京城里的夜郎无法融入城市,被伤害又不甘放弃,作者让人物为报复邪恶用非法手段与非法斗争,"入狱"的结果似乎避免了庄之

---

① 贾平凹:《贾平凹谢有顺对话录》,苏州大学出版社 2003 年版,第 223 页。

蝶"出走"的虚幻，以及何去何从的尴尬，但如此"出走"似乎是愤怒已久的"异乡人"痛快发泄之后又无法给城市一个交代的"权宜之计"罢了。它的违法性也意味着这种出走"一次性消费"的本质。既没有归宿，又无法融入城市，"异乡人"何去何从成为永恒的困惑。《土门》中的出走就表现为这一困惑，作者将"仁厚村"置于"城市化"进程背景下，围绕"向何处去"，仁厚村出现了大分裂，以"我"、成义叔、云林爷为代表的一批农民在迷惘中寻找来路，另一批农民则在勇敢地接纳城市。无论寻找抑或接纳，都表明对抗城市的力量是微弱的，乡村及其文化本身在消失，出走或留守任何一种结局都是某种意义上的背叛。庄之蝶的"出走"在《土门》中只代以一句"从哪儿来就往哪儿去"的苍白感慨，预示着无处可去的悲哀。诸种"出走"均未能解决进城者于现代性与传统性之间的困境，从城市出走又并不归宿乡村，结果只能是在现代性认同下对自我身份失落现状的无奈而羸弱的抗争。

应该说，"身份"意识一直盘桓在贾平凹的书写中。进城渴望折磨了一代农民，他们认同了两种文化，"自我"实际上也归属于这两种文化，摒弃传统意味着背叛传统自我；固守传统又意味着背叛现代自我，在"出走"已然终结的背景下背叛城市文化似乎只能是虚妄，可做的只有"追悼"，精神返乡正是这样一次尝试。《高老庄》中的子路在两种文化间的纠葛表现在他与西夏、菊娃的情感上，与西夏的结合代表现代，对菊娃的牵挂则代表传统。弃传统、过去于不顾在情感上不忍，兼顾过去又愧对现在，这是子路的苦愁，也是作者的苦愁。"返乡"原本是漂泊许久后的精神回归，但庄里无知而蒙昧的人事太多，农民已经不是原先意义上的农民了，他们赌博、酗酒，为了蝇头小利打闹不休。阎连科在《日光流年》里也写到村里女人为了生计，不得不去卖皮（做妓女），农民的精神在渐渐改变。而因为珍爱土地，这一些农村发生的人事纠纷才让子路越发怅然，乡村纠纷越大，对自我的失落就越大。乡间的事态暴露出传统的弊端，质疑传统性意味着返乡的荒诞；本意是为了寻找乡村精神返回乡村，在面对乡村之后，子路发觉记忆中的乡村已经失落。痛失乡村精神之后，子路撕毁笔记并发誓"再也不回来"，这是弃传统的绝望感叹，子路可以做到，贾平凹却不能，他让西夏留了下来。这种安排极有意思，一个从省城来的女性西夏要行拯救高老庄之举（"收集"砖块及与子路的结合也看作证据），西夏的"留"为作者对传统文化的毅然放弃提供了余地。

贾平凹的小说自始至终都在表现挣扎与徘徊的心态，这种心态也正预示着他寻找二者契合点的努力。但事实上，当现代文化与传统文化以预设的对立形象出现时，无论怎样寻找都只能是徒劳。在城市与乡村之间如何定位，这是贾平凹的困惑，也是此时期大多数农民作家的困惑。贾平凹进城与回乡的两难预示着一代城市农民在实现自我与确立自我两极间的困惑。当猛然清醒于自我身份丧失的危机时，两极矛盾已上升为殊死斗争，城市"异乡人"是否有出路以及如何寻找出路成为亟待解决的难题。

对于乡村既留恋又厌弃的双重姿态在20世纪初"乡土作家"的写作中早已体现，不论时间相隔多远，城市漂泊者的心态却是共通的，他们思念自己的来路，惶惑于自己的去路，乡村与城市，一个寄予心灵之所，一个肉体生存之所，弃其中任何一个都是不忍的。从此处，我们看到了"回想"乡村书写的延续，诚然，延续的存在并不是人为的，是因感受体验相近而达到暗合。对故乡既批判又怀念的情感在20世纪初的"乡土作家群"写作中表现得也较为明显，所不同的是，"乡土作家群"作家的启蒙意识更强，更喜欢发现问题；"进城"作家更注重自身心灵的归宿感，写作问题不是为了问题本身，而是体现文化的劣根性，以及自己对于这种文化的复杂心态。另外，在乡土作家写作中没有"进城"的话题，他们进城本身就不困难，也很少关注城市生活的作品；在这一代"进城"作家中，"进城"是一个折磨了他们很长时间的话题，这种折磨出现在他们的写作中，是带痛的挣扎，他们面对城市的姿态也相对更复杂。

四　张扬乡村文化背景下的城市文化批判

这一代"进城"作家对于城市的批判一方面源于现代性反思的大文化语境；另一方面就是失去乡村自我的焦虑与恐慌。在这些作家笔下，乡村与城市是二元对立的存在，一个是理想的乡土，一个是现实的城市，在对理想乡土的留恋姿态下面对当下的城市，批判自然成为书写城市的主导方式。事实上，对于乡村的眷恋与乡村精神的捍卫其根源就不乏对城市的敌意。从他们的作品中看，真正意义上对城市作正面描写得较少，大多关注的还是城市农民，对于城市精神与城市现代文化也持批判与否定态度，勉强能称为代表的有贾平凹的《废都》、《白夜》，刘醒龙的《生命是劳动与仁慈》、《城市眼影》等作品，多持对于城市进行批判的立场，这些批判是通过把城市文化置于乡村传统文化对照的基础上实现的。

对于贾平凹来说，城市批判还不是他的着力点，正如前面所述，他的全部创作实际上经历了一个从"废都"到"废乡"的过程，城市批判与乡村文化质疑是并列的，否定任何一个都有失偏颇。在《废都》中，为了实现对城市进行批判，贾平凹选择了两种"堕落"：一个是知识分子人文精神，一个是城市现代文化。知识分子人文精神的堕落主要体现在进城文化人庄之蝶在对妻子的忠（理性与灵）与情人的欲（感性与肉）的矛盾间选择了后者，又从庄之蝶的行为窥视整个城市文化的堕落。《白夜》则描写了普通农村人进城的遭遇，由夜郎看透城市的各个阶层，通过人物对城市的反抗预示作者对于城市文化的批判。

与贾平凹在大文化语境中思考自身定位的城市文化批判不同，阎连科引起文坛的关注相对较晚，对城市的批判更为决然。20 世纪 90 年代在倦怠于城市文明后的不经意间，乡村从原本渐淡渐远的敏感记忆中"浮出水面"，那种自然、和谐、天人合一的集体认识顽固地强化着前者的诱惑力，因此不难理解阎连科何以如此执着于他的"耙耧山脉"。从当年为了进城而写作到今天为了"出城"而写作，他的小说世界注定不会为别的任何一种现实而仅为他自身的记忆而敞开，对于城市书写的目的是更好地书写乡村。乡村在他笔下是有着顽强生命力的，如《年月日》中把乡村置于灾难面前，干旱使土地失去了养育功能。当村里人纷纷逃离土地时，老汉留了下来，粮食成为生命唯一的希望。与狼、老鼠、干旱搏斗，几经生死的老汉在找不到最后一粒粮食时把自己埋进土里，滋养玉蜀黍苗。在这种对粮食的渴望中，我们看到土地与理想的实在性，以及这一理想对于乡村生存的意义。相对于被赋予理想与生命力的乡村，城市就太过于冷漠与金钱膜拜了，《生死老小》中一个没爹、娘的鸟孩从树上跌落下来，一位老人把他救起想送往医院，遇到一个陌生人，老人需要帮助，陌生人却说自己正巧忙得脱不了身儿。终于送到了医院，医院却要求交 1000 元费用，老人四下求援，无人愿借，这让老人感到人心已经不古。最后老人自己要求为鸟孩输血，不幸死去。

阎连科用一个寓言故事达到对城市文化精神的批判，那个维系其精神的伊甸园在乡村，因此阎连科的批判显得更有力度。另一位以乡村为背景向城市展开批判的是刘醒龙，《白菜萝卜》讲述了乡下人在城市堕落的故事，本来是一个纯洁的乡下人，进城之后经不住城市的诱惑，慢慢走向堕落的深渊。可见，城市是充满诱惑的，更是一个物质化、欲望化的生存之所。刘醒龙以一位乡下人也即外来者的眼光观照乡村，描绘都市人生。《城市眼影》中大学毕业的农家子弟蓝方是一位报社记者，与师思产生了恋情，但为了分到住房，蓝方竟违心与有几分俗气的莎莎结婚，变得勾心斗角；高傲的师思不得不与自己不喜欢的异性周旋。书写都市人生并不是刘醒龙的强项，他对都市生活的把握还有些无力。另外一篇《生命是劳动与仁慈》则着重思考何种城市生活更有意义，对于城市的思考从批判走向再认识，其中不乏乡村与城市的冲突。小说讲述了来自农村的打工仔陈东风进城入厂以自己的勤劳与智慧、宽厚与仁慈赢得了城里人的信任与好感。在塑造陈东风这一形象的过程中，小说也在展示城市的物欲横流与道德败坏。作者用陈东风的口吻这样描述道：

> 城市太大、太残忍，一个人在它的面前是那样的微不足道。每天都有人被它放在汽车道上轧死，每天都有人被它抛入江水中淹死，每天都有人被它从大厦的窗户里扔下去摔死，每天都有新娘或新郎被金钱与地位抢走，每天都有勤劳与善良被写成耻辱。城市在做这些可恶的事情时，开始不声张，后来也不声张，白天板着灰蒙蒙的正经面孔，到晚上则让霓虹灯放出千种风骚，就像女人藏在化妆盒中的浪笑。……爱城市并不是一种对故土故乡的背叛。城市是乡村的梦想，乡村是城市的摇篮。城市长大了，却一直不见老，永远一副青壮年的强健的样子，而乡村便只剩下往事少年和爷爷奶奶的唠叨。……乡下那么多的水，那么多的路，那么多的风，还有无数男女老少的耕耘种养，最终都被城市用所

谓的文明作了汇集，并任其酝酿成自己所需的幸福，从而使城市变得臃肿和妖冶，奢侈又豪华。．

很难说，人物对城市的感觉不是刘醒龙对城市的感觉，爱城市，因为城市给了他优越的物质生活与崭新的情感体验，不仅是刘醒龙，这一代的"进城"作家与城市间的关系都是复杂的，他们很难在地理位置上离开城市，而所有的离开只能是精神上的游走，居住在城市，观照对象在乡村，这种双重的生存方式决定了作家对于城市的矛盾，批判首先是在审美意义上成立的，然后才是在反思中批判，在批判中反思，由此刘醒龙在城市里呼唤勤劳与仁慈才有其意义。

另一位作家张宇则把城市人际关系作为批判的靶子，《垃圾问题》描写一个乡下人在城里的生活片段，小说一直宣扬"我"从乡下来，"把户口本送进城里，才变成了城里人"，而为送这本户口本，没少作难和受罪，随后就是生活中所面对的一系列琐碎的事情，点火要办手续、水管漏水、装电话昂贵、垃圾箱堵了、居委会开会我自告奋勇倒垃圾，一位老女人表扬我，然后要我帮忙倒垃圾，这时候才醒悟，"真是不能大意，在城里生活到处都是圈套，一不小心就会掉进陷阱的"，通过清理垃圾这一小事揭示人与人之间的冷漠、算计。在《乡村感情》中张宇又再次强调自己从乡下来，"我是乡下放进城里来的一只风筝，飘来飘去已经二十年，线绳儿还系在老家的房梁上，在城里夹着尾巴做人"，"城里的街道很宽，总觉得这是别人的路，没有自己下脚的地方"。张宇的小说揭示了当前城市社会的某些阴暗、腐烂面，作家面对城市也表示了不满，一方面厌倦在城市的漂泊逃避，且随失根而来的悲痛；另一方面是对于丑恶城市的否定，"照这样发展下去，今后生活在城里，不再是和人打交道，而主要是和钱打交道。只要你有钱，就可以不做人"。但否定之后并没有出路，认识到城市的罪恶，无力挣脱本身也是一种无奈。

　　从他们对于城市的书写看，城市文化及其精神成为众矢之的，金钱、欲望成为关键词。此外，这些作品不约而同都设置了一个农村青年，用他的眼光审视他眼前的城，以此达到对于城市及其文化的否定与质疑，这就意味着他们的城市文化批判是站在对于乡村文化及其精神肯定的基础之上的。但因为他们居住在城市，这种批判有时不免显得无力。或者说，一味的批判并不是目的，而是批判之后的出路，对此他们是茫然的。刘醒龙渴望城市崇尚纯洁的劳动，这显然是不现实的，城市的"市"就因了它的消费性本质，有消费就难免涉及金钱、欲望，一个以金钱作为价值评判标准的城市何谈崇尚纯洁的劳动？只是虚妄罢了。张宇认为或许用金钱来解决问题会更简单，这又显然与我们的传统观念对立。一方面是批判面临困境，另一方面是超越既定城市写作面临困境，或许正因为此，城市批判在这一代"进城"作家笔下没有真正形成气候。

五　寻找精神故乡

　　精神返乡在贾平凹的书写中遭受否定，与城市又总有精神上的隔膜，如何确定自己的精神归宿一度是"进城"作家思考的问题。"故乡"一词在想象中比现实更鲜活，这样的故乡写作也远比再现真正的故乡更有意义。关于此，莫言就曾说过："寻找到故乡的办法，是到自己心中去找它，到自己的头脑中、自己的记忆中、自己的精神中以及到一个异乡去找它。"[1] 寻找精神故

---

　　[1]　莫言：《超越故乡》，《小说的气味》，当代世界出版社 2004 年版，第 376 页。

乡实际上经历了一个过程，首先是对于故乡精神的寻求，之后才有在精神中建构故乡的可能。

关于故乡精神的寻找，两位山东作家表现得较为突出：一位是张炜，一位是莫言。对于乡村精神的张扬在张炜的写作中表现为告别城市向具有自然特征的乡村寻找灵魂归宿，即"融入野地"。他说："城市是一片被肆意修饰过的野地，我最终将告别它。我想寻找一个原来，一个真实。"① 从城市出发寻找一个原来与真实的野地，确立了野地的书写意义与张炜的"归属"。他说："我觉得，四十多年了，自己一直在奔向自己的莽野。我在这片莽野上跋涉了那么久，并且还要继续跋涉下去。我大概永远不能够从这片莽野中脱身。"② "融入野地"在张炜的小说中至少包含几层动作：从故土出发进入城市；从城市出走；向莽原进发。它们共同勾画了张炜的城、乡书写状态。相对于路遥与贾平凹，张炜从故土出发并没有强烈表现出"农民进城"的挣扎，相反在出走时就企盼着回来。《远行之嘱》中，张炜这样写道："林中小屋的儿子，将来会背叛吗？我紧紧咬住牙关，在心里呼喊：永不！永不。""永不"明证了暂时的出走与最终的精神回归，并为张炜此后的书写确定了"归来"的基调。如果说在《远行之嘱》中，"我"的出走证明城市依然对"我"具有吸引力，在《九月寓言》中则开始了对现代性的逃离。小说设置了从奔跑到停留再到奔跑的模式，鱼廷鲅村人由远方来到封闭的小村驻留，附近的煤矿却带来迥异的现代工业文化，小村在面对自身固有文化的堕落与毁灭时开始了再次奔跑。在小说结尾，作者并未给小村人一个明确的归属地，这一点与贾平凹的《废都》巧合，但对于张炜，归宿

① 张炜：《融入野地》，《远行之嘱》，长江文艺出版社 1996 年版，第 279 页。
② 张炜：《张炜 王光东对话录》，苏州大学出版社 2003 年版，第 205 页。

地并不重要，关键在于"奔跑"之举，即寻找不为现代文化侵扰过的一方净土。有论者认为，张炜这一代人的书写主题为"根"、"家"、"父"、"史"等一系列的缺失①，但对他们来说，写作的关键或许并不停留在"缺失"上，而是在寻找上，至少对张炜是如此。这种寻找也没有因归宿地的缺失而丧失兴趣，这一方面可以看出张炜"奔跑"中的理想性；另一方面也可看出归宿地正在酝酿形成。

　　张炜把他的小说分为两大部分：一部分直接就是对于记忆的那片天空的描绘和怀念；另一部分则是对欲望和喧闹的外部世界的质疑。两大部分所关涉的实质是一个问题的两个方面，即由对现世的苦闷与迷惘走向记忆的怀念。对张炜来说，写作正是为了走向记忆中的真实与原来。《九月寓言》从村庄出发预示着寻找的开始，《海边的风》则为出走提供了归宿，在海滨村庄人忙着致富而走出海滨，"老筋头"却坚守着海岸——村里人出发的地方，并且坚信村里人终将回来。小说突出两条线索：一是致富与追求现代性；一是固守乡土。"老筋头"执着地等待着村民的归来，在他看来，任何人都应该坚守住自己出发的地方，由此确立自我身份。小说结尾以"好像所有的村庄都奔向大海"表明固守的决心与意义。《头发蓬乱的秘书》中作者借小说人物表明了这一渴望。"我生在这儿，也就喜欢这儿，牵挂这儿。——每个地方都有自己的'秘书'，这片平原由我来做也就正好。"做自己出生地的"秘书"正是为了记载乡村文化曾呈现的一切，以及返乡的渴望。但做平原秘书的事实又隐含着一种存在，即乡村终将逐渐逝去，此后，归乡成为主题。小说《柏慧》把乡村局限在葡萄园，以柏慧为潜在读者，用讲述的方式强化归来的渴望。"我"

――――――――

　　① 参见孟悦《历史与叙事》，陕西人民教育出版社1991年版，第116页。

原本"属于那片海滩、大海、稀稀疏疏的人流",而"对于一个生命,他诞生在哪里是一个非同一般的事件,也是一个人所不能左右和改变的,是神灵的旨意。既然这样,那么我的真正家园永远只能是这儿,我从此走出的每一步都算是游荡和流浪。我只有返回了故乡,才有依托般的安定和沉着,才有了独守什么的可能"。然而,海滩并非理想中的伊甸园,越来越严重的干旱正在使树木成片死去;煤矿开采与建筑群都在向"我"的归宿地逼近、吞噬。对"故园也许有一天真的会不再存在"的忧虑让归乡者发出了"谁来拯救我的平原,我的河流"的呼声,显然张炜已清楚地意识到这一寻找的艰难。当故土自身已逐渐失去,对寻找本身的质疑重申了贾平凹精神返乡的失落,但张炜并没有颓唐而去,《外省书》中史珂毅然决然进行"一个人的战争"是一例证。从京城返乡,因为后者是出生地,回来不仅意味着空间的临近,还有传统生活方式的固守,住木屋,种农作物,拒绝现代性的家具设施,在现代性追求大潮下,史珂无疑是特立独行的。他所做的是一个深感"没有家"的游子执著于乡村以找回自我,从被现代性同化的危机中奋力突围而去。但悲哀的是,归宿地已不再静寂,河湾的开发带来了地域上的"异化",毁灭了人间最后一块静谧之所。小说结尾处,史珂终于惊醒于返乡的失败,他开始写一本《外省书》,"不是为了留给未来,而只是为了呼应旧友"。"呼应旧友"的表述不容忽视,它仿佛在告知读者,作者已不再强求做启蒙者,而只愿与感同身受者共同感慨;"外省"一词也颇有意思,它至少暗示了城市的中心以及史珂于故土的写作终究是针对中心城市的事实,他渴望呼应的似乎更应是城市旧友。张炜的书写体现了一种低调的拼搏,史珂的归来并没有让他否定归来的意义,从寻找莽原到"筑起一道篱笆,一道心篱",回归就此超越了地域的存在,进入了精神领域。

　　从城市归向海滩与葡萄园是向"出生地"回归，因为"出生地"提供了自我存在的根基与最初身份，这一身份因为乡村"城市化"进程与对现代性的认同而逐渐丧失，所以寻找才如此必要。张炜作为回归地的莽原显然与出发地城市相联系，事实上，城市文化与乡村文化既联系又对立的存在主导了他的写作，因此他说："我的作品很少离开城市生活，因为这是我实际生活的一部分。"①"外省"的界定与"很少离开城市"预示了张炜写作的面向城市，他的知识分子立场书写的意义正在于此。但他批判的并不是现代性本身，而是现代性的负面因素，换言之，正因为有对启蒙现代性的认可，才有对其弊端的忧虑。贾平凹的作品中也曾有归乡，乡村传统文化的弊端主导了他的情绪使他最终无奈地决裂；在张炜的写作中，我们很少发现对传统文化的具体阐释，而是换之以出生地与出身等概念。他所关注的不是传统文化本身，而是传统文化在现代文化冲击下的归属问题或者说自我身份难题，因此寻求才相对执著。面对同时不断丧失的土地，张炜选择了筑"心篱"，做故土的精神守望者。2003 年出版的《你在高原·西郊》中写了"告别葡萄园"的无奈与疼痛，由经营葡萄园的失败而不得不重返城市，让一切从头开始，并萌发出对城市的"亏欠感"。张炜认为自己做好了准备的返回不能看作简单的回城，而是寻找心灵的西郊，一个精神的偏僻之地②。换句话说，张炜从张扬故乡精神的写作走向了寻求精神故乡的写作。

　　莫言的写作最初也从故乡高密东北乡开始，对故乡民间精神的张扬成为写作的主旨，表现为文化精神意义上的回归。《红高

---

　　①　昊昱：《张炜的困惑》，《城乡建设》2004 年第 6 期。

　　②　参见唐朝辉、张炜《你在哪里？——关于〈你在高原·西郊〉的对话》，《你在高原·西郊》，春风文艺出版社 2003 年版，第 575 页。

梁》在抗日战争大背景中写高密乡"我"爷爷、"我"奶奶他们
爱的激情以及抗敌的英勇,故乡的自由、野性、对生命的崇尚乃
至暴力构成的生机勃勃的民间激情:

> 生存在这块土地上的我的父老乡亲们,喜食高粱,每年
> 都大量种植。八月深秋,无边无际的高粱红成汪洋的血海。
> 高粱高密辉煌,高粱凄婉可人,高粱爱情激荡。秋风苍凉,
> 阳光很旺,瓦蓝的天上游荡着一朵朵丰满的白云,高粱上滑
> 动着一朵朵丰满白云的紫红色影子。一队队暗红色的人在高
> 粱棵子里穿梭拉网,几十年如一日。他们杀人越货,精忠报
> 国,他们演出过一幕幕英勇悲壮的舞剧,使我们这些活着的
> 不肖子孙相形见绌,在进步的同时,我真切感到种的退化。

叙述者用这一段对于故乡充满激情的感叹,极力赞美故乡与
豪气冲天的长辈,把乡村塑造成理想的民间世界,并由自己
"感到种的退化"来对照现实乡村,尽管小说中充满着暴力、野
性与粗鄙文化,这种暴力、野性融合在抗日大背景中并不显出丑
恶,相反呈现出崇高的美感。也有评论者认为,在小说中张扬暴
力与野性,源于对革命历史小说的反拨与超越,因为革命历史小
说中以党的好儿女身份出现的人物均被过度理性化,丧失个性,
生命的本能让位于政治觉悟。有血性、刚性的人物退化了,这也
就是莫言在《红高粱》中说的,在进步的同时,感到种的退化。
这里有"什么都敢干"的"我"奶奶;有被剥了皮仍不屈的罗
汉大叔;有血性汉子余战鳌。他们蔑视人间法规,不甘屈辱,他
们只是普通人,却具有英雄的气魄。如果说《红高粱》是通过
英雄张扬故乡精神,《丰乳肥臀》则通过普通人来书写乡村原始
生命力。诚如莫言所言,这是献给母亲的书,上官鲁氏一生生下

了八个女儿和一个儿子，忍辱负重、任劳任怨，为了能够活命，哺育孩子受尽了饥饿、寒冷、恐惧、孤独、痛苦等几乎人世间的所有折磨与威胁。一方面我们可以看出母亲身上体现的顽强生命力；另一方面小说在活命意义上的生存中渗透着一种卑微的苦难，是一曲生、性、食文化渲染下的生死悲歌。关于莫言的民间文化立场，有评论者这样说，莫言的创作充满了对常规、秩序、主流的"反叛"精神，在反叛的意义上他趋向民间精神以寻求精神资源，认同民间文化立场，然而童年乡村生活的苦难记忆和现代文明注重目的的倾向使他在对民间文化的开掘中不由自主地流露出审视批判倾向。"因此莫言的文化立场总是在'返乡'和'离乡'两端徘徊，游移不定，这种矛盾的心理是形成莫言文本张力的原因。""童年印象特别深刻，终生难忘，要想去掉这烙印，只有连同那肌肉一起割掉，割去肉的疤痕又将是烙印。"①这其中有对现实故乡的审视以及审视之后建构自身精神故乡的可能，莫言就曾说："故乡高密在我的创作世界中，刚开始还有现实的意义，越往后越变得像一个虚幻的遥远的梦境，实际上它只是我每次想象的出发点或归宿。"② 在《白狗秋千架》中他又说，故乡就是一种想象，一种无边的，不是地理意义上的而是文化意义上的象征。这种审视与建构的精神故乡写作实际上得到了许多"进城"作家的认同，贾平凹就曾说故乡商州"愈来愈使我将它置于当今社会观照之下，成为虚构中的商州，我心中的商州，一个创作载体的商州了"③。从张扬故乡精神到寻求精神故乡，"进

---

① 周星：《犹疑的返乡之路——论莫言民间文化立场的回归与游离》，《小说评论》2002 年第 6 期。

② 莫言：《在路上寻找故乡》，春风文艺出版社 2003 年版，第 1 页。

③ 贾平凹：《一点话》，《商州，说不尽的故事》（Ⅰ），华夏出版社 1995 年版，第 397 页。

城"作家的乡村写作才真正上升到一个境界,文学中故乡就是一种精神故乡。

由追求现代性到在两种文化间挣扎徘徊再到精神故乡的寻求,其中凸显的绝对不仅是城市"异乡人"的勇敢姿态,而且是乡村及其文化消失的悲痛。现代社会在吞噬乡村与自然的同时,又在人为地建造大量的浪漫、理想、田园与自然,这对现代性本身而言无异于一种反讽。它不仅需要"进城"作家的反思,更需要全人类的关注,但由于"进城"作家出身于正在消失的乡村,他们自我身份丧失的感怀书写才更有切肤之痛。

第三节 城市困惑与乡村突围

如果从代际来划分不同的作家,不难发现,60 年代生人似乎总是被否定的一代,对之有多种界定,如"分众化"的一代、"散乱"的①一代、"沉默的"甚至"冷漠"的、"没有理想"的一代、"被时代拆散了的一代"等,这种界定是把这一群体与 50 年代生人进行对比而来的。"散乱"、"分众化"、"被时代拆散了的一代"指这一代人作为一个群体,他们没有自己的集体话语,没有倡导属于一代人精神的时代语境;而"冷漠"则是对于社会、时代的责任感相对淡漠。60 年代生人在他们的童年到壮年的人生中,经历了中国社会由一元到多元、禁锢到开放的变迁。这种经历必定在他们身上留下某些特殊的印记,并且形成某些精神特质。与 50 年代生人熟稔革命话语不同,他们是革命的迟到者,并未拥有一个个体均被纳入到正统与体制下,由"革命"、"理想"、"英

---

① 这方面的论述可参见倪文尖《散乱的一代》,《六十年代人:知识立场》,《天涯》1998 年第 3 期;孙玉石:《沉默的六十年代人》,《书屋》2002 年第 6 期。

雄"等话语建构的时代语境。"文化大革命"时期他们尚在幼年，苏童就说："六七十年代对成人来说是灾难的岁月，对孩子来说则是灾难之中一片充满阳光的天空。"① 生于60年代，意味着他们逃脱了许多政治运动的劫难。此外，作为一代人他们并没有团结在一起，经历60年代初的自然灾难，"三反"、"五反"，乃至十年"文化大革命"，"分众化"的表述正源于此。

诚然，这些界定仍然是把革命话语作为评价标准。但换一个角度看，他们又有一些优势，他们超越了革命、主流，也自然超越了封闭、既定、一致，显示出超越上一代人在观念上的开放与个性上的自由。一方面他们普遍为"学院派"出身，这一点无疑强化了他们对生活与写作更具个性与理性的把握，这也是当20世纪80年代西方思潮涌入时，他们是最活跃的回应者的原因；另一方面，他们作为"这个世纪培育出来的最后一批具有革命素质的'接班人'"②，"革命"、理想等观念早已进入他们个体无意识中，他们写作中所体现出来的信念与责任又是70年代生人不可比的，后者对于生活相对陷入了现实的理性思考之中。这一代人还有对于理想、浪漫的挣扎与徘徊，他们作品中的理想、浪漫也或浓或淡。

具体谈到60年代生的"进城"作家的城乡写作姿态，需要强调的是"文化大革命"背景。"文化大革命"背景提供了太多"突破"既定规范与标准的思维方式，由此而来的常常是对于"反叛"一词的张扬，反叛传统文化与革命文化，接纳现代文化。60年代出生的"进城"作家，他们的童年在乡村，较于城

① 苏童、王宏图：《苏童王宏图对话录》，苏州大学出版社2003年版，第81页。
② 于长江：《被遣散的红小兵——六十年代生人调查》，《艺术评论》2004年第9期。

市,乡村均偏安于"武斗"、"暴力"与血腥之外。因此他们与城市出生的同一代作家相比,"文化大革命"阴影相对要淡,对于革命的体验尽管并不强烈,但"革命"话语仍是童年体验的重要内容。此外,"知青"下放使乡村人口骤增给农民生活带来了困境,吃食仍旧是乡村的主导命题。他们与上一代"进城"作家一样,地域及文化劣势所带来的自卑感始终隐现。他们大都是80年代的"学院派",由"高考"而顺利地完成了"进城"仪式,这一仪式强化了他们对"自我"力量的肯定;或许由于对现代文化的认同前提,他们对于西方现代思潮的敏感度毫不逊色于城市作家,且观照生活的视角及写作观念表现出一定的超越性,这种"超越性"即为对城市文化的接纳,对乡村的部分放弃。他们是出走乡村的一代,一方面,他们认同乡村文化,对城市现代文化有着或理性或感性的排斥,表现为对抗城市状态;另一方面,他们接受了乡村"城镇化"进程的事实,很难因失落于城市而往乡村回归。乡村对他们的意义不在于精神归宿地的提供,而是童年的乡土认同,成为他们观照世界的隐性参照。也正是在这个意义上,他们成为今天城市的"移民","异乡人"的挣扎徘徊心态并不明晰。这种心态在写作上或者体现为失落于乡村之后的毅然出走,如北村的《归乡者说》;或者一开始就被否定,如格非的《青黄》等。同时乡村已不再表现为具体带有地域特色的形态,而是一个虚拟之所。

不难发现,带有启蒙诉求、为他人代言的书写在他们身上已失去意义。如果说,上一代"进城"作家还是从自我出发书写一代人在城市现代文化与乡村传统文化之间的挣扎,进城与归乡是这一代作家无法说尽的话题;那么在60年代"进城"作家身上,宏大叙事与代际书写已经终结,而代之以个体对现实的理解与把握。由于他们进城的姿态、对创作的理性认识以及感受生活

的代际特征等诸多因素的不同，在对城与乡的各种表态中，乡村
并不总是以出发地或归宿地的形象出现来纠缠他们的思考，相
反，他们对于城市现代文化却不约而同地表现出兴趣，这种兴趣
表现为对抗姿态。如迟子建的《晨钟响彻黎明》、毕飞宇的《生
活在天上》、李洱的《导师之死》等作品。这主要基于他们的写
作不是要达到某一具体目的，比如吃上商品粮、逃离土地的考
虑。他们要考虑的只是写作本身，诸如写什么、怎样写、为何
写，自然也更为理性地思考写作本身，例如，当下的写作现状、
写作趋势、如何在写作中突出自身、写作的意义等。1985 年以
降西方各种思潮涌入，对于西方现代派作家尤其是博尔赫斯的模
仿成为许多作家进入文坛的出发点，空白、断裂、可能的"迷
宫"建构，这种建构是从乡间开始的。

一　闭塞与愚昧的乡村虚幻构想

60 年代"进城"作家对创作理论的把握及对生存状况现代
阐释的接受，让他们有足够的勇气把自己的创作纳入理论视野之
内，格非的"先锋"创作证明了这一可能。对于创作理论的思
考伴随着格非的写作实践，使他的写作从一开始就有阐释理论的
"嫌疑"。他说："一九六八年，当我开始写作的时候，有两种东
西深深地吸引了我，同时也使我产生了疑虑和痛苦。"那就是
"写作的自由"，"语言和形式"①。困惑的消除应该归功于博尔
赫斯，其小说中时间循环、迷宫设置等技巧使格非以超乎寻常的
经验观照现实来叙述故事，他发现了现实之下的"存在"，也正
是这种存在成为格非创作的关键。关于存在，他说是"在社会
的外衣之下隐藏着另一个现实，那是一种潜在的存在，它是一种

---

① 格非：《十年一日》，《格非散文》，浙江文艺出版社 2001 年版，第 23 页。

尚未进入大众意识的真实"。"存在，作为一种尚未被完全实现了的现实，它是指一种'可能性'的现实。"① 以关注存在指导创作来建构"迷宫世界"，格非从自己熟悉的乡村世界开始。

在格非的小说中其实很难找到对于乡村正面描写的语句，"断裂"体现在他小说文本的几乎所有角落，也包括乡村景象，暴力、迷信、神秘、封闭等是他乡村的关键词。处女作《追忆乌攸先生》的故事是发生在一个充满诱惑、荒诞、对"一切都无所谓"的无名乡村，对小村的描写，作者选择了这样一些词语或句子：死寂、封闭，远离现代科技，几个异乡警察的到来也不曾改变村子的宁静；村里人对现代设备具有天然的免疫力，在乡村中年妇女身上高频测谎仪首次失效；乌攸先生的医术让人感觉神秘；崇拜暴力，如头领之所以成为头领，"是他具有一身强健的肌肉和宽阔的前额"；生命的卑微，如乌攸先生含冤而死却并不作任何挣扎。但却不乏宽容，村里人对乌攸先生与杏子有别于常理的爱情并不深究，反而觉得"一切都在和谐而神圣的气氛中进行"。尤其在小说结尾处，死亡的同时远处"迎亲的队伍"开始上场，一生一死的对照越发显示出个体生命的无价值。由此可以看出，格非建构的乡村是一个孤僻、无欲望、泯灭个性、静止、野蛮却有着宽容的隔膜于世外的生存场。

相似的阐释出现在《青黄》中，小说类似一个采访辑录，"九姓渔户最后一代张姓在一天黎明从麦村上岸"的历史记载作为故事的引子，招引着"我"前往麦村调查其历史真实，却遭遇了一系列未知：张姓异乡人与九姓渔户有无关联；被认为记载着九姓渔户妓女生活编年史的"青黄"是否存在；被冲出坟墓的异乡人的尸体为何水汽般蒸发……这一切都预示了某种命定

① 格非：《小说叙事研究》，清华大学出版社2002年版，第15页。

的、不为人力抗衡的神秘力量在村里泛滥。村里人（包括狗）对"我"的到来没有一点兴趣，"缺乏热情和好奇心"，而一位在羊圈里的老人竟悲伤得不愿提那件"不光彩的事"，体现了对新鲜事物的迟钝与贞洁的重视；小青告诉"我"她父亲的灵魂重现，"我"并不奇怪，"在乡间，人们往往把接踵而至的灾难归咎于冥冥中的天意"，透视出乡村的封建迷信；看林人认为"女人是一件可有可无的东西"，说明乡村女性地位的卑微；当"我"寻访小青时，她丈夫说了一句，"地里的棉花该收了"表明乡村活命文化的精神内质。

　　可能、冷漠、愚昧、封闭等成为格非乡村世界的特点，这是一个常理难以企及的麦村世界，发生在这个世界的事件没有太多的预设与逻辑，偶然性左右着人物的行动，决定着人物的命运。"我"游走于麦村基于谭教授对"青黄"先天的预感和固执，丝毫不顾"到了那儿将一无所获"，"我"向老羊倌、康康、看林人等的询问也出于偶然。如果把"青黄"看成一个模糊的空间，讲述的目的是不断使之明晰，最后却走向了三种结果：一是外科郎中"'青黄'会不会是那些年轻或年老妓女的简称"突发奇想的解释；二是"青黄"为一条狗；三是《词踪》的解释——一种草本植物。当然作者并非无法提供一种合理的解释，他所以不这样做，是因为他的写作目的不在于告知读者"青黄是什么"，而在于对历史真实性的质疑。诚如新历史主义理论者所认为的，我们知道的历史多来自书本的"正史"，是知识分子书写的历史。在历史的梳理过程中仍然还有一大堆"野史"被无情地隐藏，它们一度流传在民间，活跃在人们的口头中，最后不可避免地代代流失。缺失了大批"野史"的历史是否是真实、完整的历史？面对这些正史与野史，格非要做的是打破固有的完整叙述，提出常理之外的诸种可能，他的乡村书写目的终归是解构，而非建构。解构所达到的结果是对于历史的质疑，荒诞既体现在人物身上也体现在文化环境上。不论是《追忆乌攸先生》中的警察还是《青黄》中的"我"都无意也无法唤醒这样荒诞的乡村，作者本人也不想行启蒙之举。先锋技巧的尝试创作决定了他的关注点不在乡村，而是扑朔迷离的语言与断裂的情节。同样，乡村形象的设置也正是为着语言和情节服务的，但其中隐含着作者对乡村的定位，即乡村是封闭、愚昧、缥缈迷离而荒诞的。这种定位显然源于作者现代的观照立场，但作者并未以彻底批判的姿态出现，乡村一方面是一个封建传统观念深厚的存在物；另一方面它同样有自身的优势，比如注重伦理道德、情感与宽容。

进一步思考，我们发觉，格非笔下的乡村并非一个现实中的存在物，是为了实现文学的"颠覆、消解、游戏到无序性"① 而想象出的乡村，是作者为了建构自己"迷宫世界"而刻意塑造的一个在社会外衣下"隐藏的另一个现实"，"一种潜在的存在"，"一种尚未进入大众意识的真实"。这种写作思考，用他自己的话来说源于与现实之间交流的障碍。"对我来说，具有讽刺意味的是，交流或沟通是作为一种负担或障碍出现的。当我企图与外界沟通，建立联系的时候，我想我所能做的首先是逃避，它使我的注意力能够到一些静态的或无生命的事物上去。"② 这种障碍由来已久，或许正因为此，以另一种方式与世界交流的写作的意义由此凸显。

格非的乡村是他写作的最初出发点，但他的乡村超越了现实世界，成为观念中的存在。北村的乡村却是在他多年困惑于与世

---

① 张旭东：《自我意识的童话：格非与当代语言主体的几个问题》，见格非的《嗯哨》，长江文艺出版社 1992 年版，第 243 页。

② 格非：《作家的局限和自由》，《作家》1997 年第 7 期。

界交流之后企图寻找的精神归依之所，乡村书写是以返乡姿态开始的。《归乡者说》中的犯人刘义是一个灵魂上在城市受到批判的个体，从监狱出来后他开始渴望为自己的精神寻找归宿，故乡作为精神归宿之地，暂时成为他的寄托。因此他感受到故乡的召唤，彻夜难眠终于返乡，记忆中故乡是美好的，但当面对时，眼所及之处尽是坟墓，死亡与废弃气息弥漫，老屋沉寂在静寂中，返乡者被认作陌生人。幼年灵魂的栖息之所并不能为成人刘义提供什么，乡村已经成为了废墟。另一篇小说《还乡》中同样强调"返乡"主题，幻灭感比前者更甚。小说有两条线：一是"我"回家乡杜村看弟弟海娃，他自幼就把唱歌当作自己的精神追求，父亲却以此作为挣钱的工具，最后海娃因为唱歌意义的丧失而选择死亡；二是宋代回到杜村的小木屋，这里曾是一批艺术追求者精神信仰漫步的起点，但在诗歌堕落、一切价值理想都已溃败的年代，艺术追求者不约而同地放弃了艺术，放弃了神圣的追求，精神让位于物质，艺术让位于生活。小说中"返乡"的失败包含两层含义：一是远离城市的精神返乡无法在乡村实现；二是个人对脱离物欲、回归诗意栖居状态的精神返乡毫无可能。小说再次重复了《归乡者说》的经验，返乡者又一次被看作陌生人；乡村也已凋敝破败，散发着死亡气息，它强调了"我"的返乡与宋代的杜村之行注定会失败，也意味着乡村在北村意识中早已为物欲所充斥，无法成为人们精神的归宿地。

　　北村的乡村书写只是他写作的一个过程，为了突出他寻求精神归宿的轨迹而设置的。书写乡村也因为他曾有过对于乡村的美好记忆，在否定城市精神之后精神返乡是自然的，但对60年代"进城"作家来说，乡村已经无法再为他们提供任何精神资源，更多对于现代文化的认同使得他们的乡村之行以失望而告终。从这一大的思想轨迹下再看北村的乡村，其中凋敝、破败的设置同样也带有某种观念上的成分。

无论格非还是北村笔下的乡村都是一种虚幻构想，他们的写作关注的是现实之外的存在，这种存在不同于我们所见的世界表象，而是深植于作者内心世界的个人经验的产物。正如格非所说，现实来自群体经验的抽象，为群体经验最终所认可。而存在则是个人体验的产物，它似乎一直游离于群体经验之外。这种关注存在的写作与突破既定写作模式的时代语境不无关联。20世纪80年代中期感应于西方现代思潮，先锋小说、新写实小说、寻根文学交相呼应，并各自在现代主义的启示下力求挣脱原有的写作模式，以拓展文学的生存空间。作家为作品中心的传统认识彻底瓦解，读者的阅读参与了作品意义的构成，成为文学写作不可或缺的一部分。正如巴尔特所说的，现今"文学工作（将文学看作工作）的目的，在令读者做文的生产者，而非消费者"①。文本成为一个开放的体系，它的意义在于文本自身及读者对之进行的阐释。而每一种阅读又涉及到经验，"一部作品的意义是读者对它的经验，而每一个读者是根据他或她独特的'身份主题'来经验作品的"②。这一阅读经验的存在或说文学观念的更新使文本从自成体系、封闭到开放、阐释的无穷，也在一定程度上使乡村书写走向了对于既定模式的超越。

二　梦回北国村的童话世界

迟子建的创作在所有"进城"作家中是一个独特的存在，她并不是严格意义上的"进城"作家。实际上本节所涉及到的许多作家都不是严格意义上的"进城"作家。比如北村并不是

---

① 罗兰·巴尔特：《S/Z》，上海人民出版社2000年版，第56页。

② 乔纳森·卡勒：《论解构》，中国社会科学出版社1998年版，第53页。

农民出身，他是跟着在农村卫生院当医生的母亲来到农村的，一直到 14 岁都生活在农村，因此有了农村的记忆；毕飞宇跟着父母下放到农村，户口在城市，属半个乡下人，童年时期有了对农村的深刻记忆。迟子建 8 岁之后才进县城跟父母读书。考虑到童年体验对创作的影响，一些论者把她放在"进城"作家范畴内加以考察。

独特的意味并不因为她是一个女性作家，而是她的乡村世界，一个远离成人的儿童世界，这个世界里有狗、山雀、猫、鸡等各种小动物；有小女孩，她用孩童的眼睛打量着成人世界，成人世界因而带上了孩童的纯真与简单。但童话里的北极村并不是无比幸福的，而是清纯上添了淡淡的忧伤，这里有被日本人睡过、死又没死成的猴奶；有孤独的老苏联女人；有死了儿子不敢吭声的姥爷；有连儿子死了也不知道的姥姥。因此谢有顺曾说迟子建的写作是"忧伤而不绝望"。关于此，迟子建本人是这样解释的："'忧伤'可以说是我作品弥漫着的一种气息，这种'忧伤'表现在对生之挣扎的忧伤，对幸福满含辛酸的经历，对苍茫世事变幻无常的忧伤。'不绝望'可以理解为，对生之忧伤中亲情亮色的感动，对能照亮人生的一缕人性之光的向往，这些，是人活下去的巨大动力。"①

挣扎与向往构成了迟子建小说中乡村的生存面貌，"挣扎"表现在作者把她笔下的人物置于传统社会的困境之中，这种困境并非来自生存的活命文化如土地、吃食与生育等问题，而是对人类生死命运不可把握的无助感。事实上这一无助感超越了乡村的存在，属于整个人类范畴。但作者并未给困境中的人以出路，她

---

① 迟子建、舒晋瑜：《吸收各种营养才会健康——访女作家迟子建》，《中华读书报》2000 年 6 月 29 日。

亦未背离困境,而是勇敢地面对,这是一种"不绝望"的生存。
有论者认为,这种不绝望致使小说表现为"温情",而这种温情
又未能达到一种境界,因此迟子建的乡村批判是苍白失血的。如
《岸上的美奴》中对杀害自己疯母亲的美奴,作者并未有任何道
德或法制上的评判。事实上,作者并非没有认识到这一点,小说
设置美奴这一人物,其目的决不是为了理性地审视乡村乡民,而
是更多的同情。她说:"中国的老百姓大多数人都处在这一种尴
尬状态中:既不是大恶也不是大善,他们都是有缺点的好人,生
活得有喜有忧,他没有权也没有势,彻底没有资本,他不可能做
一个完全的善人或恶人,只能用小聪明小心眼小把戏以不正当手
段为自己谋取利益,在这一过程中他会左右为难,备受良心折
磨,处在尴尬的状态中。"① 美奴对于母亲的感情是复杂的,母
亲是一个时好时坏的病女人,好的时候总去找比自己小十多岁的
教师,闹得沸沸扬扬。芜镇的世界比北国村有了更多的"人言
可畏",美奴觉得芜镇变丑了,如果这个世界没有了失去记忆的
这个女人会干净多了。杀死母亲是应该受到法律制裁的,如果我
们把这个母亲看作一个意象,自己最亲近却又最伤害自己的东
西,"杀"的动作只是与这个东西坚决告别并为自己找到尊严。
又如我们把"杀母"与弗洛伊德的"恋父情结"联系起来,我
们会感觉到人本身有些难以逃脱的宿命,人在自己画着牢,又在
挣脱着这牢,白石文、杨玉翠,他们又何尝不是如此?由此,我
们不会去过分谴责美奴。

《树下》同样重复着这一主题,小说以女孩"七斗"的成
长为线,对凌辱与强暴她的姨夫与杀害她一家的凶手并没有义

---

① 迟子建、张英、阿成:《温情的力量·迟子建访谈录》,《作家》1999 年第 3
期。

正词严地加以道德批判，而是让前者忏悔，后者平静地接受惩罚。迟子建的世界是沉重的，也是封闭的，她笔下的人物大多不会敞开自己的心怀，总习惯自己与自己交流。《逝川》中的吉喜，男人们都喜欢她却没有人愿意娶她，即便是爱她的男人，因为她太能干了，一人孤独终老。《沉睡的大固其固》中的媪高娘为魏疯子做还愿肉，渴望把镇子从灾难中拯救出来，最后不幸死于魏疯子的木头下。这个世界有着太多的温情，却沉重得无处诉说。

迟子建一直强调童年对自己创作的影响，她说："我对文学和人生的思考，与我的故乡，与我的童年，与我所热爱的大自然是紧密相连的。"[1]"回忆"是她创作的初始方式，是对于梦中故乡的追诉。在回忆《北极村童话》的写作时，迟子建说自己"完全没有感觉是在写小说，而是一发不可收拾地如饥似渴地追忆那种短暂的梦幻般的童年生活。"[2]迟子建的写作仿佛是不需要任何虚构的，只是把一个个片段从记忆中取出来，书写纯粹为了完成一种求索，一种随丧失感的无限逼近而向梦境的求索。梦境是虚幻而美好的，对它的审视与批判无异于亵渎，因此，作者绝不给予自己担任审判者或公证人的机会，情与美成为她关注的焦点，爱情与人性自然不应有污损，所有的缺陷也将被无限的宽容所替代，这样才有了温情与挣扎。再进入迟子建的作品我们可以感觉到她独特的魅力所在，自然、童年、梦境，迟子建用这些关键词组合了她的乡村世界，作者所呈现给我们的不是现实乡村，而是想象的空间，在这个空间里没有道德评判，没有法律制

---

① 迟子建：《寒冷的高纬度——我的梦开始的地方》，《小说评论》2002年第2期。

② 迟子建、舒晋瑜：《吸收各种营养才会健康——访女作家迟子建》，《中华读书报》2000年6月29日。

裁，这是一个梦的世界。迟子建曾把自己的作品分为两个时期：一个是以《北极村通话》为代表的童话时期；一个是以《秧歌》为代表的神话时期。并说："无论是童话色彩还是神话色彩，它们都应是超越现实的丝丝雨露，该同属一个范畴的。"①

有论者在谈到迟子建这种超越现实的理想书写时，也谈到迟子建的矛盾之处，即理想与现实的矛盾，因为与现实之间的隔膜或者说与现实交流的障碍，使迟子建选择了在理想中诉说与思考，在这一点上我们同样可以看到她与其他这一代"进城"作家的相通之处。所不同的是，迟子建的乡村还仍然有一个所指向的北国村，具体到乡村写作上就是，格非与北村的乡村写作更多地源于写作层面的思考，或某一种理论的指导或某一种思想观念的指导，迟子建的乡村是直奔北国而去的。但童年的记忆在多年之后已然模糊，破碎的记忆给了她更多想象的空间。迟子建说，生活与写作是两回事，作家在精神上是孤独的，精神孤独的迟子建在城市孤独地做着自己的北国梦，她的梦越美，越不堪面对现实。这无形中为她自己设下了陷阱：一个是如何超越自己；一个是如何面对今天现实中的"大固其固"，离开北国或许是最好的。这样，我们在 20 世纪末 21 世纪初看到迟子建小说中的乡下人也开始进城了，如《零作坊》、《踏着月光的行板》等作品中的男女主人公已不再在一个"沉睡"的乡村背景中自生自灭，《踏着月光的行板》中远在异地的夫妻俩为见面不停地错过；《零作坊》中作坊老板翁史美有时刻薄，但屠宰场由倒闭到杨生情寄来形形色色的花籽，把屠宰场改造成花园，人性、理想与诗意浪漫却始终如一。

---

① 方守金、迟子建：《自然化育文学精灵：迟子建访谈录》，《文艺评论》2001 年第 3 期。

三　城市批判及其困惑

20世纪90年代现代性逐渐成为反思的对象，对城市的批判随即而来，这一批判多以与城市现代文化相对的传统精神为标尺，展开对城市无限膨胀的欲望的批判与否定。这一否定在部分作家的作品中常表现为张扬精神"返乡"，如贾平凹"为商州立碑"的写作；张炜"融入野地"的写作；阎连科逃离对城市社会恐惧与厌恶的写作。更多作家则直面城市现代性，表现出对抗姿态，在对抗的背后却隐藏着无力与困惑，60年代出生的"进城"作家的城市写作就表现了这一"相悖"的存在。

格非对于城市的书写，以揭示城市现代性背景下的爱情、婚姻与道德"异化"开始，注重城市欲望的批判，批判最初针对的是普通市民，随后走向知识分子。爱情不再表现为超越物质与世俗之外的两情相悦，婚姻也不再以爱情为基础，传统道德受到质疑。《去罕达之路》中的"我"和妻子彼此感觉陌生，除了她的姓名，"我"对她的过去一无所知。但名字毕竟只是一个符号，在一个足以以假乱真的年代，一个符号又能代表什么？格非并未认可这种婚姻，婚礼上一个男人送了一束干花给妻子后，她终于愤然出走。她离去的事实并未给"我"多少打击，"我"最后从花店买来一束鲜花，取代了干花。这里的"丢弃"并不是一个简单的动作，而是对于那场荒诞婚姻的否定，婚姻破裂也并不再是道德堕落、爱情背叛、责任推卸那么简单，而是从来就不曾有过的爱情与责任感二者的结合，是结合后彼此的戒备与防范，是个体永远的孤独。因此，可怕的不仅在于"妻子"的出走，更有"我"对婚姻的"丢弃"，"我"已无意挽救行将破灭的婚姻。在"放弃"中隐含着格非对于城市婚姻的不认同姿态，相同的书写出现在《镶嵌》中。张清与公公韦科长之间存在着一种紧张关系，瘫痪在床的韦科长是张清获得住房的障碍，因此她一心巴望着公公早日死去，继承房子；后者却并不为前者的帮助而心存感激，只渴望自己日益衰竭的生命能延续下去。三名歹徒跟着韦利回家，并不为张清的招待而放弃谋杀的念头；在生死关头，丈夫弃妻子于不顾，仓皇出逃。

城市的婚姻是变幻的，充满着太多不确定因素，它与急剧变化的城市社会形态相吻合。城市现代性观念中对于理性、平等、自由的渴望使每一个现代人失去了传统的感性、亲情、稳定与眷顾，个人在守护自我、追求自在存在的境界时，他人的存在对自我构成了威胁。"他人是自己的地狱"不仅在陌生人之间，在夫妻、父母与子女之间同样是真理。正是感触到城市现代性的负面因素，格非从"迷宫"的建构走向了对于城市的批判。他说："我现在更多关注'写什么'，而不是'怎么写'。相对于你要表达的东西，复杂的技巧并不能总是保证作品的丰富性，而简约与朴实也不意味着苍白与单调。"[1] 生存的欲望超过了情感与道德，人类在张扬理性、否定神的存在时也抛弃了精神信仰，失落精神操守的城市人只凭借本能而生存。应该说，较之于前现代性，城市现代性的确有其优势环境，这不仅体现为物质的优越，也体现为人类实现人的本质有了可能。

但随着现代工具理性的不断扩张，以及后工业化时代的到来，现代社会在消除传统文化危机与环境风险的同时也逐渐暴露出自身的危机与风险，首先是物质的膨胀带来都市人"异化"的可能。造成这一存在的关键是技术的进步，发达工业社会通过各种传媒以及充分富裕的物质财富满足人的需要，实现对人的控制。在马尔库塞看来，由于人们批判的、否定的、超越性的和创

---

[1] 格非：《真实的写作》，《黄河》2000年第2期。

作性的内心向度的丧失，现代人成为单向度的存在。一方面，科学技术带来了人类征服自然、解放自我的可能，却又以过剩的物质成为钳制人的工具；另一方面，启蒙现代性带来了人类主体意识的解放，泛滥的物质又以势不可当之势进入人们的日常生活，引导与建构了人的生活方式，消解人的主体性。作为存在主体的"人"在泛滥的物质面前逐渐丧失了否定与判断能力，变成了无法超越存在的"单向度"的人。面对现代性，知识者同样无法超越这一现状，实际上，失落精神、追逐物质与欲望膨胀的残酷现实已开始向独守精神信仰的知识分子无限进逼，后者能否坚守住为之安身立命的精神家园？探究这一现实是尴尬而残酷的，却又是必要的。精神贫乏包括思想贫乏与情感贫乏，它使人与人之间的存在显露出永远的脆弱、矛盾与危机，这一残酷的现实正在不断吞噬着清醒的灵魂，直到后者束手就擒。由此，格非从对婚姻的"异化"走向人的"异化"的揭示，《欲望的旗帜》的写作机缘正在于此。格非自己这样解释小说道："这部小说外表的讽喻特征也许掩盖了我写作时的基本动机，事实上，它只是一把刻度尺。我想用它来测量一下废墟的规模，看看它溃败到了什么程度，或者说，我们为了与之对抗而建筑的种种壁垒，比如说爱情，是否能够进行有效的防御。"① 如果说格非把整个现代社会看作"废墟"，而爱情则是所谓的精神信仰。对于精神信仰的思考，格非把兴奋点投放到上海某著名高校的哲学系，审视人类生存终极意义的寻求者即哲学研究者们，以他们挣扎在理想与现实间的选择为一斑，窥视整个社会的精神导向。

　　与20世纪80年代相比，90年代中国社会的变化是剧烈的，颓败不仅表现为社会的精神发展趋势，而且知识分子群体同样经

---

① 格非：《序跋六种》，《格非散文》，浙江文艺出版社2001年版，第224页。

历着大滑坡。在这样一个精神大分化的年代，精神信仰的研究者们如何定位自身？萨特曾说过，人的存在是给予的存在，因为人无法选择自身被抛入人世间的处境和地位，同样，人的自由不是自己给予自己的，而是被判定的，人已失去了把握自我的能力与勇气，只能无可选择地接受自由。无法把握自我的人类在"被抛入"的处境面前，精神滑向现实无疑是最明智的选择，格非却偏要让他的人物在精神与现实层面上进行一次不妥协意义上的较量，正如张末寻找"我是你的，我的梦也是你的"的如此超越世俗与物质的爱情。曾山在物质世界的无限冲击下仍在挣扎着向精神逃离。在逃离途中，精神寻求者又分明感受到内心的空虚，这种空虚不仅来自难以逃离物欲世界的天罗地网，更是人类内心孤独与脆弱的本质。个人无法拥有他人的灵魂，相爱的彼此在面对对方——"为自我地狱的他者"时同样无能为力，这是人类的悲哀，它预示着人类的精神与灵魂最终只有走向自我封闭的绝境，个体精神困境亦需要独自解决。更为痛苦的是，现实存在仍要考验个体精神自救的能力，在物欲横流的现实面前，缺乏群体力量的个体精神自救是艰难的。贾兰坡、宋子衿在寻求至上灵魂的过程中经受了自救的折磨，无一例外地走向了肉体的堕落，向物质、向欲望投降。或者说，接受物质世界、认可欲望的存在是作品中人物最好的解脱，但这却是格非所无法接受的，因为"解脱"将意味着对城市现代性的妥协。格非最终为人物设置了救助精神的出路：一个自杀，一个疯狂。此种自救无疑是格非虚设的结局，但这一结局对我们又有何现实指导意义？应该说，小说以对抗凸显了城市现代性之恶，也揭示了格非对抗的决然，但以毁灭为结局的对抗终究非格非的出路，格非又将如何为自己陷入城市现代性的精神寻找出路？

物质向精神进逼成为城市精神溃败的根源，并带来现代性语境下人的"异化"，格非对这一现状表现出明确的质疑。质疑之后的姿态却举步维艰，格非将为此作出选择，是弃城而去，寻求精神的皈依所，还是在无奈中与城市和解？与城市和解于格非显然是无法想象的，它意味着为学者、为知识分子的格非将走向世俗，意味着"废墟"的全面溃败以及人类精神的彻底"死亡"；而精神返乡又远非格非所认可的。其实，自创作始，格非就没有给自己向乡村靠拢的机会，他的"迷宫"建构了一系列荒诞的乡村，如此"落后"的乡村及其文化如何为对抗城市的格非提供出路？"往何处去"成为格非精神归宿的难题。这种难题出现在《欲望的旗帜》中的曾山身上，现实与精神的对立使他陷入无助的困境，爱情也无能为力，他所能做的只是在"十字街头"徘徊；出现在张末身上，她脑海中一直挥之不去的是一条永远渴望却并不去获得的背带裤以及想象中一个男人牵引她回家的画面。这些困境与渴望终于无法解决，包括贾兰坡与宋子衿的一死一疯，预示着堕落的肉体与渴望精神自救的对立，自我毁灭是不妥协之举，也是没有出路的明证。因此，从某种意义上说，《欲望的旗帜》讲述了一个"无结局"的故事，"无结局"是指格非并未能为他笔下与城市现代性对抗的人物提供确实可行的出路，城市批判的困惑中透示出知识分子精神的无限困境。

自 20 世纪 90 年代起，社会形态经历了乡村"城市化"与城市"世俗化"进程。乡村转变为城镇，追求城市现代文化，以城市文化为楷模。而在城市，大众文化以锐不可当之势进入日常生活，膨胀的物质欲望覆盖了精神追求。如果说，20 世纪"光明与梦想"的 80 年代尚是一个大写的"人"的世界，90 年代，"主体死亡"带来了反诗意化的"一地鸡毛"的现实生存状态，"活着就好"成为时代宣言。日常生活的世俗化是当下知识分子面临的一大困境，这不仅因为社会的日益商品化，也因为知识分子的日益平民化,是继续维持精英立场,还是走向平民?市场经济下知识分子人文精神遭受了严峻的考验。作为一个传统知识分子,他的职责本应在于无所畏惧地向公众有力地表述某种立场与观点。事实上,知识分子很难以批判型身份出场,超然于日常生活之外,并维护自身的独立人格,尤其是在应者寥寥之时。毕竟,在反思现代性趋势下,或者走向理想主义,或者走向大众生活成为审美现代性反思的几个维度。因此,关注当下日常生活成为城市写作的主导倾向。一部分知识分子放弃了原先所坚守的个人化标准,接受了公共生活准则,认同市民文化,在亦步亦趋中社会化与平民化了。以市民文化为自我文化,以大众认同为自我认同,这显然有悖于传统知识分子的自我界定。而批判现代性又带来了一个难题,即以何种精神为参照系。前现代性有其弊端,无法实现的理想终究只是理想,人类无法超越当下的生存现状,因此,一些知识分子陷入身份定位的迷惘状态,反思乃至批判城市现代性由此乏力。诚然,城市批判的困境并非格非所独有,既无法超越现实困境,又无法漠视是这一代知识者的普遍心态,它预示着知识者一步步陷入日常生活及随即而来的无奈与隐痛中。

通过知识分子批判达到对城市批判在李洱的创作中也有所体现,这种批判是借助于其确立自己的"知识分子"写作立场实现的。"知识分子"与"日常生活"是他写作的关键词,他一面强调自己的"知识分子写作"立场,一面又无限地切入世俗生活的展示中,这在此前的"进城"作家中较为少见。"知识分子"立场总是与启蒙、革命、宏大叙述、社会道义担当、批判等相联系,也意味着作者高于生活与读者的位置,必然要以执著于真理与干预生活的姿态出现。而在多元化、大众化盛行的今天,高姿态的宣言早已失去听众,因此更多的作者选取了大众立场或民间立场。知识分子写作立场确立的可行性在于李洱对知识分子的重新阐释，他说："知识分子是现代化的参与者，也是现代化的对象，还是现代化的审视者。"① 把知识分子从理想与信仰的启蒙者转变为现代化的参与者与审视者，重要的不在于其价值的转变，而在于身份从激进走向保守，这是对当下知识分子的重新界定。李洱的"知识分子"立场的实质是以知识分子为对象，正如他所说的："'知识分子写作'或许正是知识分子多重、暧昧、可疑身份在写作中的体现。"② 这种书写并非取彻底批判与反思知识者的姿态，而是揭示世纪末知识分子尴尬的生存状态与心态。作为现代性的参与者与审视者，他既要进入日常之中又要超越日常之外，进入日常就是关注"日常生活"，"生存困惑"成为他"小说所要表达的最重要的主题"③；超越日常使他对生存困境时刻保持警惕，这一点是李洱"知识分子"写作的关键。他的小说更多关注城市中造成人物困惑的根源，即情感与理智的冲突，无论教授、文人抑或艺术家，生活因为情欲而极端无序，精神被物质世界所捕获却并不去挣扎徘徊以自救或救人。《导师之死》、《加歇医生》中的师长并不具有普通人所想的导师形象，比如为人师表、严肃谨慎、道德纯洁、宽容儒雅，而是无知、无能者，学术界探讨的问题不是真理，而是如何使人大吃一惊。导师贾兰坡与一个纺织工后成为图书馆资料员的女性有关系，贾夫人也与别人幽会。外遇、婚变成为常事，道德规约早已失去效应，几乎每一个婚姻都有第三者插足。除了情欲外还有对权力的欲望，昔日人类灵魂的工程师成为今天欲望的阶下囚。在生活世

---

① 李洱：《短篇小说及其他》，《青年文学》1998 年第 5 期。
② 同上。
③ 李洱：《警觉与凝望》，《作家》1995 年第 4 期。

界所展开的各种可能的维度上，李洱似乎格外青睐于浮游在日常生活中的小事，他预设了一个道德沉沦的城市，却不行使批判者角色，而是采取了旁观者的叙事视角，书记员式的常态展示，无任何评述性的语言，仿佛一切尽在不言中。李洱并非故弄玄虚，他实际上并不知道怎么确切地评价自己的主人公，因为"一旦分析起来，就可以发现成人精神世界中充满着更复杂、更多维的东西"。"这诚如有论者所指出的，当一切教化系统陷入尴尬之际，他宁肯没有态度，拒绝解说，从而将自己彻底暴露在判断他人时深深的无能为力之中。"①

以刻画城市的淫乱气氛来表示批判，批判又不给出路，不难看出，李洱面对城市时表现出既批判又迎合的暧昧，批判的无力感表现出"进城"作家进入城市的一种低姿态亲和。既要表现超越于城市的姿态，又要进入城市日常挣扎，这与其说是"知识分子"写作，毋宁说是关注知识分子的写作。在这一点上，北村的知识分子立场更为纯粹。应该说，面对当下城市超越现存模式的书写的确有一定难度，由于城市优、劣双重因素的存在，对之通常表现出崇尚或批判的两极姿态，并带来渴望或逃离两种先在经验。重复既往经验显然无法体现独特的书写个性，但作为一个城市外来者，似乎也很难深入其文化的骨髓，对李洱以知识分子当下生存状态作为书写对象，也不妨看作超越既定城市书写模式的一次尝试。

在北村②的城市写作上，我们看到了城市现代性批判的力

---

① 王鸿生：《被卷入日常存在——李洱小说论》，《当代作家评论》2001 年第 4 期。

② 对于北村，本书不重视他写作的基督徒潜在身份，且把他的宗教信仰看作众多精神追求中的一种。如果说，他的城市写作主要由三个关键词所组成的话，那就是遭遇、对抗、进入宗教，本书将关注前两个关键词。

量，却同样陷入逃离的"虚无性"困境。同格非一样，北村跻身文坛也是以他写作技巧上的"先锋"，于是评论者界定他为先锋作家，但北村却并不"买账"。他毫不掩饰地说："一批批评家对我小说的形式先锋性津津乐道，他们无视我的心灵，这个事实令我心酸。"① 心酸的根源就在于先锋形式的运用正是为了表达自我与现实之间相阻隔的紧张状态的本质，这一本质却被"花哨"的外表所遮蔽。或者说，表达心灵在北村比如何表达更重要，这种表达就是指人的存在方式。关于如何存在的思考曾一度折磨了生存者北村，并进一步影响着作家北村，它已经成为作家北村写作的关键因素。他说："为什么活着就是一种存在理由，作家只有回答了那个与这个世界凭借什么而相处的基本关系问题后，才获得了生存的权利，他便同时解决了为什么写作的问题，他的文本将是他与这个世界相持的基本方式，而以后写什么以及怎么写等技术层面的问题皆服从于上述命题。"② 从这一点看，写作与生存构成了对应关系，对于生存的思考方式主宰了他的写作。

纵观北村的创作，不难发现其灵魂从与现实的紧张到对抗再到安妥的心路历程，北村写作的意义不在写作自身的突围，而是思想与灵魂面对城市文化语境下现代生活的超越，是在溺水的窒息中寻找出路。以这一写作主旨进入北村小说中的城市，很容易发现对抗下批判的必然性，或者说，这是一种预设的存在。在《芦苇陈林》中北村这样阐释城市："城市在上午八点的时候进入了喧嚣，它俨如一部巨大而破旧的机器在那个时候渐渐被一只手开动，先是由灰黑的住宅楼吐出一群又一群的人，他们迅速集

---

① 北村：《今时代神圣启示的来临》，《作家》1996 年第 1 期。
② 北村：《神格的获得与终极价值》，《文学自由谈》1990 年第 2 期。

拢到为数不多的街道向前流动；然后厂区被震耳欲聋的机器声惊醒，从马路上骑车而来的无数工人像尘埃一样分散。"混乱的、充溢着物质的、由冰冷的钢筋水泥建构的城市被机器主宰了，这样一种存在背景却已成为人类向往的肉体生存之乡乃至精神栖息之地，这是否意味着人类的灵魂将由机器所主宰？终日挣扎于城市的人们对这种环境早已麻木，人活着并不是当艺术家、诗人，仅仅是为了活着，衣食住行成为最简单地追求，混迹于城市者无法不再为生活所累而进入自在状态。但北村仍然要为自己人物的精神寻求安身之地，在乡下亲戚"城市原来是这个样子啊"的惊恐中，陈林开始了对身处之城的再认识。没有阳光的天空、随时的交通与失业危机、浑浊的空气，连恋人的眼神中都带着仇恨，城市其实是一个没有生存保障的空间，人随时可能死亡。生存危机把人逼向困境，困境的解决只有两种方式，或者与生活和解，或者对抗。而与生活和解的含义就是接受生活，这一命题也曾出现在北村的思考中。《公民凯恩》中的陈凯恩身上就表现了一个普通人对生活的妥协。他接触到社会的各个阶层，对生活最简单的认识就是"不易"，为了不落后于他人，为了成为生活中的强者，他放弃作曲去广告公司；为装修讨价还价；工作中忍声吞气；在老婆与情人间周旋。他逐渐认识到生活的污浊，吃喝嫖赌、敲诈勒索；金钱主宰了人类，人沦为金钱的奴仆。凯恩选择了堕落，但一点残存的道德感终于唤醒了他的灵魂，他渴望拯救自己，渴望寻找一种面对生活的新姿态。在寻找的过程中，他发现有人守了良知却物质贫乏；有人隐居世外仍想着尘世间的污浊之事。寻找的结果让凯恩认识到人性中极其卑微的一面。人类难以自救，亦同样无法在生活中找到出口，和解已不可能，所能做的就只剩下对抗。与生活（实际上是与城市现代性）对抗的后果有两种，正如在《淌水的东西》中的一句：不是我走，就是死在这个城市。"走"意味着出城，或者无归宿地流浪，或者寻求精神归宿地，但北村小说中的人物又并未选择流浪，往何处去成为困惑北村的难题。我们在上一代"进城"作家的写作中一度看到了精神返乡的可能性，这一代却是毫无可能的。

事实上，作为现实存在的乡村在北村的小说中并未能以某一实体存在，它的影响主要来自精神层面，即为北村提供了一个注视城市的立场。北村的写作是为自我的写作，无法回归亦无法与城市和解的北村其人物剩下的似乎只有死，这也是在北村小说中我们多次看到人物死亡的原因，"死"的意义不在死本身，而是表明与城市的对抗以及无力对抗。在对抗中，城市以一种彻底崇尚形而下的姿态出现。《消失的人类》中，出生于困顿的农民家庭的孔丘被置于生存困境，自此，物质获取成为他生存中面对的首要难题。在成为城市大老板之后无限地占有物质，他晕眩于城市生活中，不断地膨胀欲望，但同时也逐步认清并失落于城市人的本质。由此开始渴望寻找拯救人类的途径，却发现虚假、伪善无处不在，哪怕在本身无半点功利的唯美的艺术上，因为人的参与也表现出精神与肉体的矛盾。画画不再为陶冶情操、欣赏体验，而是为了金钱，为了生存。"活命"意识带来了欲望，物质欲望侵蚀了精神领域的纯洁性，孔丘终于对生存表示出怀疑。很显然，人活着并不是为了吃，而吃是为了活着，但现实的人生状态又告诉他，很多人活着就是为了吃。面对理智与情感、城市欲望与残存道德的矛盾，孔丘终于选择死亡。"死亡"显然并非人物与城市对抗的最佳结局，也远不是北村想要的。北村的人物需要突围，需要一种逃亡姿态。北村曾说："逃亡成了我在生存苦难前唯一合理的姿态。"① 逃离不是妥协，是反抗城市世俗生活

---

①　北村：《今时代神圣启示的来临》，《作家》1996 年第 1 期。

的无力与无奈。

北村曾说过，小说是观察者对状态一瞬间或几个瞬间之连续反映的捕捉，而"观察者本身是一个生命"，因此，考察小说"首先必须考虑小说家自身，他处于一个什么状态。他对人性的自觉会使他遇上许多问题，可以用信仰的方式解决，也可以用小说的方式表现，当然，这种表现在帮助人摆脱困境方面应该是卓有成效的。此外没有第三种方法"①。除却北村的信仰，我们在他的小说中看到他对生活、人性的思考以及相应的解决方式，这一点使北村的写作更多表现为对当下城市生活的批判。谢有顺在谈到北村的小说时说过："先锋小说多年来都在追忆历史，在先锋作家中，只有北村愿意站在当代现实面前，努力为当下的'在'进行定位和命名。"②当我们把北村的写作与他的精神追求看作一个统一体，就能够理解北村站在现实面前对"在"的定位与命名的勇气与意义。正因为在人类失却彼岸世界之后，北村为自身找到了由此岸世界进入彼岸世界的通道，即精神信仰，它为北村提供了完整的精神图景，成为他面对苦难的精神寄托，并以此作为批判此岸世界的标尺。但再度审视北村的精神求助，不难发现，精神求助作为超越物质的精神存在，它能够为个人的灵魂提供精神栖息地，但城市生活所面临的现实困境却并不因为个人精神困惑的消除而得以缓解，相反依然存在。因此，从某种意义上说，并未真正解决难题的精神自救其实质就是在无力对抗现实之后向空虚寻求获救，以个人灵魂的安宁来掩盖喧嚣的欲望，同格非一样，对抗城市现代性的决然走向的是逃离的无奈与无

---

① 北村：《关于小说》，《山花》2000年第2期。
② 谢有顺：《跋：再度先锋》，见北村的《玛卓的爱情》，长江文艺出版社1994年版，第330页。

力感。

一代"进城"作家对于城市现代性的观照不约而同地表现出批判姿态，一方面，我们似乎有理由认为"进城"作家的城市经验匮乏造成了后者受批判的位置；另一方面，乡村传统精神的潜在立场使城市现代性的负面效应越发清晰，但这两方面又是统一在一个大命题之下的，即早已认同乡村传统文化的一代人面对乡村"城市化"进程这一现实表现出的应对姿态。毕竟，乡村"城市化"进程导致乡村传统文化精神的消失，对于乡村的一味眷顾与回归难免成为虚妄，且早已接受的城市文化又分明在告知他们传统的劣根性。这意味着乡村无法提供解救精神苦闷者的良药，同时也意味着他们必然要以一种姿态与城市现代性"相遇"，他们普遍选择了对于城市现代性的批判，这无疑迎合了整个时代反思现代性的思潮。但批判与反思之后，他们并未选择积极的改良，而是撤退。城市无以为"家"，乡村亦无以为"家"，这又将面临逃离城市现代性之后自身定位的困惑。从与城市的关系上看，他们的对抗是决然的，但逃离是无力的。"死亡"等的任何回避都不是真正意义上的逃离，从本质上说，这种"逃离"是无处逃离后走向的空虚，它深深记载着失去乡村家园的一代"进城"作家缺失精神归宿地的隐痛。

四　乡村写作的突围

这一批作家自 20 世纪 80 年代中期以后进入文坛，到目前为止在文坛最为活跃也最能引起评论者关注的恐怕就是毕飞宇了。从 1991 年到 2001 年，毕飞宇的创作几经变化，从历史的到哲学的再到世俗的阶段。毕飞宇最早也是从先锋小说起步的，后开始观照乡村题材、农民进城问题，一直到《青衣》、《玉米》，毕飞宇找到了自己的位置。

毕飞宇是这一批作家中自我身份意识最为强烈的，这主要因了他的双重身份，即户口在城里，生活在乡下的事实。他说："我是一个地道的乡下人。但乡下人都不认我，他们认定了我是个'城里人'，所以我的一只脚踩在乡下，一只脚踩在一座想象中的'城里'。"① 这种无根的漂泊使毕飞宇在城市与乡村之间并无归宿感，也使他分别以两种姿态游离于城乡之间。首先，乡村是为"他者"的存在，他说"我不喜欢乡村"，"我生活过的环境，太苦了，太穷了，我吃尽了苦头才考上大学，离开了那儿"②；而城市提供了优越于乡村的生存环境，加之来自乡村的"排斥"，城市成为一个遥远的向往，进城渴望由此确立。但另一方面，城市亦是他者，他说："我没有故乡，对土地我既不恨也不爱，我有的只是一种说不出来的偏执，它是无中生有，它曾经萦绕着我。"③ 城市的"排斥"带来了对乡村的回忆。选择城乡双重身份对城乡进行观照，立场是矛盾的。这自然产生了他对城乡的双重批判姿态，因此我们看到他关于乡村的回忆，如《枸杞子》、《武松打虎》、《受伤的猫头鹰》、《情念妹妹小青》，作者均从童年视角切入，这一点与他的童年体验不无关系。《枸杞子》中的父亲从城里买来手电筒成为村里的稀罕物，但勘探队进村带来所谓的电气化时代的美好想象，乡亲们的反应却并不强烈；美丽的北京是村里男孩们的倾慕对象，却被勘探队一卷毛小子"拐"走了；哥哥发现北京与卷毛小伙的奸情，慌乱中把

① 毕飞宇：《一个六十年代生人的个人历史》，《生于 60 年代》，汉语大词典出版社 2004 年版，第 87 页。
② 毕飞宇、姜广平：《毕飞宇访谈录》，《青衣》，长江文艺出版社 2001 年版，第 389 页。
③ 毕飞宇：《一个六十年代生人的个人历史》，《生于 60 年代》，汉语大词典出版社 2004 年版，第 87 页。

手电筒掉进水里，射出的一束光被村里人认为动了地气，勘探队在一系列试验的失败后终于离去，不留丝毫痕迹，乡村却依然保持着原有的形态。"依然"的界定并不意味着乡村对现代社会进入的自觉排斥，相反他们是实实在在地渴望着。例如，北京对卷毛的爱；乡亲们对手电筒的艳羡。手电筒是现代社会的"成员"，它代表的不仅是手电筒，而且是来自外面世界稀奇美好的事物。与其说他们对勘探队与电气化时代无动于衷，毋宁说他们并没有形成现代化的概念，新事物遥远得超出想象。手电筒的光被当成地气，追求自由爱情的北京在"奸情"暴露后自杀，以及勘探队的失败都在表明乡村与现代社会的隔膜之深。《武松打虎》中写到一个秋高气爽的晚上，村子人等待的说书人迟迟不来，小说没有着重写等待者的焦虑，而是一如既往地叙述着说书人所讲述的武松打虎细节，第二天人们却发现喝醉了的说书人的尸体浮出水面。似乎并不能把说书人简单归为现代社会，但他与手电筒、勘探队一样均是作为乡村的外来者或者"异己"存在的，尽管他也一度激动了乡村的夜空，却终究无法打破乡村的固有形态。对于乡村的书写不仅表现在其文化审视上，而且把它纳入到历史文化的大背景下，观照人在这一历史错位境遇中的反应，他们的生存方式、生存心理及其人性的变化。《楚水》中写到乡村发大水，三少爷冯节中不去北京上大学，竟想到一条发财大道，用"一天三顿米饭，一个月两块大洋"作诱饵把饥饿的乡村女孩、媳妇骗到城里当妓女。这些妓女本是受害者、受虐者，但不幸的是她们之中除了桃花愤而自杀之外，其余人则麻木愚昧，对受虐无动于衷，甚至还表现出了某种做"婊子"的天才，为争得头牌妓女的地位而勾心斗角。在这里，作家尽力挖掘的是人性的苟安与堕落。

由上可知，毕飞宇早期的乡村小说并未表现出自己的特色，

《楚水》是一个提升，人性成为关注的话题，这是阐释毕飞宇乡村写作需要把握的一个问题。另外一个就是"故乡"的内涵。毕飞宇曾把自己的故乡与汪曾祺的做了比较，他说："故乡、童年是汪先生（汪曾祺）的叙事起点，他把一群鸭子从童年和故乡赶了出来，而到了我们……就是把一群不知道从哪里来的鸭子赶回到我们的'故乡'和'童年'，故乡和童年反而成了想象的终极。我们所谓经验，大多数是美丽的谎言。""汪曾祺的高邮是真高邮，真故乡，而我的楚水是伪楚水，伪故乡。""虚妄是我们与生俱来的特征，是我们与生俱来的力量，同样是我们与生俱来的疼痛。"① 毕飞宇的乡村写作选择人性与虚构作为突破口，同时又把人性置于权力下思考，性别上则从乡村女性入手，虚构了一个王家庄。

毕飞宇喜欢把女性与政治联系起来，在特定政治语境下层层剖析乡村女性的心理，从而深入到她们的灵魂中。《玉米》② 中的玉米沉静而"强悍"，父亲与村里很多女性有染，在母亲生了八弟之后，玉米的复仇计划就开始了，她抱着弟弟走街串巷就是为了羞辱那些与他父亲有染的女人；而在父亲"倒台"、妹妹们被奸污且未婚夫怀疑她的贞操之后，她开始了复仇计划。尽管"报复"的对象并不明确，但权力的渴望无疑是强烈的。玉米凭着她的肉体实现了这一渴望，即嫁给有儿有女可以做自己父亲的郭家兴，玉米这一人物的塑造是为了展示乡村女性在特定时代下

---

① 汪政、毕飞宇：《当代写作与地域认》，《文学报》2004 年 12 月 30 日。
② 毕飞宇的《玉米》2001 年 4 月发表，原本不属于本书所涉及的范围，考虑到它给乡村写作所带来的突破，故此作为一个例证。本世纪初这一批作家中不仅毕飞宇在乡村寻找突围，李洱也同样把笔触伸入了乡村的权力场，渴望于此寻找写作的突破口，例如长篇《石榴树上结樱桃》。这样的女性作家也不乏其人，如葛水平、孙惠芬，因为她们出道更晚，引起文坛关注是在 21 世纪，故本书未曾涉及。

为权力、欲望而扭曲的人性。《玉秀》中的玉秀又是另一种存在，美貌本来可以成为获得权力的条件，但遭人玷污。王连方的家倒了，原先受暴者成为施暴者，玉秀是暴力的牺牲品。在传统文化中被女性视为比生命更重要的贞操的丧失对于玉秀来说是致命的，在村里呆不下去才想到来城里向姐姐求救，这其中又有了女人与女人之间的较量，一个曾被暴力伤害过的女性能否通过肉体获取权力？在爱上郭左后就没有了可能。玉米与玉秀命运的反差，我想很多时候不是因为玉秀被强奸了，在贞节上，玉米与玉秀其实并没有本质的不同，相反玉秀是被迫，而玉米是自愿。她们的性格是不同的，毕飞宇说，玉米代表黑夜，玉秀代表白天。玉米寻找的是权力，玉秀渴望的是爱情，在权力充斥的时代是没有爱情的，玉秀的悲剧也是必然的。另一篇《玉秧》中的玉秧是平庸的，但毕飞宇却透过她平庸的外表进入她的内心，她与庞凤华原本是一根藤上的蚱蜢，自从庞与班主任发生恋情之后，摇身一变与城里女孩为伍，并视玉秧为笑料，复仇的火焰时刻燃烧着的玉秧，终于在关键时刻给了庞重重的一击。一方面，女性的嫉妒、报复、褊狭显露无遗；另一方面也可以看到这种重击是她在有了魏向东这一权力做支撑之后才有可能的。权力、女性、人性是毕飞宇在乡村写作上的突破，《玉米》的成功能证明这一写作的意义。

　　这一代"进城"作家的写作带有他们特定的城乡体验与文学及人生思考，对于城市，他们有爱，但城市不是故乡，但他们也并不把乡村作为精神归宿地，乡村充其量就是为他们提供了一种传统文化观照姿态，只是地域上的故乡。这其中就有知识分子对于"故乡"这一概念的想象与偏好，也是人类对于根、对于自己来路探求的本能欲望，城市成了异域，隔膜总是免不了的。当面对一切坚固的东西都已烟消云散的现代社会，新事物瞬息万变，与他们观念中的传统部分相冲突，他们不约而同地选择了城市批判姿态。因为批判之后并无出路，这种批判又表现出虚构性本质。对于乡村，他们更多的不是爱，乡村的苦痛是他们不愿面对的，乡村的封闭、愚昧更多地成为他们批判的对象。在城市写作无法超越之后，一些作家把眼光再次投向了乡村，在虚构中的乡村寻找他们的突围口，这种进入并不是为了寻找乡村精神，而是写作的场所。

就所有的"进城"作家来看，随着城市现代文化对乡村文化冲击的不断深入，以乡村文化为根基的"进城"作家对于乡村传统文化有了从坚守到徘徊再到有所放弃的心路历程。乡村传统精神正在逐渐消失，坚守是极为必要的，却也是极为困难的，"进城"作家终究无法逃脱丧失部分自我（传统文化）的命运，他们正一步步地走向城市，也在一次次地与乡村自我告别，直到无处告别。

第 三 章

"返城"作家的城乡书写

　　"返城"作家的写作与政治主流关系最为密切，尽管不能说是"文化大革命"造就了这些作家，政治命运对他们城乡书写姿态的影响是极大的。他们是乡村的"异乡人"，进入乡村之前对乡村及其文化尚且陌生，进入乡村时自然有对农村生存方式的不适感，但在随后的乡村生活中逐渐由陌生走向熟悉，同时与城市间则由熟悉变为陌生。返城之后，他们一方面不断熟悉城市；另一方面又在疏远乡村，因此，无论在城市还是乡村，他们均经历了"陌生的熟悉化"与"熟悉的陌生化"过程。

　　这种过程对于身份不同的"返城"作家的含义是不同的。曾为政治"放逐者"的"右派"作家以感恩心态书写乡村，"平反"后则进入时代宏大主题（工业改革题材）的表述。"老三届"插队知青既有对乡村的感恩，又渴望于乡间寻找理想。"69届"后插队知青也有对于乡村的写作，如王安忆与铁凝，在终于告别乡村之后，他们拥抱城市日常生活的写作具有面对当下、超越既定书写模式的意义。

第一节　城市"右派"作家的城乡书写

一　感恩乡村与遥望城市

　　城市"右派"作家指出生于城市，"文化大革命"期间被打成"右派"下放到乡村的一群作家。城市"右派"作家是不幸的，长期放逐于边缘不仅有来自肉体还有精神包括信仰的一次次折磨与自救，但相比返城后迷惘的"知青"作家而言，他们又是幸运的，含冤昭雪后得到了应有的回报，尽管迟到了十多年。他们大多曾以文学作为参政议政的工具，又是文学使他们丧失了政治身份，成为被否定者，也因此被剥夺了话语权。"平反"之后首先恢复的正是政治身份，然后才恢复了为大众言说的知识分子身份，因此他们的文学与政治关系极为密切，且政治总是先于文学而存在。

他们的文学创作与党性高度一致，自觉地把写作的"小我"纳入集体、社会之中，书写是为集体代言。正如王蒙所说的："我们与党的血肉联系是割不断的！我们属于党！党的形象永远照耀着我们！"① 属于党的不仅是肉体，而且是精神、思想、灵魂，他们的文学属于党。在革命文化观念的指导下，他们自觉关注国家、民族、社会等宏大主题，并认同集体与社会所倡导的时代精神，有着强烈的对于无产阶级革命及共产主义的信仰。他们对于文学的认识更多地受当时位居"中心"的批评家的影响，如注重题材与人物类型，选材能够体现作家的世界观、政治立场、艺术思想，要在作品中强调群体意识与献身精神，限制与压抑个人欲望和个体独立性。从他们的文化背景看，"返城右派"作家自幼生活在城市，对于城市文化早已接受，相对于乡村传统文化，前者构成他们文化主体的一部分。乡村在他们进入之前通常来自集体经验，如书籍、影片、资料等，而所有资料记载的与整个时代对于乡村的阐释又分不开，如农村的政治运动，农业合作化、"大跃进"、"人民公社"运动、农村的"两条道路斗争"

---

① 　王蒙：《我们的责任》，《文艺报》1979 年第 11、12 期合刊。

等预示着农村的大好政治形势，以及党领导农民正轰轰烈烈地进行着革命生产等。但从一定程度上讲，阐释的乡村与真实的乡村还存在一定的隔膜，因此城市"右派"作家的进乡是带着想象的。乡村的物质贫困对他们来说或许并不算什么，所有苦都被"革命"一词淡化了。如果说有不适，也是由几方面的原因所造成的：一是他们自身的遭遇，在下放前，他们是革命知识分子，"知识分子"这一概念时常与启蒙者身份联系在一起，它意味着知识分子是高于大众的改造者身份，这一身份在中国革命及社会主义建设时期主要表现为政治身份的确立。被打成"右派"，就是党对于自身政治上的否定，他们的心态应该是复杂的，既有委屈，又有决定，党的信仰却丝毫不能动摇，他们投入"改造"中的热情是高扬的，并坚信党终究不会忘记他们。二是面对乡村的自卑，所谓下放就是接受贫下中农再教育，贫下中农成为原先的启蒙者的老师，政治上的卑微更强化了身处异乡的漂泊感，他们是乡村的异乡者。三是对劳动的肯定。如张贤亮说的："我接触过许多和我有着同样经历的人，我们在受到不公平的待遇时是委屈的、不平的、愤懑的，但是这些幸存者中没有一个人不承认他在长期的体力劳动中，在大自然的怀抱里进行劳动与物质的交换中获得过某种满足和愉快，在与扎实的劳动人民的共同生活中治疗了自己的精神创伤，纠正了过去的偏见，甚至改变了旧的思想方法，从而使自己的心灵丰满起来。"[①]劳动成为生存的唯一方式，长期繁重的体力劳动给他们带来了新的感受，王蒙笔下的张思远也同样感慨道："在登山的时候，他发现了自己的腿，多年来，他从来没有注意过自己的腿。在帮助农民扬场的时候，他

---

① 张贤亮：《心灵和肉体的变化——关于短篇〈灵与肉〉的通信》，《鸭绿江》1981年第4期。

发现了自己的双臂。在挑水的时候他发现了肩。"劳动把知识分子还原为一个普普通通的劳动者。四是对于农民的肯定。我们借用李国文的一段话来阐释这种对于农民及其精神的肯定:"我对农村,我对农民,原来是不怎么了解的,虽然我也曾经是大地之子,虽然我还搞过体改,从阶级斗争的角度努力理解过农村,但怎么也比不上后来在穷乡僻壤、大山深壑所消磨掉的二十多年。这几乎是七千个日日夜夜的观察体验,使我懂得了我们这个民族,为什么坚忍不拔,为什么有顽强的生命力,正是体现在这亿万勤劳的默默无闻的农民身上。"① 五是与乡村文化间的碰撞,这种碰撞更多地来源于文化,包括农民的思维方式、生活观念等的文化差异,如张贤亮《绿化树》中的章永璘用自己的文化优势赢得了马缨花,他称呼马缨花为"亲爱的",但马缨花称他为"肉肉",他感觉这种贴心贴肉的称呼与自己"优雅"的称呼是不适宜的,后者就有了鄙视的意思。这种一直存在于想象中的乡村传统文化在他们下放时期才得以接触,与他们已有的城市现代文化形成对照、碰撞与交流间,为主流文化的革命文化发挥作用,淡化文化差异,他们多自觉、理性地接纳了部分乡村传统文化。

在乡村与农民的共同生活过程中,农民却并未履行"启蒙者"角色,反而对知识分子的遭遇表现出极大的同情,农民阶级对知识分子的态度中有乡村传统文化对士的仰视姿态。在中国古代,"士"是因长期训练礼乐诗书方面的知识而成为博闻知礼的专家,孔子说:"士志于道,而耻恶衣恶食者,未足与议也。""士"是道的承担者。封建秩序下的"士"即中国传统知识分

---

① 李国文:《我的歌——谈〈冬天里的春天〉的写作》,《新时期获奖小说创作经验谈》,湖南人民出版社 1985 年版,第 57 页。

子，他们以天下为己任，以自爱、自重来突出他们所代表的道。而在中国农民心里有对于农村领袖天生的信任，这些领袖指"在言论上有贡献，或是事业上有功绩，或者是思想家，或者是实行家，在团体活动中，心智接触上，容易显露出他们的特长"①的人。从大城市来的知识分子不一定是他们的领袖，因为他们对知识、人格有了天生的尊重，这些"右派"应该是他们所肯定的。此外，农村的"吃食"文化或者说活命文化对于此时受批判的"右派"是有一定感染力的，活着无形中成为一个重要话题。乡村、农民及其文化激发起他们的感恩心态，这一心态实则包含着知识分子和农民大众究竟谁改造谁的问题。简单地说，知识分子的身份定位让他们始终不忘启蒙与改造的使命与职责，而现实却是，有权力改造他们的人并没有改造他们，在城市，他们的政治身份被否定，知识分子身份成为贬义词；在乡村，政治身份被忽视，知识分子重新得到肯定。感恩乡村是自然的。

城市"右派"作家带着对党的信任与对乡村的感恩虔诚地忏悔，并积极投身于大众，在艰苦劳动中改造自己。他们的改造意识是强烈的，有人从以下两个方面找原因：一是知识分子本身的虚无民粹（即把大众理想化）与原罪感（对老百姓没有接受教育的愧疚感）。二是政治的需要②。与党割不断的血肉联系是他们服从政治自觉接受乡村传统文化的前提。但有一点不容忽视，感恩乡村并不是与乡村融为一体，革命知识分子身份与掌握现代文化的文化优越感使他们与乡村时刻保持着一种心理距离，

---

① 言心哲：《农村社会学概论》，中华书局民国二十八年版，第272页。
② 郑也夫：《知识分子与大众》，《知识分子研究》，中国青年出版社2004年版，第20—30页。

他们是乡村潜在的精神"流浪者",与城市"异乡人"一样,并不曾真正把精神归宿地定位于乡村,"出走"的诱惑始终存在,乡村不是归宿,乡村是一段误会,是一次邂逅。事实上,"文化大革命"结束后,当他们恢复了政治地位并拥有了实现自我价值的可能,被改造者成为改造者后,"知识分子"启蒙者角色意识逐渐苏醒,他们开始渴望进入时代主流,承担社会中某一道义的角色,就民族灵魂与精神信仰向公众发言,以此凸显自我价值。乡村无法提供足够的空间,离开乡村,进入城市就成为当务之急。这不仅表现为客观距离也表现为心理距离的临近。但阔别多年的城市早已今非昔比,他们在乡村生活过程中认识并接受了部分乡村文化,这种文化会成为他们观照城市的文化参照,因此进入城市后,面对城市与革命理想信仰相背离的现代文化精神,他们在心里并不接纳。正如谢泳所说的:"由于文化和教育的原因,他们很难走在时代的前面,因为他们很难从过去所受的文化和教育中摆脱出来。对于他们这一代人来说,在五十年代接受新时代的文化教育,有一定的自觉和主动性,不完全是一个强迫的过程,这是他们最大的局限。"[1] 毕竟,一种文化制度孕育一代人及其所属的思维观念。城市"右派"无法接受城市新兴观念,对于改革开放却极力表示肯定。这至少有两个内因:一方面"拨乱反正"的新观念是他们得以重出的前提;另一方面,改革英雄的自我实现完成了他们知识分子身份的隐形实现。因此,当反思主潮退却后,一部分作家转向城市表现改革的宏大题材,如张贤亮、李国文的城市改革题材,对城市本身并没有过多涉及,乡村题材才凸显了他们的写作特色。他们面对乡村,心态是复杂

---

[1] 谢泳:《右派作家群和知青作家群的历史局限》,《当代作家评论》1998年第5期。

的，乡村作为"下放地"，是与受难、身份置换、接受农民同情、等待城市"赦免"以及无法实现自我价值等联系在一起的，这种面对城乡的不同心态影响了他们笔下的城乡书写。

二　在乡村寻找自然与人性

对于大多数城市"右派"作家而言，书写乡村实际上是书写特殊年代知识分子在乡村的命运，被放逐的政治遭际影响了他们的乡村体验，面对较城市更为严峻的乡村生存环境以及自身政治身份被否定的遭遇，来自农民的关怀弥足珍贵。尤其是后者对政治身份的相对漠视，还政治人生命个体的自由与尊严，这一点让在政治上遭受挫折的知识分子感到莫大的慰藉，表现在创作上就是对于乡村、农民的肯定，主要是对于乡村崇尚自然与人性的肯定。

王蒙对于当代文坛的意义不仅在于他的多产，他的近半个世纪的创作生命，为作家如何保持创作势头所提供的借鉴；还在于他开放宽容的文学观念为文学批评者所带来的启示。王蒙选择写作完全来自对革命家的向往，他说："我非常怀念地下党的那些同志，那些在解放前后积极投入了革命斗争的青年人，那些热情地迎接又热情地投入了新生活的斗争的青年人。"① 怀念是写作的内驱力，满怀希望地投入文学却带来了政治前途以及文学上的"窒息"。似乎从政与从文总难以兼顾，关于这一点许多现代作家的经历是很好的证明。从1963年到1978年新疆16年，从表面上看王蒙是偏安一隅，但作为一个从童年和少年时期就选择了革命的少年布尔什维克，划入另册本身就意味着理想的破灭与自我被彻底否定。"文化大革命"结束后，劫后余生的人们开始反

----

① 王蒙：《文学与我》，《花城》1983年第4期。

思不堪回首的历史。生活了 16 年之久的新疆一直被王蒙称为
"第二故乡",然而我们发现除了"在伊犁"系列,王蒙并未为
我们提供多少独特的乡村经验。应该说,16 年在任何一个人的
一生中都不可能被轻易用括号略去,究竟王蒙的书写主旨为何?
同时伊犁乡村对王蒙又真正体现为何种意义上的存在?

选择新疆是王蒙的自愿,新疆 16 年的生活,他在肉体上并
未受太多的折磨,用他的话说就是,不能简单地说成"流放",
所有的失落主要来自话语权的丧失对一位革命知识分子的打击。
这种打击并没有让他欲言又止,当运用反思武器发言时,强烈的
诉说欲望促使他选择了"意识流",艺术的超越对他来说还在其
次,关键在于思绪已等不及虚构故事就要尽情流淌。"长久的积
累积郁之后,这种写作具有一种类似油井井喷的性质,勇敢、坦
诚、真挚,有时候还有些粗犷。"① 他要诉说什么?《春之声》是
百废待兴的城市与国家的新生;《最宝贵的》是参加揭批"四人
帮"战役的心声,这些都表明王蒙对于政治、对于党和国家的
永远关注。此后的 20 世纪 80 年代中后期王蒙的写作涉及面之
广,近似于严肃地"玩"文学。90 年代的"季节"系列终于让
我们看到了一个真实的王蒙,一个献身于革命并由激进走向冷静
的布尔什维克。早在二十多年前冯骥才就这样话说王蒙:"将近
二十年过去了,王蒙还是王蒙。依旧是布尔什维克,但是一个清
醒的、经过各种磨练的布尔什维克。依旧是一个赤子,但是一个
成熟的赤子。"② 到现在,已不仅仅是布尔什维克可以概括王蒙
了,在他的人生哲学中,我们可以看出其海纳百川的胸襟,既无

---

① 王蒙:《生命呼唤着文学》,《创作是一种燃烧》,人民文学出版社 1985 年
版,第 1 页。

② 冯骥才:《话说王蒙》,《文汇月刊》1982 年第 7 期。

为（与人无争）又有为（人生有为）；既低调（做人）又高调
（精神境界），紧贴生活，水般灵动。以这种宽容的人生哲学介
入书写中，真正要诉说的依然是政治、革命与理想的话题，只不
过这些话题因为言说者的成熟与复杂而带有更多的内涵。我想，
今天的海纳百川，伊犁的 16 年生活一定也有功劳，他的伊犁世
界一定能折射出他自己对于人生、对于生命的思考。

　　王蒙对于乡村的书写是以肯定为基调的，他的乡村经验主要
表现为两类：一类是新疆异域乡村文化体验，代表为"在伊犁"
系列。20 世纪 60 年代以一个接受锻炼的城市干部身份第一次接
触乡村及其文化，且是自己主动要求的，对王蒙而言，毛拉圩孜
公社的意义显然不仅仅在于那是一个革命意识相对淡薄的乡村，
更是因为它"有别于内地的地理、人文、自然风光"，以及"与
汉民族不相同的却又是根连根心连心的兄弟民族和他们的文化、
民俗、宗教等等"①。稍稍接触维吾尔族与哈萨克族文化，就能
发现其中的幽默、机智、宽容与现世的生存哲学，它对于放逐于
政治之外的王蒙其影响是巨大的。尽管"文化大革命"年代下
放是一件普通的事，一个自小投身于革命理想的布尔什维克，进
入革命主流的渴望始终存在。对王蒙而言，自始至终最为重要的
是恢复政治主流身份，这种愿望在"文化大革命"期间难以实
现。相反，在各种武力对峙下，任何一种"执着"都可能使生
命受到威胁。而处于一个豁达民族中，他尤其能感受到该民族文
化中所体现出来的脱离革命与理想之外的现世生存态度，以水的
柔性与力相抗衡，以宽容的心态面对逆境。事实上，在一个缺乏
正义公平的年代，生存是一切的基点，与生存相比，信仰的力量
是微弱的，任何与形势相悖的信仰都可能会带来生存危机。面对

---

①　王蒙：《自序》，《新疆精灵》，上海文艺出版社 2002 年版，第 1 页。

政治上的变幻莫测，最佳的应对方式就是暂时放弃，这种"放弃"意味着在激进与保守之间保存实力，因而王蒙的新疆"情结"中不仅包含着来自肉体的幸存，而且包含着来自精神自我的重建，即接纳该民族文化"与世无争、心平气和、谦逊克制的生活哲学"，以建构自身的生命哲学。离开后再回顾，维吾尔民族文化中的幽默、开朗与现世精神自然跃然纸上。不妨以《哦，穆罕默德·阿麦德》为例，小说讲述一个活泼、可爱又不乏缺点，还有过几次爱情经历的维吾尔族青年阿麦德的故事。他到南疆娶了患白癜风的媳妇，治好了，媳妇回娘家再也没有回来。阿麦德却没有过于忧伤，最后还决定唱着歌儿去流浪。据王蒙说，人物确有原型，但真实的情形是他婚前想过去流浪，结婚后变得老实巴交，媳妇也不是白癜风，如此虚构是出于"使他出去流浪这个情节变得富有一种感情色彩"[①] 的考虑，阿麦德越发开朗、豁达，也可见在王蒙的眼中这一文化的内涵。除了塑造少数民族人物，在对乡村阶级斗争的展示中同样表现出王蒙的乡村姿态。毛拉圩孜公社由中农代表、下乡知青、兵团兵工组成宣传队（政治组织），称为"多普卡"，即维语的"斗批改"，主要抓反革命集团，把阿麦德抓走了，因为他曾宣称要当特务——"梯益鹅务"。事实上，阿麦德家世代农民，并不知道"特务"是何物。审查的现场更是可笑，竟问阿麦德是不是阴阳人，直到阿麦德保证要生孩子才罢休。以嬉笑的笔法否定了"革命文化"在乡村的现实性。这种认同与阿麦德的形象是吻合的，其中预示着王蒙对异域文化与乡村文化的姿态，并不是高姿态的怜悯与审视，而是肯定与认同，在异域文化中寻找本民族所欠缺的浪漫与

---

① 王蒙：《从生活到小说》，《创作是一种燃烧》，人民文学出版社 1985 年版，第 128 页。

宽厚，真诚与豁达，与乡村文化达到了和谐状态。

　　在写这类小说时，王蒙选择了对他者的观照姿态，是"看"的视角，"看"异域乡村的生活，作者的自我被淡化。在另一类乡村书写中，王蒙要"看"的就是一个下放乡村的知识分子心态，他是直逼自己灵魂的。王蒙凭借自身的下放体验，展现乡村对政治身份的漠视，对人格的尊重，通过城市文化与乡村文化的对照体现自我身份在乡村的意义，再次重申对于乡村的认同。《布礼》就从两重身份的对比中展现乡村的本质及对乡村的感恩。钟亦成被打成"右派"，政治身份低下几乎丧失了生存"资格"，在乡村却被看作一个有血有肉的正常人。在此，"右派"钟亦成经历了两重身份转换：一是在城市为主流认可，政治身份被肯定，以启蒙姿态参与公共事务；二是被政治否定流放于乡村，失去了发言权，需要接受农民的"启蒙"。跨越两极"待遇"的流放者自甘于现状，却依然受到农民特殊的招待："甭听他们的限制，上我家喝两盅儿，我给你煮两个鸡蛋，瞧你瘦成了啥样子！"无论是身处城市还是乡村，钟亦成本身并没有什么不同，不同的是政治主流对他的评价。政治身份原本只是区分个人于组织、社会、国家中所处位置的一种方式，是人的外在条件，它远不能涵盖个体，只是当政治身份被无限夸大时，个人实际上成了政治的附庸，"自我"、"独立"等词就成了空头支票。在乡村，是农民撕开了人的政治外衣，再现了人的本质，知识分子对于农民的感恩由此而来。感恩不仅来自物质的馈赠，而且来自对于个体的精神认同。《杂色》中的曹千里自比为衰老的马，伴随着饥饿与对灾难的痛苦回忆，来到了村庄"独一松"，他同样受到哈萨克老人们倾其所有的招待以及女主人"我的可怜的孩子"的哀叹。有意思的是，在王蒙笔下，感恩来自物质的馈赠，馈赠物均涉及到"吃"，曹千里因为喝了马奶子之后，才想起了淡漠多年的音乐。"吃"是乡村活命文化的一种主要表现形态，这种文化通常是城市作家审视的对象，它把"吃"放到生命的第一位，也即把肉体的存活放到第一位，无视精神与自我。对知识分子而言，启蒙的意义正在于以精神的寻求来拯救沉重的肉体，以自我价值的实现来质疑吃食文化。但对于曹千里这个下放"右派"，乡村不仅为他提供了物质的满足，还有精神的满足。正是有了物质的满足才有了精神的寻求，看似仅仅为生存而生存，无所谓理想、信仰、追求的文化成为钟亦成与曹千里感动的对象，这一点与启蒙者的初衷似乎是相悖的，但在一个缺乏正义公平的年代，生存是一切的基点，与生命相比，信仰的力量是不确定的。放逐者在精神与物质上双重受挫时，物质上的填补可能会带来精神上的慰藉。从最基本的生存问题出发，才能体验到活命文化中所包含的人所为人的意义："他感到无比幸福，他竟不是蜘蛛，不是蚂蚁，不是老鼠，他是一个人，一个堂堂正正的中国人。"

由活命文化到为个体的存在体现了生存的本质，王蒙是在让人卸下各种武装与面具，回到人的原初状态，人首先是一个自然个体，满足了最基本的生存需要，才有可能进入社会，成为社会人，承担各种社会责任。这种对人本质的认识是在无法体现社会人的价值并仅能维持自然人的状态之后获得的。当这一年代及它相伴而生的思维逐渐远去，当自然人再次进入社会，成为时代启蒙者，又重新引发了对于"人的本质"的思考，即人的本质是否已经改变。《蝴蝶》中的张思远在由乡村的"老张头"到张部长的转变中迷失了自己。在城市，人的身份远比人本身更重要，他拥有的部长职务是一个符号与装饰，预示着某种身份与随之而来的地位与待遇；在乡村，人的身份被无视，并作为一个卸下一切符号与装饰的真实个体而存在，他只是一个"白丁"，依然被人亲热地叫着老张头。作为自然人存在的张思远无疑更适合那个遥远的乡村，那个乡村文化语境下表现真实自我存在的生存环境。这一点与"在伊犁"系列异曲同工，即生命的本质、人的本质在于自然状态的存活。人首先要吃，要穿，在吃穿满足了之后才可能成为一个人。王蒙在《杂色》中曾这样写道："有了安全就会有一切，没有了安全一切就变成了零。"这里的"安全"是指生存的保障。王蒙的感恩乡村，正是因为乡村提供了一种较宽松的政治环境与文化环境，让人回到生存的本真状态。

王蒙对于乡村的感恩从满足生命需要的最初前提开始，这些还只是停留在物质层面，王蒙也尽量把自己当作一个普通劳动者，写出了"右派"知识分子为人的基本存在。他的经验与所有城市"右派"作家应该是相通的。作为"右派"作家，张贤亮对乡村的感恩也是强烈的，但他找到了另一种不同于王蒙的方式表达这一感恩，那就是"女性的爱"。

对张贤亮来说，最初的写作目的决不为写作本身，1955年因诗作《大风歌》而下放到宁夏贺兰县黄河边的一个山村。文学对他多少意味着恻隐之痛。对政治经济学的浓厚兴趣并由此引申出的对国家政治经济问题以及人类命运的哲学思考成为他生命的第一位。再次选择写作也只是因为自己的案子久被遗忘，朋友的一语道破："你何不写写文学作品，引起人的注意，好让你们农场尽快解决你的问题。"① 有一些"进城"作家为了进城而写作的意思。20年的劳动生涯对张贤亮是一次血的洗礼，尽管下放到偏远的西部农村是出于被迫，"小资产阶级知识分子"的原罪意识却自觉而强烈，他渴望通过强度的肉体劳动净化灵魂。这

---

① 张贤亮：《满纸荒唐言》，《写小说的辩证法》，上海文艺出版社1987年版，第14页。

位除劳动权之外一切权利均被剥夺的"罪人"在长期的劳动折磨下，只剩下简单的生存欲望，这一点构成了他对乡村活命文化认同的基础。这里的"认同"具体说是一个被放逐的政治边缘者，面对乡村农民的同情与怜悯油然而生的羞愧，甚至是感恩，这一心态奠定了他观照乡村的基调。他说："在大自然的怀抱里进行劳动与物质的交换中获得过某种满足和愉快，在于朴实的劳动人民的共同生活中治疗了自己的精神创伤，纠正了过去的偏见，甚至改变了旧的思想方法，从而使自己的心灵丰满起来。"①在机械的劳改生活中，年过 35 尚孑然一身的事实使得他在接受同情之后，心灵仍处于孤独的境地，对异性的想象与家庭生活的渴望主导了他一时的情感。他说："社会身份和经济条件都不许我感关睢而念好逑，于是我只得做各种各样罗曼蒂克的梦。"②于是美丽的洛神形象不断出现，她们寄托了作者对乡村的情怀。这也就不难理解，张贤亮小说中的男主人公"右派"知识分子，在劳动改造过程中挨饿、受虐待、对生存之外的一切欲望异常迟钝，却偏偏有来自乡村女性的爱，她们仅仅因为主人公的文化人身份就毫无道理地大胆地奉献自己。乔安萍对石在，黄香久对章永璘，李秀芝对许灵均，前者并不因为后者"劳改犯"的政治身份而鄙视之，相反在后者因劳改挨饿、受虐待、对生存之外的一切欲望异常迟钝时，献出了女性真诚的爱，她们毫不在意回报，爱情大胆而热烈。真挚的爱情与淳朴的乡村女性是相连的，这也意味着乡村提供了纯粹情感存活的空间。同王蒙作品中的农民一样，乡村女性对于知识分子男性"右派"的政治身份极为

---

① 张贤亮：《心灵和肉体的变化——关于短篇〈灵与肉〉的通讯》，《当代作家谈创作》，中央广播电视大学出版社 1984 年版，第 91 页。

② 张贤亮：《满纸荒唐言》，《写小说的辩证法》，上海文艺出版社 1987 年版，第 10 页。

漠然，《灵与肉》中的李秀芝甚至对"右派"一词觉得奇怪："人说你是右派，啥叫右派？"当许灵均告诉妻子自己获得政治新生时，她却是："啥子政治新生、政治新生！在我眼里你还是个你哟！"……"我们过去哪个子过，二天还哪个子过。有了钱才叫安逸。"爱情使身为"右派"的知识分子恢复了为人的存在。张贤亮最为有力的感恩表达是他的人物最终告别父亲与城市，回到妻子和牧人们中间。为此，小说设置许灵均面临双重困境：一是父亲与城市现代文化；二是家庭与乡村、传统文化，人物最后选择乡村，告别城市，这种选择并不意味着许灵均对乡土的完全认同。不妨先借鉴张贤亮对该小说主旨的界定，他说："一，我是为了反我一直深恶痛绝的'血统论'；二，我想表现体力劳动和与体力劳动的接触对一个资产阶级家庭出身的小知识分子的影响，以及三十年历史变迁对人与人关系的新调整。"① 父亲代表了城市、现代文化与资产阶级生活方式；乡村是锻炼、灵魂净化与实现自我之所。作者让许灵均回乡，目的显然是要让他与资产阶级的父亲与父亲所代表的一切决裂，与其说是为了接纳乡村而离开城市，不如说是为了否定血统论而选择乡村。因此，许灵均对乡土的感恩式表白，实则是作者对被打成"右派"自我的一次清算，在对乡村的感恩中重新确立自己的身份。

王蒙的感恩着重吃食文化，张贤亮的感恩着重爱情，因此感恩与感恩也是不同的，在关注对象上，同为女性，王蒙的乡村慰藉来自乡村大妈，张贤亮的乡村慰藉来自乡村女孩。但他们感恩的心情却是相通的。

---

① 张贤亮：《从库图佐夫的独眼和纳尔逊的断臂谈起》，《写小说的辩证法》，上海文艺出版社1987年版，第4页。

三 告别乡村的必然

知识分子遭放逐的政治命运影响了返城"右派"作家的乡村观照，接受改造者的心态尽管都是积极的，但下放后面对乡村及其文化，与本身所属的城市自我毕竟存在对立，理性地接受农民文化的同时，也有着对知识分子自身所属文化的非理性执着。当他们恢复为知识分子身份时，便毅然放弃了农民身份，乡村成为永远的"他者"。

"告别"的书写在王蒙是相对隐蔽的，或许是因为他的进入是迟疑的，他的人物总是在不断确定自己的身份。《蝴蝶》中的张思远在由"老张头"到张部长的转变中迷失了自己。在城市，他部长的职务预示着某种身份与随之而来的地位与待遇，是一种符号与权力的象征；在乡村，他是一个"白丁"，政治身份被淡化，却体现了最真实的生存状态。王蒙对于生命是透悟的，但这并不意味着他将一味追求自然人的状态而无视社会人的意义，从"老张头"到张部长，张思远仍是张思远，他无法忘记昨天，忘记乡村的接纳，但他同样也无法忘记城市，忘记自我价值实现的渴望。张部长进入城市新生活是那样全力以赴。曹千里尽管"争辩"说他爱边疆，爱这广阔、粗犷、强劲的乡村生活，但"当他现在只是在电影上才能看到北京的王府井大街和天津的工人文化宫的时候，当他在麦场上、在草堆旁甚至是在墙头上或者树杈上和各个少数民族的农、牧民在一起，观看这遥远的，好像是幻境一样的不可捕捉、不可挽留的城市风光的时候，就没有些微的惆怅么?"对异域乡村文化感恩的同时，远方城市的风景仍是那么绚烂、魅力十足，张部长有着他告别乡村的感伤与进入城市的热情。

感恩与告别是张贤亮乡村书写的两个基本主题，感恩源于乡村女性的爱情，告别则通过对女性爱情的拒绝表示出来，《土牢情话》中的石在面对乔安萍的爱时就选择了退缩。原本对劳改犯来说，乡村女性的爱无疑是一种恩赐，但在石在看来却是对于自我价值的质疑，接受农民的爱，无异于接受恩赐与怜悯，这对知识分子的自我是一种嘲讽；不接受农民的爱，被改造的知识分子接受改造的诚意、与农民阶级及乡村文化结合的态度就值得怀疑。诚然，断然拒绝是无法想象的，接受又与知识分子的自我相矛盾，小说设置乔安萍被奸污而"放弃"石在，实质上是作者为石在"解围"，后者可以避免选择的尴尬。《男人的一半是女人》中阐释的仍是这一话题，与黄香久的结婚使章永璘从政治身份的阴影中走出，作为一个真正的人存在，它体现了城市下放知识分子对乡村的感恩，但随后却遭遇了精神自救的难题。堕落为"吃食"文化的崇拜者，意味着为乡村活命文化所同化而丧失自身所属文化，章永璘选择离婚是为了在精神上拯救自己，是知识分子超越自己被怜悯与被施恩者的角色。"背叛"乡村文化的"施恩"并未让章永璘过于愧疚，这是知识分子"舍生取义"的自我身份维护。同"进城"作家在城市遭遇城市文化一样，下放城市作家也有着在乡村传统文化语境下确立自我身份的问题。章永璘"离婚"的意义并不仅仅在于放弃"吃食文化"，超越俗世与平庸，更是自身所属文化遭受危机的知识分子保持文化的"纯洁性"从而维护自身定位的努力。这种努力实际上从许灵均就开始了，拒绝父亲所属的阶级回到乡村，重要的不在于他扎根乡村的决心如何强烈，而在于他与石在、章永璘对乡村的态度中包含着这样一种内在逻辑：从"血统论"中走出来的旧知识分子通过乡村的拯救（恢复为人的存在）到自我拯救（研读马克思著作），确立自身新知识分子的身份，彻底与旧我决裂。这一内在逻辑预示了一个城市出身的小知识分子与乡村文化的关系。作者在城市被打成"右派"，"厄运"意识始终与城市相连；

而淡化政治的乡村是洗净"罪恶"的涅槃场。处于这一"场"中的男主人公卑微的政治身份被忽视,相反他们身上的"文化味"被凸显,然后才有女性对他们的"错爱"。《土牢情话》中的乔安萍对石在说:"我挺喜欢文化人的。这里的人,都野得很。""文化味"是乡村女性对城市男性产生爱的根源,蕴含着乡村传统文化对城市文化的仰视,这种仰视预设了知识分子的文化优越性。如果仅从地域来看,知识分子来自城市,乡村文化对知识者的仰视也是乡村文化对城市现代文化的仰视,显然作者的立足点在于对知识分子与城市现代文化的认同。男主人公在接受了不曾预见的异性之爱之后,完成了由生物人向主体人的转变,由卑微而来的自卑心理越发强烈,原本的文化优越感受到冲击,他需要寻找心理平衡。政治身份越卑微,知识分子的文化优越感越成为他的救命稻草,在一种优越感观照下的乡村文化便承担了救助者与被遗弃者的双重角色。

从所谓的"小资产阶级知识分子"转化为"无产阶级知识分子"的张贤亮,在经历了由自卑到改造再到超越旧我的心路历程之后,知识分子的自我意识开始复苏,并确立了自我的位置。接受改造者的心态尽管都是积极的,然而对于知识分子自身所属文化的非理性执着引导着人物的归去。尽管从文本上看,我们能感觉到张贤亮与乡村文化间的关系更多地表现为不和谐,王蒙却在对乡村异族文化的吸纳中走向低姿态的亲和,但是在不和谐与亲和的差异中,同一性依然存在,即城市的诱惑最终导致人物对乡村的放弃。章永璘的放弃毅然决然;曹千里也是亦步亦趋。

感恩是对乡村的留恋;告别是对城市的渴望。在感恩与告别之间折射出城市出身的知识分子文化身份与阶级身份的定位。就阶级身份而言,他们有着知识分子的阶级意识认同,阶级意识是指"对生产过程中特定的典型地位所作出的适当的和合理的反应"①。这种无意识使一个阶级成员在被归并到一些不同的阶级时，仍然保持着这种意识形态的内聚力。同时，在这一与阶级意识相符的身份确立成为现实时，阶级成员重新进入所属阶级是极其自然的。就文化身份而言，城市"右派"作家在与乡村接触时就有着在传统文化语境下确立自我身份的问题。农民阶级对知识分子的同情，在于传统文化中尚"士"的传统文化心理，自觉地把知识分子区别于自身所属的阶级，认为后者不应承受如此的政治遭遇，这种同情让知识分子既感恩又自卑，但更多的还是自卑之后知识分子的自我"拯救"，即城市"右派"作家在乡村失落阶级身份与文化身份之后维护自我的努力，王蒙是以人物"惆怅"于远方的城市来表示；张贤亮是以对乡村爱情的拒绝来表示。自始至终的知识分子阶级及现代文化启蒙者身份定位，导致城市"右派"作家与乡村间永远的距离，感恩是必然的，告别也是必然的。

四　城市改革成为兴奋点

"文化大革命"的结束对于城市"右派"作家来说，最为兴奋的就是能重新拿起笔，表达自己对"文化大革命"、社会、文化的思考。这一批作家在"反右"运动中遭受到不公正的批评和打击，并在社会底层度过了苦难的岁月。重入文坛，对政治的热情与知识分子自始至终的定位，使得他们的创作中充满了对现实政治生活的直面与干预，表现在创作上便是与时代的脉搏相跃动，由揭示"伤痕"到反思十年"文化大革命"，反思几十年来国家、民族和自己所走过的路。反思历史，其目的在于消除积弊

---

① ［匈］卢卡契：《历史和阶级意识》，王伟光、张峰译，华夏出版社1989年版，第51页。

改弦更张，找到新的出路，这种出路就是改革，对于城市的书写是通过对于城市改革思考而实现的。

应该说，知识分子的城市改革书写从一开始就带有干预精神与启蒙意识，为了突出一种敢于改革的精神乃至对于精神的寻求力量，写作者赋予了改革者于事业的开拓精神与不顾儿女情感的豪情，并通过人物的作为体现自我价值。如张贤亮的《男人的风格》，李国文的《花园街五号》。

张贤亮很早以前在谈到自己的写作计划时，就说过要写《唯物论者启示录》九部中篇系列，其中有五部写主人公在1979年以前的经历，四部写1979年以后的事情。1979年之前主要是下放乡村的生活，1979年以后反映的是进城后的城市生活。他说："在伟大的历史转换期，在我国社会主义社会进行全面改革的时代，主人公既然已成为一个信仰马克思主义的人，他就必定要用笔和舌直接参与一系列斗争。"① 试想，"文化大革命"期间被打成"右派"的作家，他们偏离于主流，是国家发展的旁观者，"文化大革命"结束后，他们所谓的"参与斗争"一定是进入当下现实社会，城市改革也必然会成为他小说中所关注的重点，所以才有《河的子孙》、《男人的风格》等对改革者的书写。张贤亮在谈到他写《男人的风格》的动因时说："说实话，到这时我已遏制不住对社会主义改革的热情。因为全部情势已经清楚地告诉我们，在如此艰难复杂的征途中，不进行社会主义改革我们国家便寸步难行。"② 正如小说题目一样，张贤亮在作品中突出的是改革者应有的男人的风格。所谓的男

---

① 张贤亮：《关于〈绿化树〉》，《写小说的辩证法》，上海文艺出版社1987年版，第40页。

② 张贤亮：《必须进入自由状态》，《边缘小品》，陕西人民出版社1995年版，第95页。

人风格，不是"我的太阳"、"我的夜莺"、"我的小鸽子"、"我的玫瑰花"，这些都还太过软弱，极为苍白，毫无男子汉气概，而是粗犷、朴拙、苍凉、遒劲、大胆、豪放、雄奇、剽悍不羁。大男人绝不顾及家长里短、日常琐碎，要干事业就要干得轰轰烈烈；他们理性、阳刚，有与庸俗社会斗争的勇气与力量；他们有一定的社会地位或改革成就，只有如此才可能脱离世俗、开拓事业。陈抱帖就是这样的一个具有政治家气质和品格的艺术典型，对社会改革有独到见解，为了突出其改革志向，展示其马克思主义理论素养以及突出其改革抱负，小说中设置了谈话、辩论与演说场景。如与省委书记在火车车厢里的一场精彩的对话，与研究生王彦林的舌战。

　　作为一个成功的改革家，陈抱帖并不是高高在上无视民众的人。相反，在 T 市当市委书记时，他常深入普通民众之间体察民情。对于市民他是真诚的，如他在体育场发表的任职演讲——"城市白皮书"中这样说道："我是全市人民的公仆，我是你们的仆人；我是为你们、为全体 T 市公民办事的，服务的……我必须把我准备给你们办的事报告给你们，向你们请示。因为你们是我的主人。如果你们不同意我办这些事，如果你们同意了而我没有办好，没有做到，你们完全有权向上级党组织要求撤销对我的任命。公民们、同志们、朋友们、你们，只有你们才是国家的最高主人！"

　　在更早的日子里甚至革命年代我们听惯了口号式的宣言："我们一定要……"成为惯用的句式，崇高理想在现实面前有时是不堪一击的，经历了"右派"生涯的张贤亮对于生活、生命一定有着极深的领悟，故此才有这样一出实在的演讲，因为活命总是底层老百姓最为关注的话题。正如文中所写："整篇报告里没有惊人之语，也不哗众取宠……群众听到的都是些日常生活中的小事，然而，衣、食、住、行几方面都包括了进去……市民们第一次听到这种不是政治而又是最严肃的政治报告，满意的笑容在花花绿绿的漂漂亮亮的市民脸上绽开来。"

对马克思主义理论铺陈渲染的勇气来自于张贤亮被打成"右派"时所钻研的《资本论》，陈抱帖具有马克思主义政治家的品格，是张贤亮笔下的理想男性。如此塑造男性形象，体现出张贤亮本人强烈的参与变革意识。他曾这样说过："我一直没有想将'作家'当作一门职业，仅靠小说安身立命。提起笔我便想参与社会活动，我是把写作当成社会活动的一种方式来对待。"① 此外，与作者本人的"精神贵族"情结有一定关系，说是一种情结，因为这种向往支撑了他很多年。在张贤亮看来，"一个人身外之物都失去了，财产没有了，生活资料全丧失了，物质生活极为贫乏，却以心灵拥有'精神'而自豪"②。这种精神贵族总在改革的大好时机行超凡脱俗之举，参与各种革命斗争。脱离大众、总渴望启蒙难免有些孤胆英雄的味道，但对于终于走出乡村、渴望实现自我价值的张贤亮来说却无疑是最好的选择。

英雄主义特色并不仅仅体现在张贤亮笔下的改革者身上，李国文《花园街五号》中的刘钊也是这样一位改革者。同张贤亮一样，选择改革题材对李国文而言也是出于干预现实的渴望，他说自己写当代，一是现实的需要——当代人需要从文学这面镜子里看到自己；二是历史的需要——后代读者往往根据文学作品来认识前人的生活。"作家总是从属于他生活的那个时代的，因而

① 张贤亮：《必须进入自由状态》，《边缘小品》，陕西人民出版社1995年版，第73页。
② 张贤亮：《小说中国》，经济日报、陕西旅游出版社1997年版，第99页。

有责任把他生活着的急剧变化的社会生活记录下来。"其目的是
"想为改革的斗士和支持改革的领导干部以及群众唱一曲赞歌；
想引起更多的人注意、关心和支持这场改革"①。在 50 年代中
期，李国文就以干预生活、揭露阴暗面而步入文坛，他总是关心
普通人在生活中萌生的特权，1957 年发表短篇小说《改选》。小
说描写工会委员老郝时时处处关心工人利益，却在政治生活变得
反常时期成为一个不合时宜的人，备受排挤，职务一降再降；而
弄虚作假、耍嘴皮子、谋取权力的工会主席却直线上升。作者通
过两种人在政治生涯中的两种命运，思考干部的职责，却因此受
到批判。二十多年后重返文坛，李国文干预生活的勇气依然没有
改变。

《花园街五号》围绕着临江市委书记接班人人选问题所展开
的一系列斗争描写改革。李国文的城市改革小说与张贤亮的有所
不同，张贤亮强调人物的马克思主义思想，而李国文是从人民和
历史的关系这一角度出发的。花园街五号一直作为权力与暴力的
象征，似乎它的主人总没有好的下场：50 年前没落的俄国贵族
康德拉季耶夫建造了这座洋房，被刘大巴掌勒死；刘大巴掌取代
没落贵族成为这座洋房的主人，被地下党勒死，执行处决的是他
的儿子刘钊；第三位主人是解放后的临江市委书记吕况，在
"文化大革命"中被斗死；第四代主人是造反起家的市革委会主
任，猖狂十年，受到历史的惩处；第五代主人是十一届三中全会
任命的市委第一书记兼代市长韩潮，他已经 66 岁，交班退位势
在必行。在这场改选中，小说塑造了一个改革者刘钊，当年提着
自己老子的脑袋参加革命，走过了半辈子坎坷的道路，是临江市
委书记接班人的竞争者。在事业上，他是用自己的热能去"点

----

①　何镇邦：《同李国文漫谈〈花园街五号〉》，《瞭望》1983 年第 9 期。

燃别人心灵中的精神之火"的真正的共产党员。与之对立的是
眼睛始终盯着市委书记宝座的丁晓。因此改革的意义不仅在致
富,更有思想上的改革,即顺应民意,改革一切与人民意愿和历
史发展不相适应的东西。

但在这些英雄身上,我们看到了他们在爱情、家庭上的残
缺,仿佛这是英雄的通病。张贤亮的《男人的风格》中对陈抱
帖的婚姻家庭生活作了介绍。他对由父母包办的婚姻并不满意,
却没有离婚,而是离开妻子远走北京读书,他们之间没有爱情。
而"日久天长,他对女人这条感情线,就被事业心,被文化知
识培养出来的一种很隐蔽的雄心所淹没了",直到妻子生病死
了,才把儿子从农村接出来。后来又匆忙间娶了部长的女儿罗海
南,他与新婚妻子间也没有多少爱情,只一心扑到事业上,很少
对她笑。笑,也是那种略带嘲讽的哂笑,或是居高临下像大人看
着不懂事的孩子那样的笑。这种设置很有意思,联系到《绿化
树》、《男人的一半是女人》,我们能看出其中的逻辑联系,女人
用爱唤醒了男人生理意义上的人的存在,男人精神层面的存在则
由男人自己唤醒,由此也可以看出一代作家投入改革的热情以及
对于欲望的疏离。

从城市"右派"作家的创作中,我们看到了他们对于历史
与时代的关注,也即对来路与去路的关注。知识分子身份自始至
终是他们对于自己的界定,当没有硝烟的"文化大革命"年代
成为反思的内容时,他们追溯来路,把记忆转向乡村,于其间打
捞乡村体验;当新的革命——经济体制改革渐次展开时,他们进
入城市改革题材,强调自身的干预意识,为改革者击鼓而歌,并
由此实现自我价值。

第二节　"老三届"作家的城乡书写

一　启蒙、苦难与醒悟间的城乡姿态

　　"老三届"插队知青作家（本书简称"老三届"）是指"文化大革命"开始时出生在城市的66—68届初、高中在校生中，为响应1968年12月22日《人民日报》转引的毛主席关于"知识青年到农村去，接受贫下中农再教育，很有必要"的"最高指示"，而满怀豪情壮志，主动要求"上山下乡"，有过到农村插队经历的作家。整个时代的"上山下乡"是在革命的豪言壮语中展开的，"将城市青年送到农村去，不仅是因为城市的经济状况不能接受这些人。上山下乡运动的目的还在于改变城市青年人的观念，这样，上山下乡运动就是大规模地改造中国青年价值观念和理想前途的一种方式……上山下乡的理想的目标模式是，知识青年不应只想进入上流社会，而应有志于成为'有社会主义觉悟的、有文化的'普通工人和农民"①。这些"老三届"在少年时代过早地模仿成人思维，对于革命与理想的理解多来自自发而不是自觉，他们"从诞生之日起，就与理想主义结下了不解之缘"，"并幼稚地相信，神圣的社会理想定然会在历史的行动中实现"②。对"文化大革命"即革命的理解与"右派"作家相比却盲目得近似荒诞，他们"天天学习毛泽东的著作、《人民日报》、《红旗》杂志、《解放军日报》的社论和文章，对'文化'和'革命'这两个词语用心体会、反复玩味。

---

　　① 托马斯·伯恩斯坦：《上山下乡》，警官教育出版社1996年版，第53页。
　　② 刘小枫：《我们这一代人的怕和爱——重温〈金蔷薇〉》，《这一代人的怕和爱》，三联书店1996年版，第14—15页。

以为文化—革命，中国和世界就会大变样，以为首先解决自己思想和灵魂的问题，然后重新安排山河与社会就不成问题"①。这表明他们在一定程度上对革命文化存在误读。插队之前，他们多数曾是"红卫兵"，对"文化大革命"的到来充满狂热，他们带着"天不怕，地不怕"的革命豪情，以社会主义革命事业的接班人与城市知识者的两重身份离开城市，渴望到乡间干一番惊天动地的伟业。他们天生具有革命情结，"因为自己没有能够赶上'五四'运动、长征、抗日战争、土地改革运动等等而觉得很可能要抱憾终生了"②，自懂事起就渴望从曾经有过革命经历的父辈的阴影下走出来，证实自身的价值。

有论者这样总结"文化大革命"中成长起来的一代人的行为和思维模式："目光宏大的社会改革抱负与急功近利的创造动机；自以为是的救世主心态与无法介入社会主导的失落感；自我为中心的贵族化倾向与实践上关于人格平等的强烈呼唤；观念上放大了的政治意识与漠视技术的粗疏作用；坚定的反传统态度与多元选择中的摇摆立场。"③ 尽管有些绝对，但在某种程度上还是把"老三届"作家的一些思想揭示出来了。他们进入乡村也是缘于这种理想，为了有一番作为，这些错过革命年代的"革命"狂热者多以"启蒙者"姿态面对乡村，并企望以新的方式开始属于他们的一场"革命战争"，以此"慰藉"自身的革命情结。这个时候城市是敲锣打鼓地欢送他们的，把他们看作城市的功臣。而在随后做农民、与乡村文化"相处"的日子里，他们

---

① 徐友渔：《红色年代的狂热》，《直面历史》，中国文联出版社2000年版，第27页。

② 徐晓：《求学新历程》，见徐友渔著《直面历史》，中国文联出版社2000年版，第47页。

③ 许明：《人文视野中的当代中国精神取向》，《文学评论》1993年第6期。

却普遍在身心上感受到现实困境所带来的不适。如果说，上一代
"返城"作家尚能在革命文化的"指导"下自觉融入传统文化，
对革命文化认识的不足使得这一代重新审视革命理想，他们的情
感开始在乡村、革命与城市间徘徊。另一个事实就是他们还太
小，活命的问题让他们无处逃避。活命成为他们在乡村必须面对
的，从理想、浪漫走向残酷的现实，现实教会了他们怎样生存。
他们与农民之间的关系式是互补的，农民教会了他们农活，正如
史铁生所说的："刚去陕北插队的时候，我实在不知道应该接受
些什么再教育，离开那儿的时候我明白了，乡亲们就是以那些平
凡的语言、身体、身世，教会了我如何跟命运抗争。"① 叶辛也
认为："就是在那样的岁月里，我才真正了解了栖息在祖国大地
上日出而作，日落而息的农民。"② 反过来，他们又给农民带来
了现代文明，插队让他们"了解了中国农村的经济现状，偏僻
地区的农村，还没有刷牙的习惯；有的地方连鱼也不会吃，没有
任何机械，基本是原始的劳动，很多现代文明是由知青带给农民
的"③。

　　与城市"右派"相比，老三届在乡村的思想遭遇主要有几
个方面：一是现代文明的优越感，他们进入乡村的目的就是
"启蒙"，农民、乡村及其代表的文化被看作启蒙的对象。二是
劳动所带来的苦恼，张承志说："不是社会教育的什么热爱劳
动，而是我们必须养活自己。"④ "文化大革命"初他们脑海里全

---

① 史铁生：《几回回梦里回延安——关于〈我的遥远的清平湾〉》，《新时期获
奖小说创作经验谈》，湖南人民出版社 1985 年版，第 312 页。
② 叶辛：《流动的青春河》，《我生命的两极》，上海人民出版社 2004 年版，第
84 页。
③ 张思源：《老三届——特殊的一族》，《21 世纪》1999 年第 5 期。
④ 张承志：《劳动手册》，《牧人笔记》，花城出版社 1996 年版，第 152 页。

是浪漫、理想，这与乡村生活的劳动显然是冲突的，"右派"作家通常会从劳动中获得力量，而他们普遍对劳动表现出困惑。三是与乡村文化的冲突，这一点几乎在每个"返城"者身上都有所体现，刚下乡他们带着城里人对乡下人的感觉，认为农民文化层次低，观念上愚昧，他们经历了从生理上、身体上、生活上的不适，到精神上、思想上、心理上的震撼①。偏离于城市、失去了理想，他们对革命本身开始了困惑，这种心理上的徘徊现象在20世纪70年代"林彪事件"后越发明显。随着返城大趋势的到来，他们"从思想里已经开始对这场'文化大革命'和知识青年上山下乡运动产生了动摇和怀疑"②，到逐渐明白上山下乡不过是为了解决大量中学毕业生待业问题的一项应急措施时，他们遭受更多的是精神与思想上的震撼，同时又面临返城的困境。当初来的时候是为了同一个目标，现在走得却七零八落，返城潮到来时他们是怕的，"怕那种无形的，划分城市人命运格局的大手将他们拂散"③，从群体中的一员变成形单影只的个体，这其中有对于流逝过往的青春岁月的怀恋之痛，也有精神信仰遭受打击之后的怅惘。

阔别多年之后再次面对城市，他们才发觉自己原来与城市早已远离，城市的一切已不再属于他们，他们对"文化大革命"的反思越发强烈。"我们正是为了什么伟大的革命去的北大荒，现在带着一身的功勋从北大荒回到北京，没有人欢迎我们，赞扬我们，我们只成为了彻底的外乡人。健忘的城市、势利的城市、喜新厌

---

① 张凯、纪元：《又说"老三届"》，中国青年出版社1997年版，第15页。

② 肖复兴：《返城的日子》，《触摸往事》，吉林人民出版社1998年版，第198页。

③ 梁晓声：《我看知青》，《站直了不容易》，文化艺术出版社2004年版，第275页。

旧的城市，把我们最后的自尊心快要磨噬殆尽了。"① 尽管知青返城初期，命运悲凉，境况艰难，城市对他们的态度是同情与鄙视参半的。这也是我们常在作品中看到返城知青在家待业，总有来自弟弟、妹妹一代人甚至父母一代人的不认同。例如《雪城》中的姚玉慧、王志松等，他们一度成为城市的"多余人"。

"知青"概念并不仅对于某个知青有意义，更是指代一群甘愿把生命献给革命理想的知识青年放弃城市优越环境，在物质与精神均处于劣势的乡村实现自我价值的勇气与理想，但这一意义从集体下乡到一个个返城的残酷现实过程中逐渐被拆解。曾经的青春流浪者们心情是复杂的，以城市"乡下人"身份再次面对城市文化，后者与当年他们所认同的城市文化并不等同，这里有缺席多年而来的隔膜，有站在乡村传统文化立场上的反思，认同与反思之间有对未来的不可把握感，更在不可把握中开始感慨多年的插队生活。当年为着理想埋没了青春甚至生命，历史又在要求人们忘却并从零开始，一种隐形"受骗"感使主体走向回忆。有人说这种回忆远不能称为怀旧，如果从"怀想留恋"的意义上解释怀旧，那的确不能称为怀旧，正如《暗示》中所说的：怀旧是一种自我价值确认的需要，不失为一次狠狠挣回面子的机会；是一次精神化装舞会，实现道德感的临时晋升。回忆也并不意味着回忆辉煌，"因为许多人认为自己在当年也并没有真正辉煌过，尽管当年在很短暂的时期，被说成是'革命的闯将'，但真正到了农村之后，自豪感就已经基本不存在了，你只是接受贫下中农'再教育'的对象，一教育就是10年"②。但近十年的青

---

① 肖复兴：《返城的日子》，《触摸往事》，吉林人民出版社1998年版，第199页。

② 张凯、纪元：《又说"老三届"》，中国青年出版社1997年版，第13—14页。

春岁月对任何一个人来说都是不堪回首的，即便不说怀念，忘却并不可能，"正是因为难以忘却"，他们"会一次一次地回到自己的第二故乡去"①，"提是提得起，放却放不下"，这是一种复杂的感受，既有一种无奈和心理的不平衡，也有挣扎的欲望。回忆总是免不了的，回忆其中既有因失落于城市现实生活而来的寻求心理慰藉；也有城市受挫者再度确立自我价值的需要。尽管"上山下乡"的革命性质是荒诞的，但个体献身革命的热情与奋斗精神是可贵的，"青春无悔"成了"老三届"人呐喊的口号与主旋律。邓贤在《中国知青终结》中这样写道："理想主义使知青曾经选择过一个壮丽的事业并为之奋斗，这就足够了，我没有碌碌无为，在广阔的天地大有作为。"这是向往英雄的一代，他们怀着火一般的革命理想，"从云彩深处走来，一直走向共产主义圣殿，他们是我们那一个时代最虔诚的一群朝圣者"②。并由此延及对农民的感恩："因为'命运'使我得到了两种无价之宝：自由而酷烈的环境和'人民'的养育。我庆幸自己在关键的青春期得到了这两样东西，我一点也不感到什么'耽误'，半点也不觉得后悔。"③ 这种对于青春无悔的表述实际上针对的是他们的知青岁月，是他们在乡村生活过的日子，他们认同理想、开拓事业的渴望。此外，也有从对"上山下乡"的否定中感受到下乡行为的荒诞，并把这一荒诞"归罪"于历史，认定自身为"被假马克思主义毒害最深的"，以及"知识的贫乏再加思想

---

① 叶辛：《流动的青春河》，《我生命的两极》，上海人民出版社2004年版，第85页。
② 邓贤：《中国知青终结》，人民文学出版社2003年版，第17、28页。
③ 张承志：《〈黑骏马〉写作之外》，《新时期获奖小说创作经验谈》，湖南人民出版社1985年版，第107页。

的僵化"① 的一代。

他们从对城市与乡村的不同姿态进入他们的创作,同上一代
"返城"作家一样,由于城市生活留有的一段空白,他们无法很
快融入20世纪80年代的城市文化。尤为重要的是,城市对待他
们从昔日的荣光到今日的淡漠的反差姿态,带来了自尊被伤害的
隐痛与对立情绪的隐约滋长,他们把情感的天平向乡村倾斜,拥
有刻骨铭心记忆的乡村因此浮出水面。或因此,他们写作的敏感
区更多在乡村题材上。如前所述,对于乡村,他们的身份是多重
的。首先,作为外来者,他们立足于城市文化来观照乡村文化,
并审视后者的劣根性;其次,曾经的"乡下人"面对残酷的生
存困境,活命意识逐渐淡化了他们与农民的距离,并表现出对农
民文化的认同;最后,如今的"城里人"对于乡村的书写是在
回忆知青生活中展开的,对农民的敬意有与城市文化产生间隙的
因素,且多年之后的地理距离强化了后者的美好。回忆乡村的写
作被放在回忆知青生活的大范畴下,乡村生活因而带上了理想色
彩。"或许我错了,但绝不忏悔"成为基本主题,有论者就认为
他们的写作存在对知青生涯的扭曲,"他们更多用自己的理想和
意志去干预那一段北大荒知青生活"②。对城市的书写并不停留
为描述现实中的城市生活,乡村知青生活的经验作为他们观照城
市的立足点,对城市生活就带上了文化审视的意味。反过来,
"假"革命文化受害者在惊醒于革命荒诞感之后不可避免地开始
审视"文化大革命"的历史,而乡村传统文化也不免成为审视
的对象。因此对他们来说,城市与乡村的书写是在相互间牵制,
是采用两种交叉视角,叶辛说他写上海,总要和贵州作一比较。

① 张抗抗:《同"老外"谈老三届》,《海上文坛》1994年第2期。
② 周建渝:《知青小说:对知青生涯的扭曲》,《文学自由谈》1998年第6期。

"对于故乡上海，我不能说是陌生的……但我又不能说对上海十分熟悉，因为我终究有整整 21 年的时间，生活在贵州。我感受着上海这座大都市里的一切，而且情不自禁地会把上海这座城市里感受的人和事，拿来和遥远的贵州作比较。"①

二 理想与精神在乡村涌动

应该说，写乡村并不是"老三届"作家的初衷，因为有一段青春岁月埋葬于此，而故事又必须有一个环境，乡村于是成为对象。由此可见，他们的写作从回顾"知青"生活起步，写作主旨均表现为再现插队生涯，"再现"的渴望就注定了回到乡村的必然。关注乡村不是再现生活场景，而是传达一种精神，乡村与土地是他们革命与理想开始的地方，记载着"革命者"寻找革命理想的足迹，这一理想在现代城市早已失落，寻找由此变得必要。

寻找或张扬乡村精神与理想是从对于乡土的感情开始的，如史铁生的《我的遥远的清平湾》、韩少功的《远方的树》。这种感情通过乡亲们对"我"的关怀表现出来。在《我的遥远的清平湾》中，"我"是一个知青，也是一个普通农民，却与农民之间产生了类似亲情的东西，"我"和乡亲们一起收割；"我"病了，队长给"我"端来白馍；"我"和破老汉唠叨日常琐事。这种亲情并没有因"我"的离去而消失，"我"回北京治病，乡亲们托同学带来许多特产，还有破老汉用十斤小米换的陕西省通用粮票。在史铁生的记忆中，与乡亲们相处的日子是值得眷恋的，由于感情，苦难的日子也变成了美好的回忆。

从某种程度上说，史铁生对于乡村的眷恋更多停留在"情"

---

① 叶辛：《总序》，《我生命的两极》，上海人民出版社 2004 年版，第 1 页。

的渲染上，有的时候"感情"或许还不能囊括"老三届"作家
对于乡村的情怀，他们更多从感情走向了理想与精神的寻求。这
种寻求主要通过两种方式：一是通过"知青"的垦荒精神以及
革命理想的直接表述；二是通过超越插队这一小地域，以整个乡
土精神作为对象。前一种写作以梁晓声为代表，后一种写作以张
承志为代表。

韩子勇曾把梁晓声的兵团文学纳入到军垦文学中，认为它体
现了军旅生活与军旅文化，与城市、乡村形成三角关系①。本书
肯定兵团体制的特异性，但考虑到本书涉及到城乡两个范畴，开
垦的仍是大自然，即大的乡村背景，城市形成对立关系，此外，
知青响应1968年毛主席"最高指示"中"知识青年到农村去"
的号召才来到北大荒，因此本书把梁晓声笔下的北大荒归到乡村
范畴里。梁晓声乡村书写的主旨在于表现一批到北大荒从事最艰
苦最自豪开垦事业的知识青年献身革命与理想的激情，他们征服
了大自然，建构了人定胜天的"神话"，响应1957年10月25日
中共中央提出的《一九五六年到一九六七年全国农业发展纲要
（修正草案）》中的号召："上山下乡去参加农业生产，参加社会
主义农业建设的伟大事业。"兵团战士作为一个闯入者，与当地
"土著"农民尽管未有太多接触，亦未能真正融入乡村，面对茫
茫荒原，个人的力量显得尤为羸弱，战胜困难的唯一出路就是集
体与团结。《这是一片神奇的土地》中知青们向"鬼沼"进军，
体现的就是人与自然的斗争。小说这样张扬"垦荒"精神：

　　如果有人问我："你在北大荒感到最艰苦的是什么？"
　　我的回答是："垦荒。"

————————
①　参见韩子勇《边疆的目光》，新疆青少年出版社2001年版。

> 如果有人问我："你在北大荒感到最自豪的是什么？"
> 我的回答还是："垦荒。"

征服恶劣的大自然成为"革命后"一代的革命方式，他们以此证实自身的存在。正如梁晓声所说的："从前的城市青年们，只有其个人向往和追求的激情，因了时代的需要而受到肯定和支持，才能够得以释放。"① 梁晓声对北大荒的书写中有着对革命与爱情的渴望，人物最后都选择为革命而牺牲爱情，这显然不能简单地界定为"革命＋爱情"的叙述模式，而是通过渴望爱情到失去爱情这一设置来塑造"革命者"的高大形象。事实上，军垦生活远非如此浪漫，面对茫茫荒野，死亡近在咫尺，他们是否也曾有过对生的渴求与对死的恐惧？笔者认为答案是肯定的。青春无悔的回忆所达到的是对崇高、辉煌的张扬，因而有不畏生死的垦荒人，也有如《今夜有暴风雪》中那样一群仍逗留于北大荒不肯离去的。他们不仅是对北大荒有所留恋，确切地说是对无悔青春的留恋，以及直面苦难的勇气，他们是没有硝烟战场上的新时代英雄。

如果说，梁晓声的知青写作更多的还是在为知青立言，笔者认为，张承志的写作则表现出对一时代人文精神的失落之痛，并开始在乡村寻找民族精神、民族之魂，这种写作的动因也是源自精神信仰失落而来的危机感。在乡村寻求理想通常与乡村文化精神分不开，乡村不同于喧嚣都市的恬淡自然的生活方式与田园风光成为为生活所累的都市人心仪之所。在张承志的作品中，乡村的形态表现为草原、沙漠等与城市对峙的大自然，这与他1968年到乌珠穆沁旗插队分不开。也就是在这个时候，他才开始领会

---

① 梁晓声：《一半幸运，一半迷惘》，《羞于说真话》，北京文化艺术出版社2004年版，第245页。

到不同于城市的乡村文化环境，并在与草原底层农民相守的过程
中逐渐强化了活命意识以及面对苦难的勇气与决心。张承志一直
以"草原义子"自居，这表现为"脱胎换骨"的成人仪式在草
原完成后，对属于"他者"的草原文化的理性认同以及自身回
族血统意识的苏醒，表现在写作中就是骑手不倦地歌唱母亲。

　　"草原义子"的界定强调了张承志来自草原的身份，相对淡
化了他由北京进入草原之举以及"城市儿子"的事实，表示了
他与城市公开决裂的姿态，也体现出"老三届"知青早在 60 年
代就该完成的自我意识与主体性的最初复苏①。应该说，这一代
人在激烈的阶级斗争背景下进入青春期，本应有的自我与主体性
建构被不断强化的集体意识所取代，返城后面对城市的压力，知
青个体更多地表现为妥协与心态上的"老龄化"，混迹于市民之
间成为庸碌者，早年的斗志成了荒诞，当初以集体身份进入乡村
的个体需要对自身进行定位，以此呼唤精神与理想的重现，张承
志的写作意义正在于此。他要为一代人寻找精神支柱，藉此来面
对生活。为了这一支柱，张承志不惜远离城市，远离众人，开始
了他的寻找。这种寻找从草原开始，《黑骏马》就阐释了这样一
个故事。小说以白音宝力格对额吉与索米娅的"忏悔"来感怀
草原文化的博大与宽容，但草原文化对于生命的宽容与"我"
所认同的城市文化产生了冲突，这一宽容使"我"当初愤慨粗
暴地离去，九年后又招引着"我"的重返。对白音宝力格而言，
宽容的吸引力来自失望于城市的喧嚣与枯燥，在"厌倦"城市
与"愧疚"草原的对立姿态下再次体认草原文化，白音宝力格

---

　　①　张凯与纪元所著的《又说"老三届"》对"老三届"人的自我意识与主体
性问题有较多的阐释。纪元认为，"老三届"人原本在 20 世纪 60 年代初就应该产生
自我意识，实际上却是在 70 年代以后才开始补此一课的。"老三届"人张凯基本认
同这一观点，本书借鉴了此观点。

震撼于其精神内核，并以几近膜拜的姿态礼赞草原文化。但有意思的是，终于摆脱城市喧嚣进入草原的白音宝力格，却又以挥泪方式告别草原返回城市。"返回"之举预示着白音宝力格对于草原并非是归来者，而是探访者。诚然，我们不能以出走姿态否认张承志对草原文化的感恩，出走与返回、感恩与放弃之间体现的是他复杂的情怀，这在《草原》中的骑手杨平身上清楚地表达出来："他爱草原，但不愿在马背上终生颠簸；他爱牧民，更爱牧民的女儿索米娅，但没有勇气永远做一名普通的、长期劳累、远离一切城市生活的牧民。"可见，张承志在界定自己"草原义子"的身份时，无法否定自己"城市儿子"的事实。这一事实使他笔下的人物尽管选择了以儿子的身份面对草原，却终究要凭借草原"不安的游荡气质"，从草原出发，并满怀着愧疚。综观张承志的草原书写，可以发现这一叙事模式重复出现：汉族少年/青年——接受草原养育/救命之恩/爱情——愧疚地离开草原，精神上升到一个境界。这种"离开"我们可以从张承志理性思考自己的插队体验中找寻一些根源，他说：

六十年代末由于中国知识青年运动，一批与高等学术有缘的年轻人在身份上和生存方式上突变成了彻头彻尾的牧民，这个改变带来了一系列可能。

首先是他们接受的方法不是调查而是生活，这使他们掌握的不是直接的而是全部游牧生产及社会生活。其次，至少他们必须完全按牧人的方式思考和应对与自然和社会的关系，他们中的很多人后来被熏陶和改造，拥有了一种极其可贵的牧民性和底层立场。第三，因为他们毕竟不是土生土长的牧人之子，因而他们在有可能肤浅或隔阂的同时，也必然保留了一定的冷静与距离——这种保留，或者会导致深刻的分析和判断，或者会导致他们背离游牧社会。①

　　因为"不是土生土长的牧人之子"而导致"背离游牧社会"，这段引言是否适用张承志？从草原出走本身就或多或少地意味着对草原的"背离"。问题的关键或许并不在此，而是如此一来，草原能否成为张承志永远的精神皈依之所。应该说，草原文化赐予了"义子"新的生命与新的追求，才有了离开的可能，但离开又意味着他将不再以草原文化为归宿。所幸，张承志并未回归城市，而是由草原走向河流，在大自然（乡村）中寻找他所渴望的精神，随后就有了《北方的河》。

　　在草原，张承志找到了母亲土地般的情怀；在黄河，他找到了父亲的"庇护和宽容"。失父的大学生搏击于黄河之间，渴望用它"刚强的浪头"锤炼自己，实现由草原的"韧"到黄河"力"的转换。所强调的不是审美力度，而是真正"男子汉和战士"的力量，是迈向人生新旅途的力量。之后，张承志开始了一系列的"寻找"：《九座宫殿》中向沙漠地带寻找九座宫殿；《老桥》中寻找人生起点（如此，张承志被称为"在路上"的旅人，他以孤胆英雄般独自远行的姿态寻找精神家园，但他似乎并不自得其乐于这一寻找的过程）。长久放浪于黄土高原的长塬沟壑之间，体验到无家可归的不祥预感，"家"的渴望越发强烈，他在《黄泥小屋》中把一间遥远的小屋作为解救地，那里充满着自由与爱情，"旅行固然吸引人，但是更重要的是家，是一座我奉为主题的'黄泥小屋'"②。显然，黄泥小屋已超越客观存

---

①　张承志：《三份没有印在书上的序言》，《牧人笔记》，花城出版社1996年版，第253—254页。

②　张承志：《放浪于幻路》，《荒芜英雄路》，上海知识出版社1994年版，第30页。

在，成为张承志的精神归宿地。但张承志的精神归宿地是不确定的，他曾一度在异国寻找这一归宿，却发现"神不在异国"。失望于城市与异国之后的张承志走进了大西北，并把希望投向哲合忍耶。他说："我要有支撑——如果没有人愿意，那我就在精神世界寻找。哲合忍耶迎我而来，使我如一条将要干涸的河突然跌入了大海。"①《心灵史》中对哲合忍耶的阐释既有为自己精神归宿的感言，也在为底层民众代言。这篇带有强烈议论色彩的小说并不着意于虚构情节，它至少表明张承志的写作不在娱乐而是刻不容缓的倾诉，他需要听众，需要响应者。

张承志在乡村书写苦难，寻找苦难，并认为面对这些苦难的精神就是民族精神。张承志理想化乡村的写作无疑在为当代失血的精神注入给养，他把从"进城"作家笔下充满苦难与困境的乡村提升到神圣的祭坛，笔者以为这其实是值得商榷的。乡村并不仅是自然形态的存在，也是社会形态的存在，在城市现代性语境下，乡村走向城市是自然的，但转变后的乡村是否仍是张承志的精神栖息地？事实上是，我们在张承志坚强的背后，看到一种无奈的存在。《荒芜英雄路》中有"英雄的时代结束"② 悲凉无奈的宣告。《离别西海固》中更是一种苍凉："天命，信仰，终极——当你真正地和它遭遇的时候，你会觉得孤苦无依。四野漆黑，前不见古人为你担当参考。你会突然渴望逃跑，有谁能谴责沙场的一个逃兵呢？那几天我崩溃了，我不再检索垃圾版的书籍。单独地突入和巨大的原初质问对立着，我承受不了如此的压力。我要放弃这 farizo，我要放弃这苍凉千里的大自然，我要逃回都市的温

---

① 张承志：《语言憧憬》，《荒芜英雄路》，上海知识出版社 1994 年版，第 55 页。

② 张承志：《荒芜英雄路》，《荒芜英雄路》，第 183 页。

暖中去。"①《高贵的精神》中张承志似乎彻底放弃了唤醒的欲望，他说："处理一己是容易的。而大家的问题，则是大家共有的。没有任何必要杞人忧天，一切都遵循神秘的规律。高贵的遗产，或许已经湮没了，高贵的未来，也许还刚刚在新生。"② 诚然，并不能由此认定张承志正走向与城市亲和，离别西海固与"处理一己"并不矛盾，离别是出发的开始，处理一己意味着这种出发就是独自流浪。或许他知道对于自己最好的方式不是归宿而是流浪，但从独自流浪的姿态上可以看出，呼唤者正在走向沉默③。从追求"黄泥小屋"到高贵的湮没再到一系列的异国精神"苦旅"，从"以笔为旗"的姿态到"不会有谁同在，我只能独自诉说"④ 自己感动自己的书写，其中不仅意味着张承志由激情走向沉默的悲凉，还意味着"老三届"人的精神呼唤走向在沉默中独自寻找。

从张承志于乡村寻找理想与精神的失落到张炜寻求精神的"葡萄园"，可以看出"进城作家"与"返城作家"书写城乡的不同姿态。20 世纪 90 年代张承志与张炜是常被提到的一对名字，因为他们都在都市张扬"知识分子人文精神"，对于他们的比较因此更有意思。莫言曾这样分析知青所写的农村："总透露着一种隐隐约约的旁观者的态度。这些小说缺少一种很难说清的东西，其原因就是这地方没有作家的童年，没有与你血肉相连的

① 张承志：《离别西海固》，《荒芜英雄路》，上海知识出版社 1994 年版，第303—304 页。

② 张承志：《高贵的精神》，《音乐履历》，上海三联书店 2003 年版，第 30 页。

③ 这一点，从张承志对《金牧场》的修改上可以隐约看出。1993 年他这样评价这篇小说："那是一本被我写坏了的作品。写它时我的能力不够，环境躁乱，对世界看得太浅，一想起这本书我就又羞又怒。"（参见张承志《作者自白》，《荒芜英雄路》，上海知识出版社 1994 年版，第 4 页。）小说有两条主线：一是 J 在日本的异国感受；二是 M 的知青生活及与老额吉返回阿勒坦·努勒格。在《金草地》中只剩下"我"（知青）与额吉（牧民）苦难的迁徙，更多突出自我对精神家园的寻找。

④ 张承志：《石头的胜利》，《谁是胜者》，现代出版社 2003 年版，第 72 页。

情感。"① 可能对于"进城"作家来说，他们一出生就意味着生命与脚下土地的关系，如果把他们的世界分为两个，这个就是现实世界，而他们的"理想"是在物质满足之后伴随着对"山那边"的探求萌发出来的。对他们来说，"山那边"是大的城市，而不是具体的某个城市，这个城市又被称为"远方"，"进城"就是去这个"远方"，所以说，他们的出发点是具体的，目的地却是模糊的。因此返乡就有了指向，出生在乡村的张炜在大自然中寻找了一片葡萄园，尽管在21世纪初他告别现实中的葡萄园进入了精神的葡萄园，这一葡萄园始终为他提供了与城市对立的精神归宿地，他的精神追求才由此构成一个系统。相反，对于"返城"知青作家来说，他们一出生就意味着与城市的关系，所居住过的乡村并非他们精神的归宿，因为他们不是土生土长的农民，他们并不属于乡村，与乡村之间必定保持着一种距离，当他们对城市现代文明表现出批判时，寻找精神归宿地就成了问题，他们的来路在城市，去处就有些模糊了，何处是精神家园？于是，我们在张承志的小说中看到他的精神归宿总以一系列的散点出现，或者草原，或者黄河，或者异国，或者哲合忍耶，或许这也是他永远"在路上"的关键。

三 从"文化大革命"质疑到乡村文化的审视

在通常情况下，认识自己本土文化的最好方式是远离，在接受了他者文化之后再把他者文化作为参照，来重新审视本土文化，这样对于本土文化的阐释才更深刻到位。换句话来说，有了自己本土文化作为文化参照之后观照他者文化，也同样更清醒、

---

① 莫言：《超越故乡》，《小说的气味》，当代世界出版社2004年版，第366页。

理性。因为乡村传统文化的劣势地位，"老三届"作家对之进行审视是必然的，但这种审视是以对农民生活的同情为前提的，如朱晓平的《桑树坪记事》中对李金斗的塑造。在没有去乡下插队之前，"我"对于农民的印象都是从电影里、画报上和小说中得来的，与现实中的李金斗一点都不同。现实中的李金斗给"我"的第一印象极为复杂，"贪小便宜"、"耍心眼"，为了接"我"在招待所门洞里睡了一夜；在饭铺里"我"拿钱他抢着去开票，将一份汤分到两个碗里，泡他带有霉味的馍，平白赚"我"七毛钱和一斤粮票。而对于"我"的插队，他起先是"反感"的：

> "学生娃，吃饱饭没事到这搭穷沟沟来干啥？"
> "接受贫下中农再教育。"我回答。
> "对咧对咧！说的个好听，你当我们庄稼人都是傻子？我知道，你们这些娃娃成天在城里造反呀夺权呀！保不准把哪个脑系（当官的）得罪下了，明着不整治你们，罚到穷沟沟里来受屈。"

把知青的上山下乡运动看作夺庄稼人的衣食，这里有他作为一个农民对于"文化大革命"、对于"造反"的反感，也体现出一个农民的务实与对粮食的爱。他的身上亦不乏封建家长制的弊病，因为儿媳妇在儿子死后与一个麦客相好，他就把儿媳妇痛打一顿，并把她嫁给侏儒样的二儿子，"逼得"儿媳最后投井自杀。桑树坪的世界上演着亲情，也有更多封建传统社会遗留的糟粕，作者对于桑树坪怀有深厚的感情，在感情的下面就是冷静与清醒地审视。

总的来说，"老三届"作家的作品对于文化的审视姿态还不太明显，即便有，也是从对"文化大革命"的质疑开始，从民族文化之根的审视立足，随后再把这种审视的目光投放到乡村，如韩少功《爸爸爸》、阿城的《棋王》以及李锐的《厚土》。韩少功的《爸爸爸》把关注的目光放在一个封闭的如同原始部落的小乡村，只知道说"爸爸"×"妈妈"的丙崽本身就是一种符号，即传统文化病态与无奈的象征，愚昧无知，天生长不大，却有顽强的生命力。后几个村寨间血拼，丙崽却被鸡头寨人看作了丙仙。"鸡头寨"象征了民族的劣根性及传统文化的落后性，它是作者审视与批判的对象。

在通过对"文化大革命"历史进行反思以审视乡村传统文化方面，李锐的写作也较为自觉。如果要准确地阐释李锐写作的开始，笔者认为莫过于他自己的一段话："我不是一个理想主义者，我也不希望非得站成一排齐声朗诵，如果一定要选择一个主义才有发言权的话，我宁愿选择怀疑主义。"① 李锐所写的就是一个怀疑主义者对历史的"怀疑"，对他而言，历史首先具体到"文化大革命"刻骨铭心的插队经历。1966年初中毕业，他也曾满腔热血地献身于"革命"事业，不久却由"红五类"变成可以教育好的"黑五类"，无以申辩的"被否定"让他渴望找到证据，"证明自己不是一个坏人，不是一个像他们说的那种'可以教育好的子女'"②。带着证明给"他们"看的决心下乡，但乡村却远非想象中的能让他"大有作为"，面对一系列想也想不到的难题，以及与城市现代文明熏陶下截然不同的另一群生灵，他才真正体会到什么是农民什么是乡村文化。他自己也曾说过：

---

① 李锐：《我的选择》，《谁的人类》，时代文艺出版社2000年版，第222页。
② 李锐：《插队趣闻三则》，《不是因为自信》，湖南文艺出版社1998年版，第166页。

"对于人民完全不同的理解，就是从这种闻所未闻、见所未见的
场面中，一点一滴积累起来的。"① 带着革命理想的狂热来到乡
村，面临的却是冷酷而现实的生存问题，狂热后的冷静之余逐渐
开始了对理想的质疑。"从狂热到苦难的剧烈的热胀冷缩粉碎了
整整一代人的信仰，生在精神的废墟之间，面对命运的时候，每
个人可以拿出来的不是理性而是求生的欲望，每个人可以依靠的
不是勇气而是刻骨铭心的悲哀。"② 以求生与悲哀的心态面对劳
动，却丝毫未有光荣感，这样一种残忍的刺痛惊醒了李锐，既然
号召者自己并不"光荣"，向他们"证明"又有何意义？

当"红卫兵"与"文化大革命"成为"无法无天的狂热"
代名词的"文化大革命"后时期，作为参与者如何面对那段历
史？诚然，任何忏悔都决不是某一个体所能承受的，个人力所能
及的只是超越行为本身，走向造成一代人意识形态狂热根源的寻
求。这就必须要回到插队生涯，质疑"文化大革命"实际上就
是借助自身体验重新审视那段"非理性的历史"。李锐发现了一
代人意识的被授予性，他说："我们这生在红旗下长在红旗下的
一代人，被'文革'的狂潮煽动起来的那种热情能够叫做理想
吗？我想问问，在那个以革命为名义，以阶级斗争为动力，以最
最最为模式，以两个'凡是'为最后疆界的理想中，到底有多
少人的味道？到底有多少思想是出于人的自觉呢？"③ 由此，对
"文化大革命"及其所谓"革命"表示出深深的怀疑。这种质疑

---

① 李锐：《插队趣闻三则》，《不是因为自信》，湖南文艺出版社1998年版，第
168页。

② 李锐：《生命的歌哭》，《拒绝合唱》，广东文艺出版社2002年版，第207—
208页。

③ 李锐：《记住历史 记住苦难——从几本知青回忆录想到的》（之一），《拒
绝合唱》，广东文艺出版社2002年版，第279—280页。

表现在写作中，就是一次次地追问，一次次回到插队的乡村。李锐要做的正是重述"文化大革命"历史，对乡村的思考随即在"重述"的背景中展开。基于此种考虑，李锐的乡村至少涉及到两个问题：一是革命；二是乡村漠视"革命"的本质。在他的小说中，革命的内涵通过革命者的形象表现出来。这些革命者并不以群体形象出现，而是类似孤胆英雄的某一个体面对"脸朝黄土背朝天"的生灵的启蒙，他们义无反顾于党的革命事业，却不能得到后者的认同。不同的革命者对革命有着不同的阐释，而所有的革命者都以自己阐释的"革命"等同于现实中的革命，因而他们不仅与农民存在隔膜，而且相互间也时常表现出"对立"。如《无风之树》中的苦根与刘长胜；《万里无云》中的张仲银与赵万金。"革命者"与乡村、农民的隔膜既可以看作乡村、农民漠视"文化革命"的体现，又可以看作城里来的"革命者"对乡村传统文化质疑乃至批判的佐证。在李锐的小说中，"隔膜"的含义便是：一方面通过"革命者"拒绝乡村女性的爱以表现人物对乡村传统文化的不认同；另一方面则以"革命者"对乡村女性的爱来预示乡村对于"革命"的漠视。"'革命者'拒绝乡村女性之爱"这种设置，在城市"右派"作家笔下就曾出现过。例如张贤亮的《男人的一半是女人》，男主人公最后选择与乡村女性离婚，其中也有着既不认同乡村及其文化又肯定乡村漠视"文化革命"的复杂心态，与以李锐为代表的城市"老三届"是有区别的。在张贤亮的作品中，"右派"的拒绝是以确立知识分子自我为前提的；而在李锐小说中，"革命者"的拒绝是为了表明革命的"超凡"本质。革命者的职责在于"传播知识"，而不是"传宗接代"，与乡村女性之间产生爱情自然也是不容许的。《无风之树》中的"革命者"刘长胜就因为对乡村女性产生了为"革命"所不容许的爱，就成为专案组审查的对象，革命显然超越了正常的"人性"。

在李锐的笔下，乡村对革命的漠视多表现为"革命者"的启蒙行为最终被农民所忽视。如《锄禾》中，李锐就用近似幽默的笔调写出这种漠视：农民们对毛主席的了解是"毛主席住的金銮殿、上供销社买烟、叫婆姨当了朝"；报纸通常作为了解"文化革命"各种信息的最好窗口，农村妇女们却把报纸剪了鞋样子糊了墙，"革命"对她们来说并不比做鞋更重要。诚然，书写农民与革命间存在隔膜的目的并非强调乡村对自然人性的尊重，而是以此突出乡村活命文化的重要性，以及"文化革命"的荒诞性。

李锐的乡村小说中的一切事物都是有生命的，所谓"生命"是它们共同建构了无"生命"感的吕梁山区乡村，戏文、山脉、大清乾隆的墓碑、牲畜、坟墓成为一幅幅风景，诉说着永远静止与充满死亡气息的氛围，吃、住、性、生是生存的要义，他们无知无觉地挣扎在物质与精神极度贫困的生命线上，与自然、与生存抗争，这样维系着一代又一代。这个无生命的乡村不仅贫穷，而且有面对贫穷却无力摆脱竟至永生的愚昧与孤寂中无所言传的苦难。正如《看山》中所说的："山们还是一如既往地沉默着，木然着，永远不会和昨天有什么不同，也永远不会和明天有什么不同。"性和吃完成了活的意义；繁衍子孙后代完成了死的意义。这里有为死人合坟的荒诞（《合坟》）；妻子被人睡也要睡人的妻子才平等的报复心理（《眼石》）；从死了没留下后代到质疑生命的意义（《秋》）。从对贫穷的描写进入对苦难本质的揭示，苦难来自于落后愚昧的文化，窒息了生生灭灭的灵魂，时间与希望老死在厚土中，它的确需要觉醒者。

"觉醒"的意识却没有让李锐走向如何救助乡村的思考，这一点可以从他在谈《无风之树》时的言词中看出。他说："我不希望别人看了我的作品再说：这是写的农村题材，这是写农民的小说。我不希望吕梁山在我的小说中仅仅是一个地理名称，或者仅仅是作为一种地域文化的标志。""这是一个关于我的故事。这是一个关于中国人的故事。最后，也最重要的，这是一个关于人的故事。"① 此处的"关于人的故事"的内涵显然在表明《无风之树》的写作意义并不在农民的苦难与其出路，而是以此预示当代人在面临生存困境，在被苦难压倒并无处躲藏时如何生存的问题。贫穷的矮人坪的问题不是阶级斗争，不是乡村文化的出路，是革命与理想的关系问题。革命的初衷是借助现代文化改造传统文化而给老百姓带来幸福，对教条的一味宣扬与漠视现实困境，使这种革命与理想在面对乡村苦难时显得幼稚可笑。

实际上，对革命的"质疑"一再出现在李锐的小说中，他理性而清醒地反思那场乡村"革命"，《黑白》中留守乡村的一对男女知青自杀，自杀的根源不是"拒绝"返城，而是上山下乡时的信仰彻底破灭，自杀也就成为一种略带嘲讽地否定"革命"的方式；《万里无云》中的张仲银为了让知识和理想照亮千年长夜，毅然决然走进穷乡僻壤，一再失败。由此看，革命本身就极为荒诞，所谓在乡村寻找革命理想乃至精神难免"意气"②。

李锐曾这样解释自己的写作：并不为农民做些什么，因为文学本身"和那些脸朝黄土背朝天的人们并无多大切肤的关系"③。对于这种生存困境，无论是权力恶魔还是理想者终无能为力，这

① 李锐：《重新叙述的故事——代后记》，《无风之树》，春风文艺出版社 2003 年版，第 205—206 页。
② 这一点或许可以作为张承志于乡村文化中寻求理想失败的注脚（此处的失败是指他最后从乡村撤退）。有一点需要说明的是，20 世纪末张承志呈现于我们的就是这一寻求，而李锐所呈现的正是质疑。
③ 李锐：《厚土》，《生命的报偿》，浙江文艺出版社 2000 年版，第 250 页。

不仅包含着对革命的质疑问题，还有对乡村文化的自我判断，它
呈现了承续几千年的传统文化内质及其落后性。诚然，李锐并无
意于揭示与批判传统之劣，而是客观地展示苦难现状。这既体现
出一个昔日农民之痛，也有为外来者清醒认识乡村苦难之悲。乡
村传统文化语境下的农民终难以摆脱贫困实现超越，对革命理想
表现出质疑的作者将如何直面乡村及其苦难？既无法给予对方力
量，又无法停止悲悯，这其中应该还有一种"双向的煎熬"。李
锐就说过："我的悲哀是，我写下这个悲剧，可却无法置身事
外。我不能救他们，我更不能救自己。"①

　　应该说，"老三届"作家对于乡村的审视是不可能太彻底
的，他们曾经是一个农民，自我文化中已融入了乡村传统文化因
素，审视乡村也等于审视自我。况且，他们流落乡村的那段日
子，是农民教会了他们生存的方式，他们有着感恩心态，这种心
态必将影响乡村及其文化的思考。

四　"回访"的迷失及对城市的现实批判

　　"回访"一度成为"老三届"的渴望，这种"回访"自然
不同于"进城"作家的返乡，后者是回来，是寻找的意思；前
者更多带着旅行的心态，是回忆的意思。文学作品中也曾出现这
样一种叙述，即某个知青经过乡下，然后回忆自己的乡村生活。
如朱晓平的《桑树坪记事》、韩少功的《归去来》。这里简单提
及"进城"作家刘震云的《大树还小》，因为一些"返乡"知
青的到来，牵起了一件历史旧案，即村副书记秦四爹强奸了文
兰，其实是她平时被管教得太严，记了恨心，故此报复，这是乡
里人对知青欠下的债；反过来，母亲与男知青欧阳相爱后欧阳离

---

　　①　李锐：《谓我何求》，《读书》2002年第9期。

开乡村以及姐姐为治好"我"的病而进城打工，却成为当年的知青白狗子的情人，这又是知青对乡亲们欠下的债。知青与农民之间的隔膜并不少，回访的意义何在？《归去来》就在表达知青对乡村女性的歉意，但小说主要思考的还是作为知青个体的身份迷失问题，也即人的主体性探讨。知青黄治先离开乡村多年之后，来到一个树寨，这是一次别后的探访，又似乎是连自己也弄不清什么目的的远行。村里人一致把"我"看作"马眼镜"，这让"我"感到非常疑惑。"我"从未到过这里，却可以对"小马哥"的称呼答应得毫不慌张，还把自己当成四妹子姐姐眼里的负心人，并真心地向四妹子表达着忏悔与补救之意。"我"在"黄治先"与"马眼镜"两个角色间摇摆，感觉自我的迷失，整个村寨莫名其妙地使"我"感到窒息，"我"最终选择了逃离。黄治先身份的困惑一方面说明"知青"这一概念的意义在于群体，个体的意义与价值是模糊的；另一方面说明回访意义的丧失。有论者这样理解韩少功的回访故地："'回访故地'对韩少功来说并不是一种身体的放松和精神的休闲，也不是对尘嚣都市的逃避，更不是精英式的因愧疚下层民众而曾经有过的'劳工神圣''到民间去'的历史辉煌的昔日重现，而是一次次精神历险与流浪，一次次文化信码的转译与破译，一次次对自我的追寻与体认，因而，其意义既不在于离开寓居地时莫名的焦虑，也不在于回访过程中自始至终的一种临界状态，摇摆于都市的工业文明与乡村的农业文明之间，摇摆于市井文化与村俗文化之间而无以取舍。"①

或许在这个意义上，"老三届"作家的城市写作就有了某种

---

① 王建刚：《不确定性：对韩少功文化心态的追踪》，《理论与创作》1998年第2期。

现实意义，这预示着他们开始了面对城市，并正视自身在城市的位置。但有一点需要说明的是，观照城市一定是与观照乡村相关联的。乡村成为他们征服的对象，记载着"开垦者"可歌可泣的历史，乡村由此也被赋予革命理想色彩。带着对乡村经历的肯定以及对乡村传统文化的部分认同，观照城市也就有了更多的审视姿态，城市的批判成为部分作家的写作主旨，梁晓声的创作尤为明显。在《冰坝》与《喋血》之后，梁晓声调整了自己创作的主攻方向——城市，他并非没有意识到城市的精彩与无奈，但他不想逃开，而是直面城市现实。关于城市，他这样阐释："城市使我浮躁，城市使我困惑。城市使我抑郁，使我惶恐，使我迷惘……我觉得自己很不适应城市生活了……""某种恶在城市中蔓延"，"想逼近它，看它已变成怎样了，还能变成怎样。如果我有能力，我要剥下它的画皮，暴露出它带血的裸体来"①。

　　梁晓声把"知青"返城作为城市书写的开始，首先是返城知青们面对城市的尴尬，这源自年龄与知识文化上的劣势，文化知识的过早断乳或者说先天性"营养不良"，严重影响他们的就业机遇乃至生存。一方面，不卑不亢改造自然的体验成为他们骄傲的资本与心理平衡的关键；另一方面，他们返城后面对着残忍的分流事实。北大荒的骄傲来自集体的力量，"知青"返城后作为个体被抛向既陌生又熟悉的城市，他们俨然一个城市"另类"。最为关键的是历史曾以严肃的愚弄方式把他们抛向孤岛，当他们逐渐适应后，又面临着返城的"愚弄"，这其中既有"少小离家老大回"的悲凉，更有因献身而毁了整个青春的懊恼。革命信仰成为虚幻，他们是否还有勇气选择信仰显然是一个难题。《雪城》与《年轮》均从知青返城、待业而来的生存困境到

---

① 梁晓声：《我看　我想　我论》，群众出版社 2003 年版，第 190—191 页。

工作、婚姻的艰难以及群体的分流上，书写了一代人的城市挣扎，以及成功背后的艰难。作者着力宣扬的显然不是艰难，而是北大荒人不灭的"北大荒情结"。但知青返城之后，这样一种情结正逐渐被生存、被生活抹去。《泯灭》的卷首语中就这样说道：某些东西已在我们心里泯灭，并开始死亡；某些东西已从我们内心里滋生，并开始疯狂地膨胀。基于"北大荒情结"的写作，城市现实的批判成为梁晓声的关注点。《泯灭》中，"文化大革命"开始，出生于脏街、父辈就完成了由乡村到城市迁徙的翟子卿与"我"要开始由城市向乡村迁徙，这种设置把全文纳入了"历史不可捉摸"的语境中。返城之后我们再次见面，想成为作家的翟子卿成了大款，"我"却成了作家。一对原本互为彼此的兄弟面对现实社会表现出两种截然对立的姿态，交锋是观念的较量。子卿用金钱来试探"我"作为作家的品格，写一篇三千字的报告文学，歌颂企业老板，酬金一万多元，"我"竟同意了，这其实是子卿布下的陷阱。作家卖文并不是一个新鲜的话题，因为这是一个"连女人对金钱的欲望都开始发疯开始贪得无厌的时代"，"到处涌动着对金钱的掠夺欲、瓜分欲和占有欲；到处涌动着男人对女人的色欲、情欲和性欲侵略欲；到处涌动着女人对男性金钱大量占有者的亲偎欲、献身欲和自我推销欲拍卖欲"。无论子卿还是"我"都在亦步亦趋中走向世俗生活，丢失了最宝贵的理想与信仰，"我"在爱情与金钱的诱惑下"失了贞操"，子卿破产后发疯。

《泯灭》中有这样一句：子卿仿佛是另一个我，替我在生活中追求另外的东西。如此说，"我"和子卿是两个人，也是一个人，我们之间的较量其实只是自我的较量，其中可以看出一代人理想信仰的泯灭。各种欲望能够滋长，并且正在滋长，因为城市社会有孕育欲望的土壤，梁晓声对于城市现实的批判由此明确。

《浮城》与《尾巴》也是很好的例证。20世纪90年代是浮躁、动荡的年代，《浮城》就描写了这一浮躁与动荡年代的浮躁与动荡，作者以荒诞的手法，虚构了一场不可预知的灾难——一座城市在一夜之间无声无息地从陆地上断裂，孤岛一般地漂浮于海洋上，飘向日本，并由此揭示出社会意识中的紊乱与扭曲的心态：游戏般的残忍、集体骚动的疯狂、狰狞的嫉恨、同胞互憎的丑陋、杂乱无章的秩序……小说结尾，浮城终于到了日本，但是被拒之门外，人们便开始向往见到美国布什大叔，结果浮城回到了中国，于是人们重新开始带上了面具生活、争斗。浮城虽然又回到了原点，但在出走的过程中，我们看到了在灾难面前，人的残忍、自私、冷漠、麻木。此外也揭示出90年代城市对于西方现代文明的盲目崇尚与迷信。

　　《尾巴》则把城市谎言作为批判的对象，故事写了一个梦，由于说谎，城市居民都长了尾巴，人从猴子进化到人最为明显的是把尾巴进化了，再要长尾巴就是人的蜕变，是社会的倒退。长尾巴原本是耻辱的，但在谎言泛滥的城市，尾巴还分出了等级，谎言越多越能长出高级尾巴，长了小尾巴的人要四处钻营，重金求购尾巴，以求得高官厚爵。当谎言堂而皇之地出入各个场合，并被看作评价身份的标准时，这个城市就将面临毁灭。这预示着在膨胀的城市，谎言与泡沫经济泛滥，人人为了金钱、名誉、地位、欲望不择手段，完全放弃了传统道德。梁晓声一直宣称自己的平民姿态，他站在平民立场感受城市生活、观照城市，这就使他能够更真实地把握现实中的城市。另外，"北大荒"的理想精神也不能不说是一个原因，英雄主义与理想主义使他习惯于以一个道德评判者的角色直面城市，并时刻保持冷静。

　　对于城市的现实批判因为理想主义与英雄主义而越发深刻，但其中涉及的思考却较为复杂。毕竟居住在城市是无可否定的事实，即便离开，城市现代文化也是无法抛弃的，像张炜小说中的史珂拒绝一切现代化设施毕竟不太现实，这就意味着他们与城市切不断的关系。作为出生于城市且认同了部分城市现代文化的市民，在某种意义上，批判是一种自我批判，也是一种无处告别的批判，批判中有困惑，也不乏无奈。由此再回到60年代出生的"进城"作家，他们的写作在城市批判中感受到困惑之后，更多选择了撤退，即自觉在乡村寻找自己想象的空间。对于"老三届"返城作家来说，乡村的记忆在插队的时候已经定格，带有自我体验的乡村书写更多地还只能以回忆下放生活作为开始，包括"革命"、批斗、耕种、吃食，有地域色彩，也总有一个知青"我"或隐或现地存在，藉此观照乡村生活。

　　"文化大革命"影响了一代"老三届"作家的创作，他们观照生活与思考的方式，影响了他们面对城市与乡村的姿态。从张承志"以笔为旗"的张扬精神到李锐否定理想主义亦同样的双向煎熬中，我们看到"老三届"人的寻求与审视，根源还都是从"文化大革命"期间"上山下乡"者渴望启蒙乡村开始的。应该说，无论寻求或审视都超越了"文化大革命"叙事本身，走向对精神信仰的关注。即便"文化大革命""上山下乡"值得怀疑，被否定的应是"文化大革命"，而不应是奋斗者的精神、明确的精神信仰，寻求真正属于自身的精神信仰由乡村开始。在与乡村的亲和、审视的双重姿态上，包含着这样的一种身份转换：乡村的启蒙者——启蒙的失落者——失落的远离者——远离的怀念者。"老三届"的思考超越了乡村本身进入了自我精神的范畴，已不再局限于世俗的乡村日常生活。总的来说，那段从在乡村建构革命理想到破灭的历史是他们无法绕过的"结"，这一"结"纠缠了"老三届"作家，左右了他们自我体验与文学表达。

第三节　"69届"后知青作家的城乡书写

一　"文化大革命"旁观者的城乡姿态

不止一个人谈到老三届与"69届"及此后的初中毕业生对于革命的认同程度以及插队的区别。例如，一个"老三届"这样评述"69届"后："他们在未成人时，就已经是天下大乱了，并且一直乱到了七十年代中后期，可见他们在建立自己人生观的时期恰恰是新中国建立后最混乱的时期，所以在少年启蒙阶段与我们所受的教育与影响是绝对不同的。"① 史铁生也说过："我们那时的插队，和后来的插队还不一样；后来的插队都更像是去体验生活，而我们那时真是感到要在农村安排一生的事了。"② 如果要从思想的角度把握他们的不同，关键在于对"革命"与"理想"等词的不同理解。尽管"老三届"是假马克思主义毒害较深的一代，革命理想却成为他们无法抹去的烙印，他们离革命更近，"红卫兵"的狂热也可以证明这一点。但"69届"后并未真正进入政治主流，对于他们来说，"文化大革命"中的批斗与被批斗还是别人的事，"文化大革命对于许多人来说是一场噩梦"，可对他们"这些当时的小学生来说，则充满了一段稀里糊涂的美好回忆"③。他们在"文化大革命"开始时是作为旁观者或跟随者的角色，并不真正了解革命，实则居于革命的边缘。较之于"老三届"，他们是相对懵懂而缺乏理想的一代，王安忆这

---

① 张凯：《又说"老三届"》，中国青年出版社1997年版，第42页。
② 史铁生：《几回回梦里回延安——关于〈我的遥远的清平湾〉》，《新时期获奖小说创作经验谈》，湖南人民出版社1985年版，第308—309页。
③ 徐小斌：《往事琐忆》，祝勇编：《六十年代记忆》，中国文联出版社2002年版，第86页。

样评价"69届"后："在我们这一代人的懵懵懂懂之中，整个社会就改变了。我们这一代是没有信仰的一代，但有许多奇奇怪怪的生活观念，所以也不是很不幸的。理想的最大敌人根本不是理想的实现所遭到的挫折、障碍，而是非常平庸、琐碎、卑微的日常事物。在那些日常事务中间，理想往往会变得非常可笑，有理想的人反而变得不正常了，甚至是病态的，而庸常之辈才是正常的。"①

从理想走向普通是这一代人的普遍想法，除了"插队"，他们基本上无共同语言，就是对带有集体意义的词汇"插队"的理解也因人而异。从部分"69届"后知青作家的回忆中，可以看出他们的"下放"多出于"一锅端"的被迫。他们对于上山下乡也没有更多的激情与投入，所有的进出都是出于命运的安排，进入乡村的姿态也各不相同。例如，王安忆是带着渴望独立的心情，"我那时只觉得上海的生活太无聊了，无聊到病态，就想改变一下环境。但一到农村，马上又后悔了"②；陈村在权衡之下避远就近选择了安徽；铁凝则出于一个作家体验生活的考虑，由于孙犁与徐光耀对她创作上的肯定，为了实现作家梦，为了写工农兵的社会生活而深入农村生活③。这些作家的插队心态，完全没有了"老三届"人的启蒙姿态以及改造乡村的热情，而是无可无不可，随大流，下乡插队的原因和意义并不明确甚至也不想明确，也自然无所谓"接受贫下中农再教育"了。"老三届"人因自身的城市现代文化而来的优越感，及希望改造乡村

---

① 王安忆：《两个六九届初中生的即兴对话——与陈思和对话》，《王安忆说》，湖南文艺出版社2003年版，第3页。

② 同上书，第6页。

③ 铁凝：《真挚的做作岁月》，《铁凝散文》，浙江文艺出版社2001年版，第30页。

文化的欲望在"69 届"后的知青身上几乎消失了。这正如陈村
所说的:"无论我有过如何离奇的幻想,却从未奢望改造农村。
我要做的只是不叫农村改造了自己。"① 这是陈村的调侃,却可
见到这一代人的真实想法:一是没有了革命的豪情;二是并不渴
望做一个农民。从进入乡村始,他们随时都在渴望着离开,因此
面对乡村的生存困境而普遍选择逃离。对乡村生活的贫困他们是
能够切实感受的,他们的希望并不在乡下。进入乡村首先面对的
是生存困境的不适应,"老三届"一代尚有理想作为面对困境的
支柱,这一代人显然没有理想也无所支柱。如果也曾有过动力,
这个动力可能更主要来自逃离的等待。他们眼中的乡村与理想毫
无关系,事实上,与乡村之间他们更多的是地域上而非精神上的
临近,自始至终的渴望出走使他们与乡村永远存在着距离。

　　考察所有"返城"作家的城乡姿态,可以看出他们普遍面
对乡村情感的浓淡。"右派"作家最为复杂,他们是最大的受害
者,在劳动中体验人生,对于劳动表示出最大的热情,相对也最
理性地面对乡村生活,却又是最不甘心的;"老三届"是狂热的
一代,也是最为失落的一代,在劳动中认识人生,扎根农村的心
态经历了从热情到无奈;"69 届"后更像是被卷入"文化大革
命"的,是最为懵懂的一代,也是离乡村最远最为隔膜的一代,
时刻想着离去让他们的劳动生活都有些煎熬的意思了。因此,当
返城大潮到来时,他们并未有"老三届"人那般来自理想破灭
的痛苦,拥抱城市的姿态急切而明确。远离乡村再次面对城市,
尽管也有因缺席而来的不适,但对城市"家"的定位强化了后
者的吸引力,他们均以积极的姿态进入城市接纳其文化。王安忆
《本站列车终点》中的陈新回城后一家人挤在破旧的房子里,但

---

① 陈村:《怀念乡村》,《陈村碎言》,上海辞书出版社 2003 年版,第 96 页。

他清楚地感知到家庭洋溢的亲情，但"不管怎么说，他是回上海了，他心满足了。然而，满足之余，有时他却又感到心里空落落的，像是少了什么。……回上海了，还有什么好说的？好好建立新的生活吧"。

从陈新踌躇满志地回到上海，看出其返城的决心，其中有一句话却不容忽视——"感到心里空落落的，像是少了什么"。缺少了什么呢？心满足了竟还有空空的感觉，这种感觉一定不仅来自城市，与城市的距离只是一部分，他们走得并不热闹，回来得一样静悄悄，这种失落感应该并不太大，它极有可能是来自乡村，是在回首往事之后的一丝怅惘。就像陈村所说的："我和几乎所有的知青一样，身在田头，心在家乡。后来，我果然回来了，却没有期待中的那种欣悦。……我是从农村开始认识人生的。回来后，我常会想起板桥的村庄、河流，想起村里善良的乡亲，甚至想念一条名叫'嘎利'的花狗子。"[1] 可以说，在返城多年之后再次回想起插队生活，他们也可能并不后悔。一方面，农村的生活经历的确让他们对于生命、生存的认识更加深刻；另一方面，回忆总是比现实感觉更美好。可以把铁凝的话作为佐证，"我去了农村，当了四年农民，回过头看这段生活并不后悔。""我对乡村的真正情感源于我插队四年又返回城市之后，地理距离的拉开使我得以经常有机会把这个领域做相互的从容打量。在我的视野里似乎不可能没有乡村。"[2]

诚然，这种想念与"老三届"对于乡村的想念是不同的。王安忆曾说过是农村改变了她的审美方式。"城市是一个人造的环境，讲究的是效率，它把许多过程都省略了，而农村是一个很

---

① 贺绍俊、杨瑞平编：《知青小说选》，四川文艺出版社1986年版，第317页。
② 朱育颖：《精神的田园——铁凝访谈》，《小说评论》2003年第3期。

感性的、审美化的世界,土地柔软而清洁,庄稼从播种、生长到收割,我们劳作的每一个过程都非常具体,非常感性,是一种艺术化的过程。农村对我作为一个作家来说是很重要的,它给我提供了一种审美方式,艺术的方式。农村是一切生命的根。"① 但相对于城市来说,"69届"后知青作家对于乡村的关注并不能构成他们创作的主导,对于其他大部分"69届"后知青作家来说,几年乡村生活并没有太多意思,也没有多少值得重申的价值。相反,多表现为对于城市的关注,且理想信仰逐渐淡化。与城市之间的融合关系,城市市民身份,这些无疑增加了他们进入城市日常生活书写的可能性。王蒙曾这样评价王安忆的写作:"读多了王安忆的作品也会感到一种不足,甚至一种焦灼。""她的作品里似乎还缺少一点革命的理想、革命的激情、革命的信心和气派。"② 其实这不仅是王安忆,而且是一代人身上的普遍姿态,根源就在于他们对理想、革命等概念有别于此前两代人的不同理解。

二 对乡村传统文化及其出路的反思

"69届"后知青作家普遍与农村存在隔膜,但这并不意味着他们对于农村就没有感情,异域的生活本身是能给人无限联想的,他们毕竟与乡村有过邂逅,他们的一部分有关自我的记忆中有了乡村的影子。而这种感情更多的是在离开乡村时意识到的,加上终于能够为城市接纳,这才可能平心静气地面对乡村。例如,在陈村的《蓝旗》中,写了知青小陈与村民的关系。作为

---

① 王安忆:《农村影响了我的审美方式——王安忆谈知青文学》,《王安忆说》,湖南文艺出版社2003年版,第107页。

② 王蒙:《漫谈几个作家和他们的作品》,《创作是一种燃烧》,人民文学出版社1985年版,第159页。

一个闯入农村的城市知识青年，农村的一切对他们来说都意味着陌生和重新开始，带着已有的城市文化认同，面对乡村传统文化，这种文化的对抗与冲突是必然的。基于乡村生活的贫困，诅咒时常成为他们对乡村的发泄方式，但在即将离开土地时，小说却这样写道：我没想到，当我能抬起头来看你时，这块曾经被我千百次诅咒的土地，竟是这样漂亮。因为地域上的即将远离，城市青年面对乡村才可能合乎常理，而随后即便有对于土地的深情与怀恋也是因为有了远离。

"为了创作"而插队的铁凝，她的写作也有对乡村传统文化的关注，通常以乡村女性为观照对象。《麦秸垛》把知青生活与乡村生活结合起来，写出端村农民的纯朴，知青的苦闷，他们面对的苦难以及承受苦难的能力，充满着对过往岁月的怀想。《埋人》中则开始了对于乡村的理性思考，铁凝的笔调也由热情走向平和，这里有骑下村人信奉基督的向善；埋葬遗训媳妇的宽容；也有改嫁了就不能容许埋进村的固执；爱占便宜；辛辛苦苦测量坟地还是有误的荒唐。相对来说，《棉花垛》更着重于乡村女性命运的反思，她们身上或许有许多用现代观念看来不道德的成分，每到收花时节，总有女性成群结队地来钻窝棚，挣棉花，那些用身体换棉花的女性就不用大热天在太阳底下辛苦劳作了，这种事情在农村几乎成了一种惯例，那些被钻窝棚男人的媳妇也并不嫌弃，拆被子、洗被子，等着来年再用。但女性的"浪荡"也不是为了性本身，是为了棉花，为了有吃有穿，等到做了人家媳妇也就规矩了，守着锅碗瓢盆过日子，米子就是这样一代女性。后一代女性包括乔、小臭子，她们的命运更多与"革命"、"运动"联系起来，个人无法主宰自己的命运，乔作为一个年轻的革命女性最后死在日本人的刀下；小臭子与汉奸秋贵好上了，利用秋贵掌握日本人的动向，不幸被察觉，小臭子的日子过得心惊肉跳，最后国要带她去接受组织审查，在与国有过肉体关系后，竟死于国的枪下。如果说乔的死是为了革命的死，是光荣的死，小臭子的死就有些卑微了。她却是一个想为革命做贡献的人，一个普通的农村女性，加上与乔的关系，一次一次为革命办事，当日本人威胁她的时候，她是孤独的。应该说，她的觉悟并不高，即便她有罪恶，罪恶的程度似乎并不至于死在革命者的枪下。这其中既有对乡村文化的审视，也有对革命文化的审视。

但总的来说，对于乡村的怀恋并没有构成"69届"后知青作家写作主题，相对而言，对于传统文化的审视是他们普遍关注乡村的姿态，即便写作至纯至美的乡村女性及其精神的《哦，香雪》。铁凝曾以"真挚的做作"来界定自己当初的自愿下放乡村，对乡村的情感却并不做作。这一点可以从她对插队生活的回忆中看出。她说："四年的农村生活对我的小说创作有很重要的意义。当时年龄很小，接触到的人给我的关切，女孩子之间单纯的友谊点点滴滴渗透到我的生活和记忆里，我永远都不会忘记，她们的质朴本身就能够给我很深的触动。"[1]《哦，香雪》通过乡村女孩香雪身上体现出人性中最柔软、最高贵的部分：单纯、理想与执着，并由人物的这一精神折射出乡村的田园之美，但这并不意味着铁凝笔下的乡村就是诗情画意的纯洁世界。书写乡村是在插队四年又返回城市之后，这其中就有了与城市文化比较下的乡村观照，事实上铁凝也曾说过："地理距离的拉开使我得以经常有机会把这两个领域作相互的从容打量。这种拉开了距离的打量使我体味这两个范畴里的特殊、神秘和平俗，两个范畴里的心智、能力和品格。"[2] 有了这样一种认识之后，由平视姿态面对

---

① 铁凝：《对人类的体贴和爱——铁凝访谈录》，《小说评论》2004年第1期。
② 铁凝：《写在卷首》，《铁凝文集》第2卷，江苏文艺出版社1996年版，第3页。

拥有智慧与狡黠、狭隘与开阔的农民，铁凝既从中挖掘了人性中美的内容，亦不失反思的因素。《哦，香雪》中，台儿沟女孩们对于列车以及城里人是非常好奇的，脸白、讲着一口北京话的列车员也成为她们的兴奋点。香雪的"美"主要表现在她拿了鸡蛋去换文具盒，竟不惜走了30里路，其他的女孩子都是换回台儿沟少见的挂面、火柴，以及属于姑娘们自己的发卡、香皂，也有时有人会冒着回家挨骂的风险，换回花色繁多的沙巾和能松能紧的尼龙袜。从表面上看，香雪与村里的女孩不一样，一个向往的是城市的精神文明，一个向往的物质文明，但本质上却是一致的，它们都预示着乡村对现代的渴望。换句话说，香雪的"美"恰恰表现在她对城市现代文化的渴望上。由此不难理解铁凝所说的："看似文明的抵抗其实是含有不道德因素的，有一种与义无关的居高临下的悲悯。贫穷和闭塞的生活里可能诞生纯净的善意，可是贫穷和闭塞并不是文明的代名词。"[1] 乡村的富裕与乡村传统文化的守护是一对矛盾，守护了传统文化的精神之美，乡村却将永远闭塞、贫穷，因此一味守护传统文化、抵抗现代文明对乡村来说是不明智的。《孕妇和牛》同样重复了这一话题，孕妇临摹石碑上的字是小说中的关键，字与火车、文具盒一样为乡村所向往的现代文明，在香雪与孕妇真诚向往的背后，又预设着乡村传统文化的闭塞与贫瘠。事实上乡村在铁凝笔下并不是世外桃源，早在《哦，香雪》中，火车温柔的暴力已经渗透到乡村，一味讴歌田园牧歌而无视现代文化事实上并无太大意义。

铁凝在颂扬乡村之"美"的背后有对乡村出路的思考，她的思考是相对隐蔽的。比较而言，王安忆的乡村审视更要明显得多。王安忆也有过对于乡村之美的书写，陈思和说她把农民写得

---

① 铁凝：《从梦想出发》，《护心之心》，新华出版社2005年版，第256页。

一片纯朴、一片仁心,把城市人原来的各种烦恼、痛苦、厌倦的心情,在农村中予以解脱,一片民粹主义的味道。她自己的解释是,自己插队才两年,总不能用两年的经历去否定别人的经历。回到王安忆的乡村观照立场,16 岁下乡时并未带着如何改造农村的把握,更多的是出于寻求独立的考虑。短短两年另立门户的生活,加上与农民之间的隔膜,看起来的确没有多少审视乡村、农民抑或传统文化的权力,而把"纯朴"与"仁义"赋予乡村或许是其"不得已而为之"的策略。但农村对于王安忆的意义却是重要的,隔膜的世界以审美的方式出现,似乎是一种矛盾,前者来自感性经验,后者则是理想思考,其中我们不难发现两者的契合点,即审美距离的存在,这种存在为王安忆书写乡村(除反映知青生活的几篇涉及农村的小说外)提供了一种超然的姿态,这也正是王蒙认为王安忆小说《小鲍庄》中的乡村小鲍庄有"先在"的东西的原因。

回顾《小鲍庄》的写作,王安忆说其主题的酝酿应追溯到美国之行,"美国之行为我提供了新的眼光;美国的一切与我们的相反,对历史,对时间,对人的看法都与中国人不一样。再回头看看中国,我们就会在原以为很平常的生活中看出很多不平常来"①。小说一开篇就为小鲍庄设置了苦难的氛围,乡村的苦难总是来自于自然灾害,一场暴雨给小鲍庄带来了巨大的损失,滔滔的洪水让乡民们束手无策,他们的生与死在一线之间。

> 七天七夜的雨,天都下黑了。洪水从鲍山顶上轰轰然地直泻下来,一时间,天地又白了。
> 鲍山底的小鲍庄的人,眼见得山那边,白茫茫地来了一

---

① 王安忆:《〈小鲍庄〉文学虚构　都市风格》,《语文导报》1987 年第 4 期。

排雾气，拔腿便跑。七天的雨早把地下暄了，一脚下去，直陷到腿肚子，跑不赢了。那白茫茫排山倒海般地过来了，一堵墙似的，墙头溅着水花。

茅顶泥底的房子趴了，根深叶茂的大树倒了，玩意儿似的。

孩子不哭了，娘儿们不叫了，鸡不飞，狗不跳，天不黑，地不白，全没声了。

天没了，地没了。鸦雀无声。

在苦难的小鲍庄里上演着人生的悲喜剧，这里有生了七个孩子的鲍彦山；有为救鲍五爷而死的捞渣；有在孟良崮战役中冲锋陷阵的鲍彦荣；有与疯女人生活的鲍荣德；有与二婶产生非常态爱情的拾来等。小鲍庄的人与事体现了乡村活命的苦难、无奈与挣扎，体现了乡村传统文化的质朴、淳厚及其劣根性。在这个由亲情、血缘关系所组成的群体里，有亲情的丧失，有爱而不得的苦恼，有与命运的挣扎，有为着活命的操劳，有着顽强的生存力量。纯朴的大地哺育了纯朴的小鲍庄人，但小说告诉我们的显然又不仅是一个小鲍庄的故事，而且是中国农村的故事，颂扬传统文化也不是小说的写作主旨，而是一旦这种纯朴的文化成为"卖点"，我们怎样看待传统文化的出路问题。当捞渣为了救鲍五爷而死的事迹写成报告文学，县领导要把这事作为宣传五讲四美的典型，城市现代文化则开始介入了乡村。小说写到这里有了调侃的意味，例如当记者采访捞渣母亲，收集鲍仁平的事迹时，她惶惑了，在她看来捞渣就是捞渣，与鲍仁平没有任何关系；再问到鲍仁平写不写日记或者说文章时，这个善良的女人的回答是："自打他上学，每天放过学，割过猪菜，吃过饭，就趴在桌上写作业。写个不停，冬天手冻麻了，还写；夏天，蚊子咬疯了，还写。叫他，捞渣，明天再写吧！他说：明天还有明天的作业哩！"

成为典范的鲍仁平的事迹在不断被宣传，小鲍庄也成为仁义的典范，县里决定为鲍仁平在小鲍庄建一座碑，其直接结果是捞渣的死让许多人受益：鲍彦山家有了新房；大哥建设子在农场上班，现在轮到他来挑媳妇了。另一个简单的例子就是拾来，作为上门女婿，拾来在村里、在家里都是没有地位的，因为把捞渣的尸体捞上来而多次被采访，拾来也觉得自己的地位提高了，"不同于往日了，走路腰也直溜了一些，步子迈的很大，开始和大伙儿打拢了"。一个小孩的死让大家得了好处，换句话说，欢乐是建立在别人的死亡基础之上的，其中的反讽意味不言自明，这也是王安忆一直强调的"这小孩的死，正式宣布了仁义的彻底崩溃！许多人从捞渣之死获得了好处，这本身就是非仁义的"[①]。寻找造成这种局面的关键是价值重估尺度的变化，现代社会的价值观念向乡村入侵，即便一个简单的行为也不再以乡村礼俗社会的情谊来评价，而是其直接带来的利益，它唤醒了乡村农民对金钱、权力的欲望，打破了传统的仁义与质朴。《小鲍庄》的忧虑显然已不再是来自某个小鲍庄，而是当城市现代社会的文化结构吞噬了乡村传统文化结构，整个乡村与传统文化精神必将崩溃。进一步看，发展中的中国对于世界发达国家无异于乡村，西方观念的进入必然冲击中国本土的民族文化，捞渣的死是一种警示。由此可见，王安忆笔下的乡村已不再具体为一个个杂物的个人生活片断与切实可感的疼痛经历，而成为了传统文化的代名词。

从铁凝的乡村小说中，我们看到了乡村传统文化的精神之

---

① 王安忆：《从现实人生的体验到叙述策略的转型——关于王安忆十年小说创作的访谈录》，《王安忆说》，湖南文艺出版社2003年版，第31～32页。

美,在王安忆的小说中我们同样看到了乡村的传统文化之美,只不过前者是在肯定,后者是在审视。在"美"的展现之外还有更深的内涵,铁凝的小说有乡村对于现代性的寻求;王安忆却由乡村精神之美升华到对民族传统文化命运的关注,两者都走出了"老三届"人面对乡村审视或亲情的姿态,而是从理性深入乡村精神的把握。但不管是赞扬还是审视,思考的却是同一个问题,即乡村向何处去。一是进入现代化;二是在现代文化冲击下保存自身的位置。对"69届"后的知青作家来说,与乡村间的相遇更多地以过客身份,新奇生活方式所带来的激动冷却之后,他们既难以摆脱面对现状的痛感,又无法借助理想信念以支撑自己,"稀里糊涂"换来的是逃离乡村的渴望,城市才是属于他们的。即使缺席之后再次返回,城市已今非昔比,没有了乡村,没有了精神栖息的理想,因而渴望紧紧抓住城市的脉搏。正如陈村所调侃的那样:"我想其实城市再脏再臭再乱也是我的城市,除此我就穷光蛋一个。我想自己并不爱你城市但离不开走不了狠不成,最终只能死在你的肚子上请多多关照。"① 对于这一批作家来说,乡村的写作终究会在一段时间内沉寂下来,观照城市的姿态也有了这一代人独特的视角。

三 拥抱日常生活的"小市民"写作

稍微回顾一下此前对于城市写作的论述,不难发现,真正意义上的城市写作并没有出现。所谓真正意义上的城市写作是指关注普通人普通生活的写作,此前所涉及的大部分作家或者把城市看作批判的对象,或者关注工业题材、城市改革。欲望通常成了

---

① 陈村:《我的城市》,韩少功、蒋子丹主编:《剩下的事情》,云南人民出版社2003年版,第110—111页。

城市的专有名词，乡村尽管也有与传统伦理道德相左的人与事，然而文学中的乡村一直充满着田园之美，批判总是有所保留。但事实上，现实中的城市及其生活远非用欲望一词可以概括，现代文化给城市带来了许多危险，也同时给了城市足够的安全，城市平民或者贫民在生活中的挣扎也是充满苦痛甚至绝望的。从这个意义上说，此前文学中的城市常是预设中的存在，与城市生活本身实际上是有距离的。

在中国文学画廊中，城市通常作为政治、军事、文化、消费等中心存在。当我们把文学中的城市纳入现代性语境下加以思考时，能发现其中的两种主要形态：一是作为西方现代文化的接纳者，吸引了无数知识青年义无反顾地挣脱父辈、家族乃至整个乡村文化的束缚；二是作为道德堕落之所，在无轨电车、莺歌燕舞、摩天大楼中麻醉城市生灵。贬与褒之间预示着城市的两面性，被肯定的一面与启蒙现代性下"民主与科学"的两大主题相连；被否定的一面与现代性的负面效应相连，主要表现为传统道德感的毁灭。当需要文学承担清理人类灵魂与精神的责任与义务时，城市现代生活很容易成为审视的对象。享受城市生活通常作为小资情调最好的见证，《我们夫妻之间》的受批判就是一个证据。一直到20世纪80年代初，城市日常生活仍很少被严肃文学涉足，擅自闯入无疑是危险的，它不仅意味着文学价值被损害，还意味着写作者自身人文精神的弱化。

20世纪80年代文学突破了一个个禁区，包括题材、技巧，同时也必然面临着城市写作的问题。实际上目前的作家几乎都是在城市进行创作，城市提供了一个他们能够自由言说的空间，城市的传媒也从另一个角度影响了他们的写作。文学与城市能不能发生关系？怎样发生关系？文学中还能不能写城市？如何写城市才真正地接近城市生活？这一系列的问题一定曾经困扰过作家，而我们也正是在"69 届"后知青作家的城市写作中发现了对这一系列问题的思考与探讨。

无所谓理想、亦无理想破灭痛苦的"69 届"后知青作家回到作为"家"的城市,接受是主动而自觉的,城市生活开始逐渐占据他们的心灵。王安忆在《本次列车终点》中的一句"回上海了,还有什么好说的?好好建立新的生活吧"成为一代人进入城市的宣言。此时,一度远离的城市已有所改变,尤其在 20 世纪 90 年代,大众文化以锐不可当之势进入日常生活,膨胀的物质欲望覆盖了精神追求,市场经济下知识分子人文精神遭受到严峻的考验,他们的写作将如何表现城市生活?选择城市批判者身份对非理想主义者来说终有些不堪重负。更为现实的是,他们只是城市日常生活中的一员,认同城市居民的日常生活,乃至拥抱城市日常生活,关注其中的生存状态应该是最为明智的选择。

从哲学层面上讲,"日常生活"是以"个体的生存和再生产为宗旨的日常活动领域,主要包括衣食住行、饮食男女等以个体的肉体生命延续为目的的生活资料的获取与消费活动及其生殖活动;婚丧嫁娶、礼尚往来等以日常语言为媒介,以血缘和天然情感为基础的个体交往活动以及伴随上述日常活动的重复性的日常观念活动"①。这一概念在中国传统文学中则通常表现为两种特质功能:"一方面,在其人文目的与社会现实严重对立的时候,退而成为某种诗意人生的象征;而另一方面,在个人入世之心正强,社会乌托邦高扬的时候,却又成为某种桎梏理想消磨壮志的

---

① 衣俊卿、欣文:《日常生活批判:一种真正植根于生活世界的文化哲学——衣俊卿教授访谈》,《学术月刊》2006 年第 1 期。

象征，直接意指着庸俗化的现实人生状态，乃至于被批评被扬弃。"①"日常生活"中的诗意人生与庸俗现实人生的变化实际上代表着人们对它的不同态度，但都表现出与政治、权力、主流间的距离。当"69届"后知青作家在多元化时代开始自觉放弃理想寻求，走向"大众"与平民时，接受此在世界，逐渐淡化对精神信仰等彼岸世界的渴望，他们的城市书写多选择小市民写作立场。

最早也最勇敢地表达自己小市民立场的应该是池莉，《烦恼人生》是最好的证明。选择对于城市日常生活的关注，在池莉，也是不断调整后的选择，早在1981年她就以一个初学者进入文坛的学步方式与热情开始了小说创作，所谓学步就是写小说总要往里头"加上一些人生哲理和美好的人性"②，但这种写作的结果是让她有自己背叛自己的感觉。在不断地质疑书写的意义与价值之后，她终于一气呵成了《烦恼人生》。稍稍看一下小说就可以知道当时小市民的生活，"早晨是从半夜开始的"，儿子摔下了床，为儿子的伤引发争吵，早起排队洗漱、上厕所，挤车，吃早点，赶渡轮，一天到晚，与时间奔跑。此外还有操不完的心：房子问题、工资问题、儿子上学问题，城市普通市民并不都是穿着喇叭裤、理着长发、没事嚼口香糖、有一下没一下吹着口哨的小青年，相反，他们在一天一天的琐碎生活中耗费了精力。池莉就曾感叹市民被紧紧约束在一线天一般狭窄的意识形态之下，购买豆制品和火柴还要购物票，并由此认为："摆脱了漫长文革环境的中国文学，至少首先应该有一个对于中国人个体生命的承

①　蔡翔：《日常生活的诗情消解》，学林出版社1994年版，第19页。
②　池莉：《梦幻诗篇》，《给你一轮新太阳》，经济日报出版社2003年版，第149页。

认，尊重，歉意和抚慰，有一个对于中国人本身七情六欲的关切，有一个对于在逼窄的意识形态与窘迫且穷困的现实生活的检讨和指责。"① 张扬个性的写作在"五四"时期就已开始，革命战争年代国家民族命运上升为第一位，个体让位于集体，"小我"融入"大我"。"文化大革命"结束后，知识分子的自我意识开始觉醒，"我是谁"成为痛心的话题。而伴随着自我意识的复苏，群体意识又开始丧失，由此，失落精神信仰的个体如何面对存在便成为需要关注的问题。我们时常能在乡村而非城市题材的作品中发现挣扎于生命线上的卑微者，但城市的卑微者又的确存在着。以市民生活为切入点，这一写作的意义是值得肯定的。

池莉以一个普通市民身份来感悟市民的日常生活状态，她选择了一批不谈爱情与理想、只来得及应付现实的城市卑微者，他们并非没有浪漫的记忆，如《烦恼人生》中所说的："少年的梦总是有着浓厚的理想色彩，一进入成年便无形中被瓦解了。"家庭、孩子、工作、奖金等一切琐碎的日常事务迟钝了早年敏感的神经，这里有的是城市的活命文化，它醒目地宣告了一个不容忽视的现实，而这个现实正是作品亟待表达的。自《烦恼人生》之后，《来来往往》、《不谈爱情》、《你以为你是谁》等关注的都是普通人的普通事，池莉完全把自己看作一个市民，她同情她笔下的男男女女，他们的情、欲、悲、喜，对市民的认同也实际上体现出池莉的市民写作立场，站在市民的角度看他们的生活。

在对真实城市的生活感受一吐为快之后，池莉在不经意间触动了一个敏感问题，即作家的写作立场问题。写作立场问题又引发了知识分子在日常生活中的定位问题。自"光明与梦想"的20世纪80年代以来，走向世俗一直是知识分子面临的一大困

---

① 池莉：《创作，从生命中来》，《小说评论》2003 年第 1 期。

境，这不仅因为社会的日益商品化，也因为知识分子日益的平民
化（贫困化）。一些知识分子陷入自我定位的迷惘状态。现实状
况使日常生活的诗性被消解，浪漫主义被排斥，包括知识分子人
文精神遭受"'解放人类'与'解放自己'的双重拒绝，并且不
自觉地与公共性的日常生活准则达成'妥协'，个人只剩下自己
的'日子'，'活着'就是目的，它成了一个不可逃避的存在符
号"①。作为一个传统知识分子，需要某种主体定位和"角色"
自觉，不仅要求改造世界、启迪真理，也要求解放人类，解放自
己。在商业文化背景下，知识分子很难以批判身份出场，超然于
日常生活之外，并维护自身的独立人格，尤其是在应者寥寥之
时。正如张承志所说的，处理一己是容易的，而大家的问题，则
是大家共有的。知识分子在亦步亦趋中社会化与平民化了，他们
放弃了原先坚守的个人化的标准，接受了公共性的生活准则，认
同市民文化，触摸市民心态的书写由此而生。但问题是，文学与
社会意识并非总是同步。在20世纪80年代反思思潮退却后，一
部分作家走向改革题材，把改革者设置成英雄人物；一部分作家
开始了寻根，从对乡村的审视中寻找写作的资源；还有一部分从
市井生活入手，在城市民俗风情中阐释传统文化。相对而言，较
少有撇开纯粹的爱情把当下世俗生活的繁琐事务给市民带来的生
存状态展示于众，在这一题材的空白处，我们看到了池莉的
《烦恼人生》。

　　认同城市日常生活又渴望逃离庸俗似乎较为困难，毕竟日常
生活的深刻内涵与理想、浪漫的价值标准迥异，更多为"桎梏
理想消磨壮志的象征"。如果说池莉写作的市民立场是直接的、
强烈而明确的话，王安忆写作的市民立场就有些"犹抱琵琶半

---

① 蔡翔：《日常生活的诗情消解》，学林出版社1994年版，第32页。

遮面"的意思了。王安忆曾谈到自己对于上海的创作，她说："我真的难以描述我所居住的城市上海，所有的印象都是杂芜的个人生活搀和在一起，就这样，它就几乎带着隐私的意味。"① 表面上看这是王安忆的谦辞，但从中我们看到的是上海对于王安忆的吸引不是它的高楼大厦、车水马龙、灯红酒绿，而是带有隐秘的个人生活。这种生活应该就是指日常生活，不过它带有上海特别的味道，起初还是以旧上海的背景呈现出来的。这也不难理解，从插队的安徽走回上海，王安忆用了近十年的时间，记忆是静止的，上海却是变动的，如何把握现在的城市上海是一个问题，最初选择旧上海，这与王安忆的童年记忆有一定关系。《长恨歌》让读者感觉到她笔下的女性、城市与历史的关系极为密切，半世沧桑，带有对历史祭奠的味道。小说写了上海市民王琦瑶的一生，其中花了一大段来介绍王琦瑶，从"王琦瑶是典型的上海弄堂的女儿"，到"王琦瑶是典型的待字闺中的女儿"，到"王琦瑶和王琦瑶是有小姊妹情谊的"，再到"上海的弄堂里，每一个门洞里，都有王琦瑶在读书，在绣花，在同小姊妹窃窃私语，在和父母怄气掉泪"，上海的弄堂总有着一股小女儿情态，这情态的名字就叫王琦瑶，突出王琦瑶作为群体而不是个体存在的意义，她只是众多上海女孩中带着小市民气的小家碧玉中的某一个，而不是独一个。我想，王安忆这么做一定有她的用意，那就是要为这个上海里弄的女儿、"沪上淑媛"王琦瑶确立身份，即市民，造作又不失优雅；缺少见识却通情达理；有些小家子气而无一处不温婉素淡。事实上，王琦瑶在选美比赛中只得了第三名，沪上第一第二美女频频出入于社交场合，如果要反映整个时代的上海生活，她们无疑是最好的，但作者没有这么做。

① 王安忆：《寻找上海》，《小说界》1994年第4期。

小说随后有了李主任的出现，试想，如果没有李主任，王琦瑶后来的生活一定不会那么顺畅，她必定要为生活奔波，作为出身于特定时代的知识青年，她也必定或多或少会与革命、政治结缘，但因为做了李主任的"情人"，对方给了她许多金条，王琦瑶依靠这些金条足以生存，她的偏离政治就有些顺理成章了。尽管经历了"解放战争"到阶级斗争再到"文化大革命"，她始终置身于政治潮流之外，哪怕有这样的机会，例如"情人"李主任就是军界要人，但对方有意隐藏自己的政治身份，以免王琦瑶卷进政治风浪里。与李主任的一段生活使王琦瑶最终只是一个旧上海的小市民，而不是"光荣"的劳动妇女，并带上了特定的旧上海的痕迹。

王安忆选取旧上海日常生活中某些超越粗俗的内涵进入日常生活，昔日上海美人王琦瑶并不需要为生计奔波，"金钱"满足了她的物质需求，使她能够把平常的日子"打扮"得浪漫而优雅。把这一种日常生活纳入形而上层面进行思考，就将发现这种生活其实是在以奢靡做底子，尽管有旧式 party 与美人迟暮的感伤情调，仍掩饰不住颓败的精神内核。庸俗并不单纯表现为锅、碗、瓢、盆，而是无所谓理想与信仰，无所谓追求与作为。上海的弄堂文化，王琦瑶的精细、考究其实是在庸俗的日常生活中寻找诗意，却并未脱掉庸俗。应该说，《长恨歌》是王安忆对旧上海日常生活的总结，事实上也挥出了自己告别的手势，之后的"上海"更多地带有当下时代的气息。

王安忆对于市民生活的关注在《长恨歌》之后逐渐清晰起来，从《我爱比尔》、《妹头》、《富萍》、到21世纪的《桃之夭夭》、《遍地枭雄》、《启蒙时代》不难看出。《富萍》从严格意义上说不是城市女性的故事，而是乡下人进城的故事。这个从扬州乡下来的女孩跟着未婚夫的过继母亲到上海，婆婆给人家当保姆，虽然衣食不愁，富萍总觉得自己就像浮萍。一到上海就不想回去了，并想拥有自己的家庭生活，后来自作主张嫁给了一个棚户区的残疾青年。换个角度来看，上海这座城市本身就是移民城，1964年的富萍不就是今天的上海小市民？从她们身上也自然看到了市民的挣扎、敦厚与倔强，面对生活的勇气与决心。到《启蒙时代》这种对于市民精神的肯定就极为明显了，小说中这样写道：

> 小市民是什么？小市民是公民，这个阶层的诞生表明民主制的城邦的建成。法国大革命的街垒战，战士是谁？是巴黎市民。他们最要求共和国制，最反封建王室，他们是革命的力量。为什么？因为他们的生存形式是最依赖平等，自由，民主，这三项原则。

从这段论述再回到王安忆20世纪90年代的小说，不难发现，她其实一直在强调小市民文化中奋斗与平等的内涵，而淡化了小市民精神与道德的某种落后的因素。

站在小市民立场写作的王安忆以她一以贯之的"论述性"语言，实现了对小市民身份的肯定。再回到池莉，我们发现，池莉与王安忆的写作立场并没有本质区别，一个是精英写作，受肯定；一个是大众写作，受批判。其中的原因或许还在于王安忆写作本身带有批判意识，即便选择市民立场，也是针对启蒙话语、革命立场而来，相对来说，池莉的写作就有完全认同市民精神的意思了。但无论批判还是肯定，关注日常生活如果没有批判的话，写作者就需要明确自己的精神指向。

在对日常生活的批判理论中，理论者常把人类社会视作一个金字塔结构，这一结构中处于顶部的是科学、艺术和哲学等活动的领域；处于中部的是社会活动领域，主要包括政治、经济、技术操作、经营管理、公共事务、社会化大生产等。在现代社会中，这一领域主要靠法律和各种制度加以调节和维持，这两个部分都属于非日常的、自觉的人类精神和人类知识领域，日常生活却属于底层。用这一理论来看市民写作立场，我们会发现这样一些问题，如果一个作家过分强调自己的市民立场，认同市民生活，而忽视或无视精神层面的追求，那是值得批判的。由此再看池莉的小说，我们能找到之所以有论者批判她的原因，《烦恼人生》是有价值的，其意义在于提出了现实生活中存在的困境与焦虑，城市的活命文化与市民的卑微。但遗憾的是，在一味强调这种文化与卑微之后，小说也陷入了无理想与无精神的庸常泥淖，不作现实批判，不作精神认同。因为沉溺于此岸世界而完全放弃了彼岸世界，甚至不做半点挣扎，更为重要的是已丧失挣扎的意识。任何作家都需要对自身的创作实现超越，《烦恼人生》由理想走向世俗的关注，让写作走出"文化大革命"的叙事模式，走向当下现实，池莉实现了创作上的超越，也为20世纪80年代写作提供了一种参考模式。但文学毕竟高于生活，这种"高"不仅在于它对日常生活的提炼，而且在于它的精神指导力量与愉悦功能，即不仅需要把生活本质揭示给人看，也应该给人一种思考的余地。写作毕竟是进入公共空间的言说，尽管作者一再重申读者的重要性以及为读者的写作宗旨，她无法否定自己身为作家的事实，一旦拥有了发言权便不证自明了她的高于读者。尽管现实生活极为世俗，我们仍期待每一位作者都能给人一种上升的力量，而不仅仅是向读者指明"你身陷牢笼"，在一次一次"指明"之后，也就一次次重复了先在经验，而随后终将面临既无法超越自己也无法超越读者的困境。

诚然，认同城市日常生活又渴望从中树立起丰碑是困难的，城市现代文明与物质、自我、个性的因素密切相连，这些因素无一不指向欲望，这也是为何在城市书写中我们很容易发现对欲望的寻找与对苦难的逃离。批判欲望与大众文化并不是认同世俗者力所能及的，而对欲望的认同又导致了他们或多或少放弃了文学最重要的精神内核。如果说池莉所做的是以接受现实的方式进入当下城市日常生活的写作实践，那么陈村的城市写作则是在批判既定观念的基础上为日常生活的书写寻找合法性，并由此延及理想与现实能否和谐相处的问题。

樊星曾把"痞子文学"的源头归结为"知青文学"①，这里的"痞子"指解构崇高与神圣的精神，陈村的作品为我们提供了这样一种对抗的存在。在张承志身上，对抗是因为他为了在乡村寻找理想，而以背对姿态逃离城市；在陈村身上，我们看到了为保持个性独立存在的正面对抗，表现在作品中是一批于城市中流浪的另类形象。陈村的《少男少女，一共七个》写了面临高考的七个少年的精神状态，这篇曾被人称为"有害"的小说，以一种看似颓废与低俗的人生观冲击传统，它涉及到一代人有别于陈规陋习的对待爱情、教育、父母、文凭的方式，包括文凭是否意味着能力与出路，孝顺是否一定要表现在繁文缛节上。"我"渴望走出父母的庇护，最后却不得不回家，预示着反抗后的妥协。从妥协中可以看出陈村并非真正与既定规范对立，而是提出普遍漠视的现实中值得反思的部分，以求使理想与现实在矛盾中获得统一。毕竟，陈村并不想与城市对抗，他亦不能以形而上的精神来面对低俗的日常生活。而对于既定道德观念的审视不妨看作他建立自身思考体系的开始，思考道德与欲望的关系问

---

① 樊星：《"知青族"的旗帜——"当代思想史"片断》，《当代作家评论》1995 年第 6 期。

题，即精神存在与世俗生活有无共处的可能。在随后的作品中，我们发现这种思考的存在。《张副教授》中作者为张副教授设置了一幅道德"枷锁"，张副教授的妻子去日本留学，在某种程度上意味着道德约束力的失控，随后又有来自多方面的诱惑挑战他的道德感，有女研究生、保姆、朋友的前妻的"诱惑"。张副教授在面对这些诱惑时，内心开始了欲望与道德的斗争，"道德究竟是一个什么东西呢？从父辈，从书本，从自己嘴里出来的道德，怎么还会忍不住地错呢？"张副教授不断地问自己："年轻的时候，是为自己守着自己的，后来结婚了，为对方守着，这样守惯了，一旦没了对方，觉得真的犯不着了。"张副教授内心的挣扎体现出一代知识分子道德防线遭受冲击，信仰受到极大的挑战。小说以张副教授在欲望与道德的冲突之后选择"发泄"欲望，意味着人物在欲望面前开始了投降，但陈村并不想简单地通过欲望毁灭道德来确保欲望的合法性，或许这样有些轻率，他依然渴望拯救人物。在人物欲毁未毁之际，女儿小兔子作为道德的监视力量出现了，她的突然到场唤醒了人物作为父亲的责任感，后者猛然惊醒，自己要的其实不是欲望，并开始调整心态重新面对生活。从这里看，欲望本身不是陈村所张扬的，他不过想在确立人物具有道德感的基础上，披露欲望即世俗生活的现实存在。但无论最后是否表现出懊悔，作为丈夫与父亲的失职就意味着人物的道德本身值得质疑，这一点是小说人物设置上的漏洞。知识分子的精神"出轨"往往比出轨行为本身更重要，换句话说，张副教授最后有没有做成什么并不重要，身为一个丈夫，他产生"出轨"的想法，就明示了他的道德在欲望面前的崩溃。而在小说结尾，一个学生来找他，没戴胸罩，竟让他心烦意乱起来。这样设置，并未批判人物，给读者最为强烈的感觉就是，在作者看来，允许为人夫者的欲望泛滥。如果把欲望代表日常生活，信仰或者说拒绝欲望代表精神生活，很显然，在《张副教授》中日常生活战胜了精神生活。或许是陈村也有所察觉，在《鲜花和》中男性主人公的身份有了相应改变，主人公男性杨色不再像张副教授一样是一个丈夫，而是一个离异了的男性，且同居女友已经出走。这样一来，作为一个被女性遗弃者，人物似乎已没有为他人留守的必要，面对来自情人、女性读者的诱惑，放纵的罪恶感也相对较轻了。但奇怪的是，人物杨色还在渴望自律，同时女儿再次作为救星。陈村曾说过自己并不是很有浪漫天赋的人，幻想到最后终究还是被崛起的现实所冲垮，他"原指望通过这些梦而恢复心理平衡。奇怪的是，平衡非但没能出现，有时还带来新的危机。对事实的清醒使他无法完全进入角色，于是梦总以破灭告终。他常彷徨在梦与非梦之间，取舍的抉择让他十分为难。作品中他往往以牺牲梦的代价来换取现实性"①。如果说，"梦"在《鲜花和》中是指精神、信仰与道德感，是鲜花；现实是日常生活、世俗与欲望，是牛粪。小说告诉我们，在陈村看来，鲜花和牛粪同等重要，鲜花的养育需要牛粪，正如高尚者同样无法超越现实，至上的精神内核中仍有卑微的人性存在。他希望保持与理想的关系，又需要进入世俗生活，但理想与现实原本相互对立的二者如何保持和谐？协调的努力只不过是一种理想罢了，陈村最后选择放弃梦而进入现实。这一放弃却并不轻松，在小说中他一再把做父亲的责任感上升为道德的拯救者，用懵懂无知的女儿微弱的力量来承受拯救成年男人堕落精神的重担，人物最后所做的也只有在街头等待出现一堆粗犷的牛粪。男性杨色无法背对现实，亦无法藐视理想，这种矛盾让陈村极为痛苦。在《鲜花和》

---

① 陈村：《论陈村》，《躺着读书》，江苏文艺出版社 1996 年版，第 398—399 页。

后记中他这样写道：和平的岁月没有传奇，仅仅日常的生活就把我们的一生打发。假如它是不值得纪念的，我们的一生就此废了，水漂都没一个。

在战争年代我们尚可成为英雄；在革命年代尚可成为革命家；在没有硝烟的和平年代，尤其在传统价值观与道德标准已无法指导现实存在的和平年代，无法成为革命家、英雄的我们该以何种方式生存？在市场经济下"英雄"的评价标准已由精神的占有转变为物质的占有，我们能否继续做一个传统英雄而拒绝进入现实？为人为文者或许最切实可行的办法就是走向世俗生活。因此陈村说："如果文学中只有那种我们看到的神性的群相，而没有个体本身的形象的话，那么这种文学是一种伪文学。"① 从陈村对世俗生活的重申中，可以发现他在努力建构理想与世俗相契合的世界，但在这一过程中，他似乎进入了一个误区，即为张扬日常生活中并不崇高的庸俗与私心而大胆地张扬卑微，以至于漠视高雅。在对忽视日常生活持否定姿态的同时，过分张扬日常生活中卑下的现实存在又可能进入另一极端。

失却理想与浪漫的年代，拥抱日常生活者在接受现实生活的同时，也相对淡化了理想与精神。所幸的是，他们在向现实生活进发的同时，让我们看到了挣扎告别理想的身影。《长恨歌》中的王琦瑶就有着对彼岸世界（昔日繁华梦）的渴望及由此而来的向上的挣扎和力；《生活秀》里有在生活中挣扎的女性强者来双扬，又有质疑小市民生活、渴望挽救"堕落"的来双扬的妹妹来双媛；《鲜花和》中的杨色以女儿作为拯救自己的力量，尽管这种力量过于微小到可以忽视。对理想的涉及意味着他们并没有无视高雅与审美，而更多的是让审美走向日常生活，书写从

---

① 陈村：《纪念我们的日常生活》，《东方艺术》1999 年第 6 期。

"日常生活的审美化"走向"审美的日常生活化"。

"审美的日常生活化"这一概念包含两层意思:一是审美仍在继续;二是审美的标准已不再局限于传统意义上的美学范畴,它降落到普通市民的日常生活中。战争年代有崇高或悲壮的美,和平年代似乎也应该有适合于日常生活的琐碎的美。这种美在王琦瑶等待李主任的一天一天中;在她与"老克腊"畸形的爱中;在来双扬为生活终日奔波的身影上;在质疑小市民生活、渴望做拯救者的来双媛身上;在杨色对女儿的内疚中;也在他等待牛粪出现的那一刻。美就是一种在日常生活中"活着"的力量,这种力量被大力张扬,如果说美在传统中意味着理想,在此处则意味着现实生存。

从审美标准转换的写作上可以看出,这一批作家勇敢地进入了日常生活,接受其中所呈现的文化。由理想到现实暗示了一代人的心路历程,理想与精神缺失的他们失去了彼岸世界,逐渐走向此岸世界,咀嚼与感受物欲膨胀的生存状态,并在困惑迷惘之后开始迎合日常生活。同时,早年的意识形态教育伴随着精神寻求或隐或显。在大胆摒弃传统观念桎梏时,他们似乎又并不甘愿在庸俗中沉沦。拥抱城市日常生活又不"堕落"到无视一切崇高的地步。于是,一方面在挣脱传统走向现代;另一方面又在渴望传统接纳现在,理想接纳现实,道德接纳欲望,让审美走向日常生活化正是其表征。但标准改变之后的审美能否依旧称为审美,改造之后的理想能否称为理想?兼顾二者便有了"度"的难题,他们的人物也因此在向上(精神)与向下(世俗)中作出抉择。这一艰难在更晚的一代作家比如60年代出生的作家身上体现得更少,后者面对城市日常生活的姿态更为明朗,或者反叛传统,或者书写欲望,无视审美使他们的写作充满了形而下的轻松与自由。但无论如何,我们在守护传统与反叛传统之间能找

到"69届"后知青作家的位置，他们在为自身定位的写作上是
极为明智的，也足够启迪后来者。

再回到一代"进城"作家，可以看出政治、"文化大革命"
对他们写作的影响，由于"文化大革命"，他们都有了"下乡"
与"返城"经历；因为他们下乡时的身份不同、对革命理想与
乡村等理解程度等的差异，所以他们的城乡观照立场也表现出差
异。但总的来说，他们对城乡的书写显示了几代"返城"作家
经历了由对革命的坚定信仰到革命理想的渴求再到放弃理想进入
现实的过程。乡村与城市本身并不决定他们的选择，因为"文
化大革命"下乡的记忆不同才有了取舍的可能。"右派"作家革
命理想的实现之地在城市，"老三届"革命理想的实现之地在乡
村，"69届"后的革命理想更淡，因而有了城市"右派"执著
地返城，"老三届"对革命理想等不同的定位而归去或来，"69
届"后依然执著地返城。其中，"右派"作家的"返城"与
"69届"后作家的"返城"是不同的，前者感慨于十年时间的
耽误，要尽快投入到新社会的建设中去；后者是终于回到城市，
从头开始，把握现实生活更为重要。

第四章

"城市留守"作家的城乡书写

　　用"城市留守"作家这一概念来界定"文化大革命"时留在城市的作家，并不意味着这些作家被抛弃了，而是指"文化大革命"时期他们相对偏安一隅。从这个意义上讲，他们是幸运的，在许多人都流落到乡下时，他们是城市的"主人"，"革命"、"理想"这些字眼没有成为他们作品中自始至终关注的话题。冯骥才说与上一代作家相比，自己"身上没有王蒙他们那种'共产主义的情结'，脑袋里也没有'社会主义文学'的概念，我从没有过'在红太阳下长大'的感觉。我年轻时的生活充满政治歧视、威胁感以及内心恐怖。"① 但在"文化大革命"的大背景中，事实上没有人能真正地偏安一隅，他们也的确感受了"文化大革命"期间城市的变动，也是"文化大革命"的受害者，"一九六六年那场突如其来的大动乱就像一个无法抗拒、从天而降的重铸"，把许多人的"世界砸得粉碎"②。相对于"返城"作家而言，他们或许更能理性地审视"文化大革命"。

　　这些作家大多缺乏乡村体验，对现实的乡村不太熟悉，因此，城市、城市生活与城市平民通常成为他们所关注的对象。对

---

　　① 周立民、冯骥才：《冯骥才周立民对话录》，苏州大学出版社2003年版，第179页。

　　② 冯骥才：《命运的驱使》，《冯骥才自述》，大象出版社2003年版，第91页。

于解放前出生的作家，城市传统文化多成为他们写作的对象。自
20世纪80年代开始，西方现代文化思潮以锐不可当之势进入中
国，基于对本民族命运的思考，他们对传统文化表现出坚守姿
态。20世纪五六十年代甚至"文化大革命"后出生的城市作家，
他们大多接受了游离于既定观念之外的反叛意识，以西方现代文
化作为批判城市传统文化的武器；也有伴随后现代情绪即反思城
市现代性思潮而来的对城市现代文化的反思。在对乡村的阐释
上，这些或多或少缺乏乡村体验的作家，开始了想象性的乡村建
构，表现出对乡村形象的"另类"阐释。

第一节　城市民间文化的底层观照、守护与反思

城市与小说有着天然的血缘关系，《汉书·艺文志》上有
"小说者，街谈巷语之说也"的界说，尽管鲁迅认为这里的"小
说"只"不过古时稗官采集一般小民所谈的小话，借以考察国
之民情、风俗而已，并无现在所谓小说之价值"①，它"近似于
现在的小说"意味着小说的城市化出身，后来诸史学家亦证实
了小说源于市井间杂剧的"说话"。但有意思的是，文学史中许
多有厚重感的小说写的却是乡村的人与事，或许，市井生活与市
民情趣制约着小说的审美，引导了小说创作的商业化走向，但随
着城市的发展及小说家职业化倾向，小说又成为一种精神产品，
表达作者的"雅趣"与迎合大众的"俗气"便成为了小说家面
临的困境，这种困境伴随了小说的发展。

对于城市及其文化的书写主要有几种模式：以张扬现代文化
为主并以此批判传统文化；或揭示城市现代文化语境下对于欲望

---

① 鲁迅：《中国小说史略》，人民文学出版社1967年版，第269页。

的宣泄；或专注于城市传统文化（多表现为民间文化形式）。一般而言，文学作品中前两者更常用来实现对于城市的思考，中国新文学原本就是借鉴西方文学经验起步的。也有于城市传统文化中寻找美的写作者，他们认同传统文化，不堪面对不断逝去的市井生活之美，并自愿为城市传统文化的记载者，对城市日常生活进行审美化书写。

一 城市传统文化与民间文化

中国传统文化是指以汉族为主体的包括各少数民族在内的中华民族在漫长的历史时期所创造的文化。从纵向看，是自儒家文化以来的各种文化，以及各种文化自身的发展；从横向看，它是由多元因素构成的，包括传统的儒、释、道等诸子百家文化，也包括融入中国传统文化中的佛教文化、伊斯兰教文化及其他外来文化。任何一个民族、一个国家都会面临文化交流的问题，文化的发展既有对于自身文化的继承，也有对于他民族文化的融合，因此传统文化也会面临现代化问题。根据季羡林的观点，传统文化代表文化的民族性，现代化代表文化的时代性，现代文化是指当时世界上在文化发展方面所达到的最高水平。二者之间的关系是矛盾统一的。历史上所谓现代化，是指当时的"现代"，也可以叫做时代化①。外来文化与本民族文化会存在一个碰撞期，之后互相融合，这样，一些外来文化才被纳入中国传统文化范畴内。由此，我们所说的城市传统文化是指当时被引入的西方现代文化之外的城市文化。

钟敬文从不同层面上把传统文化分为三个干流："首先是上层社会文化，从阶级上说，即封建地主阶级所创造和享有的文

---

① 季羡林：《传统文化与现代化》，《理论参考》2007 年第 11 期。

化；其次，是中层社会文化，城市人民的文化，主要是商业市民所有的文化；最后，是底层社会的文化，即广大农民所创造和传承的文化。"① 在具体阐释时，他把后两个干流归纳为"下层文化"范畴，即民间文化，主要指"被统治、被剥削的一般民众所创造、享有的文化"②，与上层文化相对。他认为，上层文化的传授和传播除了语言之外，主要靠文字，文字是各种文化赖以保存和借以发展的要件；而下层文化的传授和传播主要靠语言，这一特点给它的发展以一定的限制，使它不能达到更大的丰富和系统化。这些不同性质的文化是在一个社会共同体里存在和发展的，它们并不决然对立，而是互为关联，互相错综的。在新中国时期，上层文化应该是指主流文化，革命年代表现为革命文化以及精英文化。

冯骥才则把"传统文化"中的"上层文化"与"下层文化"分别称为"精英文化"与"民间文化"，并同样认为这两种文化是相辅相承的，他说："如果一个民族的精神与思想传统在他的精英文化里，那么它的情感、特征、凝聚力和亲和力就在民间文化里。精英文化是一种父亲的文化，民间文化是母亲的——母体的文化。"③ 把传统文化看作一个整体，我们发现在全球化语境下它不断被吞噬的现实命运。审视或忧患是面对传统文化境况的通常姿态，这也使我国在现代化过程中面临着"强国之路"与"立国之本"的矛盾，强国者以西方文化为标准却不能立国；立国者固守传统文化则难以强国。认同或迎合西方现代文化无法确立自我，一部分人由对传统文化出路的焦虑走向发掘与张扬传

---

① 钟敬文：《自序》，《话说民间文化》，人民日报出版社1990年版，第3页。

② 钟敬文：《谈谈民族的下层文化》，《话说民间文化》，人民日报出版社1990年版，第1页。

③ 冯骥才：《思想对话》，中州古籍出版社2005年版，第99页。

统文化。而在应对姿态上，主流文化、精英文化与民间文化并不相同，主流文化、精英文化均通过记录的方式，能够以文字的形式得以传承；民间文化因其传播方式更多是口传心授，随着农耕文明进入工业文明，物质环境及生活方式的变化不断冲击着固有物，风俗民情与习惯在社会进程中不断解体是必然的。因此对于传统文化的守护更确切地说是对于传统文化中民间文化的坚守，这也是民间文化保护者一再重申的话题。

"城市留守"作家中有一批成长于解放前的作家，他们自小生活在城市，深悟日常生活的市井精神，早已认同了城市传统文化，并在生活与风俗习惯中感受到民间文化。此外，他们的乡村体验相对缺乏，乡村很难成为写作的敏感区，而他们更多地把写作与城市"社会问题"联系起来，城市平民是他们关注的对象。对于市民阶层的论述，一般认为在宋代发生了变化，"由原来以城市手工业者为主，变为包含城市工商业者、农户、士子、官宦、艺人和流动性的商贩等多阶层的复合群体"①，并且形成了代表这一群体的不同于传统的以士大夫为核心的市井文化。这一阶层的转变包括市民精神的转变，主要是资本主义生产关系的萌芽对市井文化影响的结果，有商品观念深入人心所导致的道德观念的堕落，也有平等意识增强而来的个体奋斗与要求，这两种形态随着历史的发展越发明显。如果从精英立场来看，市民阶层对商业的重视与对理性的忽视成为批判的对象，但这一文化作为底层文化与市民的关系又是最为密切的，因此从市民的角度来看必然会有所认同。

二 寻找市井文化的"雅趣"

20世纪80年代中期，西方现代文化的涌入使中国传统文化

---

① 吴小如编：《中国文化史纲要》，北京大学出版社2001年版，第239页。

面临着新的挑战，在这样一种东西方文化碰撞的语境下，对于城市传统文化的思考也表现出不同。一方面是反传统的西化意识逐渐升温；另一方面是 20 世纪 90 年代一再重申回归传统，也有作家就在日常生活中提炼美，即"日常生活的审美化"，并由此出发，守护城市的民间文化。

在新时期作家群中，汪曾祺是一个"另类"，他一直逍遥在主流之外，撇开散文，几十篇短篇小说就活跃了评论界的空气。他的"另类"在于对他的无法归类、难以言尽又无法忽视。旧式文人的雅士风范与水般灵动的智慧偏要走向市井、平民中寻找"野趣"；温吞吞漫不经心地回忆旧梦又总是戛然而止、风过无痕；以追求和谐为主旨给人的却是透悟人生，看透了终又不说透，或幽默，或调笑，或蜻蜓点水，或刻骨铭心，亦庄亦谐，各种趣味非一语能道破。汪曾祺的写作多来自对解放前生活的回忆，他说自己"对旧社会还是比较熟悉些，吃得透一些，对新社会的生活，我还没有熟悉到可以从心所欲，挥洒自如"①。有论者认为，在民间文化的寻根书写中，汪曾祺选择了"雅化"，在自己的童年记忆中展现江南文化的雅趣与情趣，以旧知识分子对城市日常生活的感悟性思考，在对市井生活的展示中守护民间文化。

汪曾祺的城市主要以高邮、昆明、北京等为背景，故乡高邮是他小说关注的主体，他的目光在生意人身上徘徊，这一点导致了评论界对他"亲民思想"的界定。对此，汪曾祺是这样解释的："小时候的环境，就是生活在这些人当中，铺子里的店员、匠人、做小买卖的这些人。"② 儿时的生活环境使平民生活成为

---

① 汪曾祺：《道是无情却有情》，《汪曾祺全集》第 6 卷，北京师范大学出版社 1998 年版，第 279 页。

② 汪曾祺：《作为抒情诗的散文化小说》，《汪曾祺全集》第 6 卷，第 71 页。

他创作的敏感区,一方面,采取回忆姿态进入书写中有他对故人往事的认同姿态,对于市井人物,汪曾祺曾说过:"这些店铺、这些手艺人使我深受感动,使我闻嗅了一种辛劳、笃实、轻甜、微苦的生活气息。这一路的印象深深注入我的记忆。"① 另一方面,汪曾祺反映的毕竟是一个正在逝去的时代,对这一消逝历史的述说方式与他在文学上对于市井生活、民间文化的处理不无关系。

对于市民,汪曾祺是这样想的,他说现代市民社会地位不高,财力有限,辛苦劳碌,差堪温饱;他们有一些朴素的道德标准,比如安分、敬老、仗义、爱国,其中有些人有时也会表现出难能的高贵品质;他们基本上属于浅思维,只能想怎样活着而不是为什么活着;市民是一个不活跃的阶层,他们封闭、保守,缺乏冒险、探险,特别是叛逆精神,他们大都"当了一辈子顺民",既是社会的稳定因素,又是时代的负累。由此市民作家对他们往往寄予同情,书写通常带有喜剧性,有诙谐但不很尖刻,有嘲讽但比较温和。正因为市民的这些特性,在市井小说中我们无法发现史诗,"所写的都是凡人小事。'市井小说'里没有'英雄',写的都是极其平凡的人"②。他的市井人物均位于社会底层,为着生计不辞劳苦卑微地活着,身为市民,却并不被俗事所折磨,大多知足常乐,随遇而安。《八千岁》中开米店的八千岁终日穿着"二马裾",吃着草炉烧饼并不觉得有失体面,这一点自然取决于汪曾祺本人随遇而安的生活心态。但事实上,意外的遭遇又总是左右着他们的生活态度,让他们无奈地眷顾生活。

---

① 汪曾祺:《自报家门》,《晚翠文谈新编》,三联书店2002年版,第264页。
② 汪曾祺:《〈市井小说选〉序》,《晚翠文谈新编》,三联书店2002年版,第318—319页。

《岁寒三友》中的王瘦君曾是个好诗酒风雅之士，他的绒线店维持一家生活是困难的，尤其在儿女读书之后，穿鞋都成了问题。为了给儿女正常的生活他开始办绳厂；陶虎臣开炮仗店，瞎了一只眼睛仍带着宽厚而慈祥的笑；靳彝甫爱画，半饥半饱也活得有滋有味，只三块田黄石章就让他对人生无多抱怨了。他们一度交了好运，不久就开始颓败。在并不国泰民安的社会，办绳厂的破产；做鞭炮的失业，丧失活命工具，生活难以为继。又是这些底层人物，他们以名利换取情谊，靳彝甫变卖了心爱的田黄，以求贫贱友人的温饱。如果把靳彝甫的"变卖"看作一次慷慨解囊似乎并未真正理解汪曾祺，他的作品中很少有挣扎于日常世俗生活中迷失自己的，也很少有市民英雄。《詹大胖子》中的学校更夫詹大胖子有一些"英雄"的惜香怜玉，当纨绔子弟谢大少问他校长是否经常去王文惠的房间时，他连忙说没有的事，但随后他卖花生糖、芝麻糖就不再避着校长。应该说，高、大、全的英雄形象与人性中的卑微、挣扎、世俗生活是相悖的，塑造英雄意味着遮蔽了真实的人性。同时，英雄的造就不仅仅是人格自我的完善，它需要精神信仰上的指导，以这一"指导"提升小说的思想性，它使小说表现出政治性内涵。但如此写作是汪曾祺难以接受的，集他几十年的生活经验，他认识到"政治不能涵盖人生的全部内容"[1]，真实人性的至高境界也并非一个"英雄"形象能承担得起的，他的市井小说不需要英雄。其平民人物之所以超越世俗是因为他们对权力、地位、金钱等身外之物的漠视，这与汪曾祺本人的生存姿态是极有关联的。活着不是眷顾一日三餐，正如吃不是因为饥饿，吃的是文化、是氛围，生活的意义就在于悠闲自在与随遇而安的境界，是面对逆境的坦然与一醉方

---

①　汪曾祺：《文集自序》，《晚翠文谈新编》，三联书店 2002 年版，第 294 页。

休，是超越于世俗之外的精神追求，画画、饮酒、做诗、聊天，自得其乐。《仁慧》中的尼姑仁慧不屑于成家、生子，更愿云游四方、过行踪不定的生活；《鉴赏家》中卖果子的叶三，儿子都成了布店里的"先生"之后，他根本无须用卖果子来养活自己，坚持这一"营生"是因为画家季匋民偏爱他的果子，而他偏又喜爱季的画。果子是他与画家相处的物质前提，画却是两人相知的精神条件。一个并不曾舞文弄墨的生意人却有着文人雅士才有的鉴赏力。虽然展现市井人物的复杂性能产生更强的真实性，但同时人物也就将更沉溺于世俗生活中，汪曾祺对人物精神的挖掘及其对雅趣的崇尚超越了世俗，这种设置是汪曾祺对于市井生活的美化，与汪曾祺的创作观是一脉相通的。他说："我认为作家的责任是给读者以喜悦，让读者感觉到活着是美的，有诗意的，生活是可欣赏的。这样他就会觉得自己也应该活得更好一些，更高尚一些，更优美一些，更有诗意一些。小说应该使人在文化素养上有所提高。小说的作用是使这个世界更诗化。"①

汪曾祺小说中的人物形象与地方风俗文化有血溶于水的关系，并通过文化背景的设置凸显人物形象。《异秉》几易其稿后，着重对传统文化的介绍。如王二的小吃、保全堂药铺以及学徒的规矩；源昌烟店的烟叶；春联的讲究；说书的报条；茶道。这一尚文、精细、谦让的文化孕育了与之相适应的安稳、平等、随意的人物。摆熏烧摊子的王二为生计辛勤劳动，但活得轻松，一壶茶，听书去。并无过高的理想，也从未想过用理想指导自身的实践，活得卑微而平常的小人物却依然自得其乐，他们以感觉痛快的方式活着，并陶醉在这种感觉中。汪曾祺笔

---

① 汪曾祺：《使这个世界更诗化》，《晚翠文谈新编》，三联书店 2002 年版，第 11 页。

下的人物多为平民，他们自觉认同这一身份，人与人之间很少
以等级、地位来加以区分。在《安乐居》里，汪曾祺把上至文
化人下至生意人都集中于安乐居，这里有处变不惊的老吕、豁
达直爽的急性子老聂、彬彬有礼的画家、嗜酒的上海老头、扛
包的老王、裱字画的佟秀轩、卖烤白薯的大爷。他们的社会身
份不同，文化程度亦有差别，却都抛开一切身外束缚以最低档
次酒聚集于一起，以酒为友；养鸟不是为了生活，而是为了逗
趣。逃避了世间繁琐之事的侵扰，他们活得轻松随意。出身于
世俗的市民竟有如此超越世俗的雅趣，且不管其中的"雅"与
我们所谓的市民本质究竟有多少契合的成分，但是可以肯定的
是，作为市民阶层，世俗气与物质欲望是极为明显的。作为一
个稳定的封建阶层，它本身有不失为被批判的内容，但汪曾祺
并未突出这一面，而是极力张扬人物世俗中极小的一点超脱的
雅，以此凸显市井文化生活。

　　《鸡鸭名家》写的仍旧是故乡高邮小镇的人，余老五是性情
中人，"到哪里都提了他那把其大无比，细润发光的紫砂茶壶，
坐下来就聊，一聊一半天。而且好喝酒，一天两顿，一顿四两。
而且好管闲事。跟他毫无关系的事，他也要挤上来插嘴"。但这
个炕房师傅工作起来也是极为投入的，炕里的温度、火候全靠他
的感觉，炕出来的鸡、鸭就是比别人的漂亮。陆长庚是个侍候鸭
子的高手，手可以做秤，一提鸭子，分两不差，自己却养不了
鸭，总是闹鸭瘟。这两个都是镇里的能人，他们吃喝玩闹，虽然
日子过得清苦，却也心态平和，有滋有味。

　　据汪曾祺自己介绍，他写的人物大都有原型，移花接木或
"杂取种种人"，多以一个人为主，但并非照搬原型，把生活中
的某个人原封不动地写到纸上的情况很少。他说："对于我所写
的人，会有我的看法，我的角度，为了表达我的一点什么'意

思',会有所夸大,有所削减,有所改变,会加入我的假设,我的想象,这就是现在通常所说的主体意识。"① 换句话说,作品中人物的"雅趣"并不完全来自于原型,汪曾祺曾笑谈是怕惹上官司②,所以不写坏人。我想,小说本身就是虚构的艺术,有原型换一个名字也未尝不可,其中透示的还是作家的人生观与人性观,即作家对于人生及人性的态度。

汪曾祺的小说多次写到"死","死"意味着生命的结束,时间的流逝与永不回头,物是人非与人是物非,但无论是人、物,还是民俗文化层面上的"死",它们都构成了民间文化的一部分,隐含的是汪曾祺对民间文化流逝的思考。纵观人类生活的历史,任何个人都只是历史长河中的沧海一粟,个人的生命如此偶然也如此渺小,而个人的欲望、悲痛、挣扎又是何等的不足以道,为着名利等身外之物挣扎拼搏、大喜大悲又有何意义?超越凡俗、挣脱一切生存束缚、随意而安才是生命所能达到的最高境界,汪曾祺笔下的人物或多或少都在渴求这一境界,而人物的"雅趣"正建立在作家渴望超然世外的生存哲学之上。

汪曾祺选择追忆解放前的生活是源于他对旧式生活的熟悉。从汪曾祺本人的经历看,1958 年被打成"右派"后,四年的农场生活包括"文化大革命"十年被迫从事戏剧工作,应该说,他并非那场灾难的主角,或许正因此,"反思"系列的书写远不能凸显他的个性。他说:"沙上建塔,我没有这个本事。"③ 相对来说,解放前的生活却为他提供了广阔的空间。同时,旧文人士大夫所接受的家庭教育,在解放前成人仪式的完成并确立对传统

---

① 汪曾祺:《〈汪曾祺自选集〉自序》,《晚翠文谈新编》,三联书店 2002 年版,第 301 页。

② 汪曾祺:《〈菰蒲深处〉自序》,《晚翠文谈新编》,第 322—323 页。

③ 同上书,第 322 页。

文化的认同；师从沈从文关注传统文化的起步写作；"有自己一套"的书写原则足以使旧式生活成为他创作的敏感区。关于解放前的成人仪式，摩罗的阐释可以给我们一些启示："现实的困境越是恶劣，他就越是急切地踏上回归童年之路，并给那些童年的乐园添加上无限的柔情和温馨。"① 对于旧生活，汪曾祺并未采取批判姿态，其目的一方面是突出自我，另一方面是对旧式文化生活的认同。他说："旧社会的悲哀和苦趣，以及旧社会也不是没有的欢乐，不能给今天的人一点什么吗？"② 但记忆毕竟只是记忆，旧日之城在不断被阐释过程中早已带上了回忆者的自我情绪，对旧式传统文化的守望，对童年的追怀与时间流逝的感慨进入了他的市井书写，它们共同构成了汪曾祺恬淡、雅趣、随意的城市面貌。

三　胡同文化的底层观照

刘心武的写作与时代的关系极为密切，从最早的伤痕小说《班主任》到反思《我爱每一片绿叶》都可以看到历史过往的痕迹；从《如意》、《立体交叉桥》开始涉足城市，到《钟鼓楼》、《五一九长镜头》、《公共汽车咏叹调》，刘心武的写作有了某种自觉，表现出对胡同文化的观照。

刘心武一直强调自己的现实主义写作立场，他曾说过，现实主义的文学有巨大的认识作用和改造社会的功能，而在现实主义的诸多功能中，思考人物内心世界是他最为倾心的。带着现实主义观念的刘心武进入创作，在创作过程中自然更强调从现实生活

---

① 摩罗：《末世的温馨——汪曾祺创作论》，《当代作家评论》1996 年第 5 期。
② 汪曾祺：《关于〈受戒〉》，《汪曾祺全集》第 6 卷，北京师范大学出版社1998 年版，第 338 页。

出发，书写自己的使命感、社会责任感与现实感，并有着以文学来改良人生、为社会改革服务的目的。说刘心武的小说是"贴近地面的飞翔"，也不为过。

在谈及刘心武的小说前，不妨简单涉足一下北京胡同文化，这是刘心武观照生活的落脚点。胡同和四合院文化应该是北京的一大文化特色。北京过去的建筑，都是由千百万大大小小的四合院背靠背，面对面，并排有序地组成的，每排院落间留出的通道就是胡同。从表面上看胡同是狭窄甚至有些局促的，里头过的却是温暖的日子。基于对北京胡同文化的兴趣，胡同里的市民及其生活自然活跃在他的笔下。刘心武的笔触最初是带着感情进入的，《如意》中通过金绮纹与石海义的生活与爱情，在市井间身份卑微的老百姓身上寻找人性人情。《立体交叉桥》则通过胡同居民的生活琐事与烦恼，呼唤小胡同里的心灵空间。小说卷首语就这样写道："谨将此作呈现于——所有为公众开掘居住空间和心灵空间而努力的人们。"为此，小说尽情展示胡同的居住空间："侯锐的家，就在离十字路口不远的一条胡同里。""胡同里一片灰色。灰墙、交瓦顶、灰色的路面。"这就是胡同居民的生存空间。虽然小到一个胡同，涉及到的却是一个尖锐的社会问题，衣、食、住、行中住是非常重要的，"家"的意义不仅在于家里的成员，也包括住所。因此"住"的现实问题是不容忽视的，刘心武找到了一个解决的办法，那就是拓展人的心灵空间。

胡同居民各式各样，他们占据了北京市民中的一大部分，胡同仍然能展现现在的北京，北京不仅是高楼大厦、天安门广场，胡同里有生活也有理想，有无赖也有教养，它在雅俗之间，"刘心武偏不避粗俗，把他的笔探向真正的底层，那些最不起眼的人物，那些因物质匮乏生存也相对渺小、常常被文学忽略的人们极其缺乏色彩的生活"①。《钟鼓楼》以北京市钟楼、鼓楼附近的一座传统四合院为点，描写了院内九户人家以及与他们相关联的几个小人物在一天中十二小时内的活动，故事以一场婚宴为中心，所涉及到的人物主要是工人、农民、售货员、修鞋匠、医生、工程师、京剧演员、年轻翻译等中下层的芸芸众生。小说由婚宴考察北京的婚俗、民情及其演变，由环境考察民俗民风、社会状况、历史文物等的变化发展，最后又落脚到市民的心态上。刘心武说写这篇小说，"用意是力图使读者体味到一种深沉的历史感和命运感"②。在讲述故事情节的过程中，小说还不时穿插胡同之外且与普通人生活关系密切的场所，比如写到薛家办喜事请了厨子路喜纯，他在崇文门外花市附近的一家小饭馆工作。然后写"那小饭馆可以说是北京市最基层最不起眼，甚而会被某些自命高雅的人视为最低级最不屑一顾的社会细胞。但'麻雀虽小，五脏俱全'，其实整个北京城的阴晴风雨、喜怒悲乐，都能从那小小的饭馆中找到清晰而深刻的回响"。北京市的一个不起眼的小分子与整个北京城的生活是潮涨潮落，相濡以沫的。

但因为城市改造、建设，许多小胡同都被拆除了，人们一直关注环保、野生天鹅，保护生态环境，却忽略了文化遗产。即便野生天鹅的数字大大高于明清以来建成的四合院的数字，人们依然粗暴地对待四合院，且对于这种粗暴行为，除了少数研究古代建筑史的专家有所感觉外，人们似乎都心平气和。随后文中就有一段专门谈到保护胡同及四合院的意义：

---

① 赵园：《北京：城与人》，北京大学出版社 2002 年版，第 63 页。
② 刘心武：《多层次地网络式地表现人》，《光明日报》1986 年 1 月 9 日。

　　四合院，尤其北京市内的四合院，又尤其是明清建成的典型四合院，是中国封建文化烂熟阶段的产物，具有很高的文物价值。从某种意义上说，它是研究封建社会晚期市民社会的家庭结构、生活方式、审美意识、建筑艺术、民俗演变、心理沉淀、人际关系以及时代氛围的绝好资料。从改造北京城的总体趋向上看，拆毁改建一部分四合院是必不可免的，但一定要有意识地保留下一批尚属完整的四合院，有的四合院甚至还应当尽可能恢复其原来的面貌。如果能选择一些居民区，不仅保护好其中的四合院，而且能保护好相应的街道、胡同，使其成为依稀可辨当年北京风貌的"保留区"，则我们那文化素养很高的后人，一定会无限感激我们这一代北京人的。

　　从这里可以看出，刘心武对于胡同文化以及四合院是持保护态度的。胡同居民形象的如何塑造就有些重要了，这里有坚持京剧不愿放弃的澹台智珠；有自学成才的苟磊；有大大咧咧却热心肠的詹丽颖。他们是有缺点的好人，即便李铠多疑、猜忌，也是因为内心的自卑与怕失去妻子智珠的担心。尤其是路纯喜，据说北京市民中有一群所谓胡同串子，无父无母，堕落而难以教化，从表现上看他就像一个无父无母的"胡同串子"，事实上，除了偶然有颇令人迷惑不解的行为外，路纯喜生活得非常正派。正派的人并非一定接受过好的教育，在他生活道路上给过他强烈影响的人有两个：一个是普通的优秀教师，一个是尚未被评为餐饮业先进人物的工作人员，是他们灵魂中那些健康的、向上的东西给了路纯喜启示。即便出生于底层的这些市民，他们虽然没有接受过多么高等的教育，但他们是正派的人。除此之外，小说为了把人物刻画得更为真实，从不同角度进行了比较，如卢胜七、薛永

全、荀兴旺三人虽同属工人阶级，但在气质上各不相同。荀兴旺
有劳动者的正直、自信以及对于劳动的肯定；薛永全身上体现的
是承受苦难的坚韧及随之而来的世故；卢胜七身上更多的是一种
随旧时代而来的陋习。在几乎为同龄人的三位女性慕樱、澹台智
珠、詹丽颖间也存在不同：一个突出人物的爱情观，从英雄崇拜
到肉欲的需要再到精神层次的追求，突出其对于爱情的渴望；一
个通过其艺术追求突出事业的狂热；另一个身上则有了更多的人
生世俗。

刘心武对于市井底层的观照直面生活中粗粝的部分，但他
更是在粗粝中找出人性之美来。对于人性的弱点、缺陷他是宽
容的。他多用传统道德标准来评判人物，但对于有别于传统的
人物，亦不表示否定。如慕樱的几次婚姻，到最后爱上齐壮思，
小说尽管没有对她进行道德评判，但人物的内心斗争就说明了
选择是犹豫的。而迟疑本身就是一个信号，预示着作者对此也
有所考虑，因此在慕樱离婚之后一段时间，小说特意注明了当
初对她反感的人逐渐认同了她，说明有一个接受过程。刘心武
的胡同写作是美化生活，极力发掘生活中的美，是把日常生活
在传统审美观念的范畴下进行审美，展示了真正意义上的世相
百态。他在小说中一遍遍地重复述说四合院，并强调其意义，
小说结尾又有：

> 现在我们走进了钟鼓楼附近的这个四合院，我们实际上
> 就是面对着 20 世纪 80 年代初北京市民社会的特定文化景
> 观。对于这个院落中的这些不同的人们的喜怒哀乐、生死歌
> 哭，以及他们之间的矛盾差异、相激相荡，我们或许一时还
> 不能洞察阐释、预测导引，然而在尽可能如实而细微的反映
> 中，我们也许能有所领悟，并且至少可以为明天的北京人多

多少少留下一点不拘一格的斑驳资料。

小说中还涉及到胡同内两种文化观念的冲突，即传统文化与城市现代文化的冲突。传统文化包括乡村传统文化与城市传统文化，其代表主要是乡下来的郭杏儿，现代文化的代表是荀磊、冯婉姝。郭杏儿对于城市的心态是复杂的，既有否定，如对巧克力、咖啡的反感，对荀磊卧室的怪异、搁在书橱里不吉利不喜庆的瓷夜猫子的困惑；也有羡慕，如客厅家具摆设的精致美观、带球的长沙发。但在听了冯婉姝一大堆问题与一系列不懂的名词之后，她对这个世界突然产生了排斥心理，想念起乡村的家人了。这其中突出的不是文化与文化之间的融合，而是碰撞。荀大爷、荀大娘代表着城市民间文化，他们对于在另一个家庭出身的冯婉姝有些隔膜，感情上更靠近郭杏儿。即便如此，他们并没有反对荀磊与她的交往，从这个意义上说，他们是宽容的。但同时也可以看出，民间文化已受到西方现代文化的冲击，并部分接受了西方现代文化。荀磊就是一个好例子。

对于胡同的生活与胡同居民，刘心武选择了底层观照姿态，但他毕竟是一个知识者，以知识者的高雅与精神坚守去亲近琐碎生活中的人与事，这就需要刘心武的理性认识。促使他如此去做的原因，就是对于民间文化或者说北京胡同文化命运的思考与焦虑。有了这种思考与焦虑，他的胡同文化的写作才表现出更多的温情。

四 城市民间文化的守护与审视

对城市传统文化的被冲击，生长于城市的作家感受强烈，尤其是传统文化中的民间文化因其传播的非文字性，被冲击的后果就更为严重。守护城市传统文化，一些作家开始身体力行，冯骥才就多次呼吁"救救传统文化"。他说："面对着全球性的流行文化狂潮一般的冲击，我们何去何从？毫无疑问，我们应该回到我们的根上，回到我们文化的根基与原点上，回到我们的母体文化中。"①

　　冯骥才对于民间文化的书写是自觉的，他把民间文化纳入整个传统文化中进行思考。他说："精英文化是自觉的，原始文化与民间文化是自发性的。'自觉'来自于思维，而自发直接来自于生命本身。它具有生命的本质。""民间文化是非理性纯感性的，纯感情的。这种感情是一种鲜活的生命和生活的情感。有生命的冲动，也有生活理想；有精神想象，也有现实渴望。"② 但在20世纪末21世纪初，这一与生命相契合的民间文化正在走向粗鄙化，拯救因此极为必要。拯救却不意味着一味地"防守"，因为传统文化的粗鄙化也并不必然归罪于外来物的影响。在冯骥才看来，文化的粗鄙化更多应归源于自身。他说，清代的300年历史是文化不断走向粗鄙的历史，到"文化大革命"，革命强化了文化中攻击的内容，武斗也由此成为对于文化的戏仿；改革开放后，民间文化进入市场，以凸显多元语境下自身的文化特色，民族文化又成为商品与卖点。一方面是民族文化自身的粗鄙化；另一方面是西方文化的冲击，民间文化"腹背受敌"，救助与审视因此成为冯骥才写作的主旨。

　　对于传统文化，冯骥才有自己的认识。他认为中国文化的特点表现在三个方面：一是文化的劣根性；一是文化的自我束缚力；一是文化的封闭性。前两者是一张纸的两面，难以分开。比如神奇的辫子、诡异难忍的小脚和包容万象的八卦，这

---

① 冯骥才：《到民间去》，《思想者独行》，花山文艺出版社2002年版，第157页。
② 冯骥才：《民间审美》，《北方音乐》2005年第1期。

些都是我们民族文化特有的存在。男性的辫子与女性的小脚体现的是文化的自我束缚力与封闭状态，是民族历史文化中被扭曲、变形与荒诞的存在。解救它的力量并非来自传统文化自身，而是西方现代文化。民国初年的"废旧立新"源于革命语境下个体意识的觉醒，这是一种悖论，它使得不论批判西方现代文化还是固守本民族文化都显得有些片面，相对客观的姿态应是兼顾审视与坚守。冯骥才对于民间文化的这一思考就从辫子开始。

在《神鞭》中，冯骥才把"辫子"文化与"枪"文化对照起来，审视东西方文化的关系。傻二为了防卫练就祖传的辫子功，中国文化的内质里强调的更是"守"的东西，傻二的练辫子功与中国古代知识分子强调自身修养实际上是一个意思，意味着民间文化中有更多的保守性，这里突出的是文化本身的"防守"性内容，它与中国礼仪之邦的形象是吻合的；"枪"是技术革命的产物，它体现的是野性的掠夺与贪婪的扩张，是文化中带有"攻击"性的内容，标志着西方自工业革命之后人类欲望的膨胀与对外扩张的野心。傻二用辫子战胜了二流子，肯定了民间文化中的"侠义"内涵，在"枪"面前却无用武之地，这是礼仪面对掠夺的一次失利，是民间文化在现代文化面前的失利，表明现代文化所具有的优越性。傻二毅然剪除辫子，意味着他对民间文化劣根性的清醒认识。从"神鞭"到"神枪手"的身份转换中有着文化的交流、碰撞以及东方文化本身的兼容性，但在由"礼仪之邦"的"守"到路见不平的"攻"的转变过程中，我们发现传统精神的丧失，它似乎意味着"礼让"必将为欲望所代替，而欲望的无限膨胀又将为本民族文化带来危机。谈到《神鞭》，冯骥才这样说道："我刻意于对近代历史大变革中，我们民族每每必然面临的两大问题。如何对待古人（传统）和如何对待洋人（外来物），并在这两方面表现出种种担忧、惊慌、犹疑、徘徊和自相矛盾。"① 在今天看来，思考民间文化或者说传统文化的进步与传统文化的出路并不是新鲜事，传统文化的现代化也成为理论者所关注的对象。20 世纪 80 年代在作品中思考这一问题，冯骥才是较早的。冯骥才说自己写《神鞭》是本着"文化反思"的目标，但我们在人物身上并未发现于祖宗与洋人间抉择的惊慌心态，傻二由防卫者到北伐军的枪手（革命者）的身份转变体现了礼仪之邦文化与西方文化的融合，也预示着民间文化的逐渐消失。如果说，在放弃祖宗与接纳西方间徘徊的民族心理一直在社会变革中不可抑制地、或隐或现地表现出来，但传统对傻二的束缚力并不如此强烈，很显然，冯骥才把傻二设置成一个"侠士"，他身上集中了底层市民较优秀的品格，这些品格并非必然为知识分子或启蒙者所有，而是一个民族得以延续千年的精神与灵魂，这一精神就在民间、在市民的日常生活中生生不息。

　　争论颇多的《三寸金莲》以"小脚"文化为对象。"小脚"文化代表中国社会的男权本质，体现出对女性从肉体到人性的扭曲，把畸形文化作为审美的对象，将不断助长传统文化中某些畸形的特质。小脚使出身贫寒的香莲进入中产阶级，过上荣华富贵的生活，家庭赛脚会上的失败让她饱受佟家欺辱，最后的获胜终于确立了她的地位。缠脚成为封建女性毕生经营的事业，但她们对于将自己致残的文化并不反感，反而自觉认同。小脚文化渗入到日常生活中，它致女性于残，女性也甘愿致残，因此，这种残不仅在肉体上更在心灵上。小脚文化用美丽的外观掩盖了背后的

---

① 冯骥才：《小说观念要变——给李陀的信》，《思想对话》，中州古籍出版社 2005 年版，第 300 页。

残忍与血腥，正如冯骥才所说的："中国文化中有一种东西，使得劣根性能够长时间保留下来，那就是文化中的魅力，它不仅是丑的、是变态的、是畸形的，同时它能经过异化，把它变成审美。一进入审美的层次，就被人接受，之后破坏起来很困难。"①以揭示传统文化之丑为写作主旨在许多作家的创作中曾有过。例如苏童的《妻妾成群》中的妻妾们为了得到陈佐千的宠爱，争风吃醋，使尽了千般伎俩；毕飞宇的《楚水》中那些被骗到妓院的女性为了做妓院的头牌，彼此较劲，杀气腾腾。在冯骥才的小说中，这种传统文化之丑涉及的并不是某一个群体，而是无一幸免，多表现在细微处，比如男人的辫子，女人的小脚，且这些东西一度还是男人女人们炫耀的对象。面对自我束缚力如此强大的传统文化，冯骥才为它找到了释放空间，接受新思想的牛俊英就是这一新兴力量。不应忽视的是，牛俊英之所以成为天足会会长，其母香莲之功不可抹杀。在对于带血的传统文化的拷问中，我们发现女性香莲的伟大，即当她重新以小脚在佟家获得地位后，感于小脚给自己所带来的沉浮命运，看到了自由与人性的变形；让女儿远离"裹脚"，还女儿以人性与自由，也是以"温和"的方式表达对小脚文化的质疑，并痛恶自身所属文化的腐朽。她的"死"表示出对传统文化劣根性的反抗，表面上顺从于传统文化，实则是叛逆者，小说也在人物的叛逆姿态上实现了对于民间文化劣根性的审视。

《阴阳八卦》关注"中国文化不可知的部分，即民族文化黑箱，或即神秘性"②。小说把津门地域文化渗透到日常生活中，

---

① 冯骥才：《冯骥才谈他的"文化大革命"十年——答施叔青问》，《思想对话》，中州古籍出版社 2005 年版，第 183 页。

② 冯骥才：《我为什么写〈三寸金莲〉》，《金莲话语》，中州古籍出版社 2005年版，第 217 页。

展现了北城黄家几代人的盛衰，但着笔并不在盛衰的过程及其根源，而是由几个引子（故事）引出天津卫的三教九流。由二奶奶骨折引出神医与骗子；由韩家老爷做寿引出民间画家；由黄家闹鬼引出风水先生；由治骗子引出武功师。这些市井能耐人代表了中国民间文化中不可忽视的内容。对复杂的文化内涵既无法一味褒奖，又无法一味贬斥，民间文化是一种复杂的存在，在复杂的界定中表现出冯骥才对城市民间文化的复杂心态。

　　从辫子到小脚再到阴阳八卦的书写，冯骥才完成了对于民间文化反思的体系建构，其目的是渴望通过一种冷峻彻底的文化反省，推动民族灵魂的自我拯救和再造。但事实上，把冯骥才的反省仅仅看作对民间文化的批判有失公允，这种反思与他一再疾呼的"拯救民间文化"内涵是一致的。正因为有了反省为记载文化提供基石，才有了拯救的"全力以赴"。所拯救的主要是人们在历史中所创造的最深刻的文化形态——文化性格，我们称之为民间文化的东西。冯骥才说，正是"出于这一想法，我写了清末民初天津卫的《俗世奇人》。有人说这种小说与《神鞭》和《三寸金莲》是同一系列的。我写此文，乃是要说：非也。《神鞭》与《三寸金莲》是拿这种文化形态做背景和生活素材。而这小说则是以'记录和拯救这一文化形态'为己任"①。《俗世奇人》中出现了一批津门日常生活中的市井人物，有认牙不认人的医生；有重情谊的戏班主；有善良的奶妈；有具反抗精神的市井女性。这一些城市里的普通人，他们身上的"侠气"有力的阳刚，"情长"有水的温情；他们入世的积极表现出儒家的锐气，出世的漠然则有着道家的风骨，正是这一系列精神成为我们

――――――――

　　① 冯骥才：《文学记录文化》，《案头随笔》，中州古籍出版社2005年版，第69页。

民族文化得以延续的关键。

对冯骥才的"津门"系列曾有一种流行的批判，即认为冯骥才的小说表面上是一种文化批判，实则在批判的包裹下是用民俗面目包装的荒诞故事以实现对于民间文化的神话书写。"民俗的'真'与'伪'就此成为一个判断冯骥才津门传奇写作和合理性的关键，民俗的状写与想象在进行有意识的奇观制造的同时，契合了西方对东方的读解传统。""津门"系列完全以清末民初之际作为实践背景，"将奇观与'他性'的展示作为迎合与炫耀的有价实物"，"会使小说中与拐进一条使看客生疑又生厌的歧路"①。这一论述的确"预言"了冯骥才的困境，过分的虚构与神秘性书写将使民间文化呈现出其"丑"来，在多次书写津门传奇之后，今天的冯骥才几乎于此搁笔了。批判并非不可，但笔者认为，寻找原因更为重要，使冯骥才小说走向"歧路"的并不仅是所谓的将奇观与他性的展示，也是超越自身困境的无法解决。冯骥才是一个很强调小说观念突破的作家，他在与李陀的通信中说："我以为，新时期文学在初期完成了'突破禁区'的勇敢而又光荣的使命之后，就面临着对自身的突破。"② 综观冯骥才的小说，不会不发现这一种突破，由《铺花的歧路》、《啊》的反思到探索人生的《雕花烟斗》到充满津味的《怪事奇谈》再到《一百个人的十年》，冯骥才不断超越着自己。而选择"怪事奇谈"的目的本身也是为了超越，此外就是揭露，他说："中国文化中有一种东西，使得劣根性能够长时间保留下来，那就是文化中的魅力，它不仅是丑的、是变态的、是畸形的，同时

---

① 乔卫：《横在冯骥才面前的一条歧路》，《文学自由谈》1996 年第 3 期。

② 冯骥才：《小说观念要变——给李陀同志的信》，《思想对话》，中州古籍出版社 2005 年版，第 299 页。

它能经过异化，把它变成审美。一进入审美的层次，就被人接受，之后破坏起来很困难①。"

应该说，冯骥才的"俗化"并不意味着审美标准的世俗走向，或者说，他并未完全认同传统文化中的民间文化，而是于市井生活中"打捞"民间文化中的精神内核，或颂扬或批判，从清末津门市井生活出发，延及中国民间文化。因为对于那段历史的缺席，冯骥才基本上采取虚构的手法以守护民间文化的观念指导创作，进入真实生活。市井民情成为这一批作家所钟情的对象，在市井生活中寻找雅俗相间的平民趣味，即便有批判，也是建立在肯定基础上的。这其中体现出知识者的一种入世姿态，但他们并没有沉入到日常生活庸常的井底，写俗世而不流于庸俗。冯骥才从对市井历史的虚构处建筑城市民间文化形象；刘心武在北京胡同内寻找感人的片断；汪曾祺则从市井生活回忆中重塑城市民间文化形象，他们的写作或多或少表现出在对于西方现代文化冲击本土的理性认识上开始守护民间文化的姿态，是对城市日常生活的审美性写作。他们与城市传统文化确切地说与民间文化间的关系是密切的。因为坚守是在接受西方现代文化的基础上进行的，他们的审视才更为清醒，书写城市市井也更有了文学的传统美学意味。

第二节　从城市传统性批判到现代性反思

在论述本节之前，需要涉及一个概念，即"第三世界"，这是刘心武在阐释王朔的《动物凶猛》对"文化大革命"期间于

————————————

①　冯骥才：《三寸金莲》，《思想对话》，中州古籍出版社2005年版，第183页。

城市间游荡少年的界定。他把"文化大革命"的城市世界分为三个："第一世界"是那些从"文化大革命"中得到好处与或清醒或盲目地积极投入"文化大革命"的人们所构成的世界；"第二世界"是指所有被放置到政治上受打击受压抑一方的人们所构成的群体；而"第三世界"就是有一些生命被遗忘或被放逐在两个"世界"之外。在"第一世界"与"第二世界"都处于极度紧张，并充满了责任时，"第三世界"却处于可以极度无责任状态①。游荡成为他们的生存方式，在他们的文化构成中，革命文化并未显示出太大的作用，他们均偏离于政治主流之外，不谈责任是他们一直张扬的精神状态，对于平庸与规范又有着出自本能的近似于偏执的排斥。他们的"文化大革命"记忆是轻松自在的，这让他们以极为放松的姿态观照生活，或批判或嘲讽，率性随意。他们是那个阳光灿烂的日子里活跃着的一批与"文化大革命"时期的城市节奏并不和谐的生灵，他们渴望波动城市的空气来凸显自身存在的意义。

在"第三世界"作家的写作中，对城市传统文化的叛逆是常见的，借用钟敬文的观点，把传统文化分为主流文化与民间文化，革命时期的主流文化应该是革命文化与知识分子文化，而"第三世界"作家们对于传统文化的反叛也主要突出在这一点上。

一　"文化大革命"经验下的城市传统性批判

20 世纪 80 年代引发的理想价值问题首先根源于反传统的西化意识，反传统与西化实际上是一个问题的两面：新时期由对"文化大革命"的反思走向对传统文化的反思与质疑，之后为西

---

① 刘心武：《"大院"里的孩子们》，《读书》1995 年第 3 期。

方文化思潮的进入提供了一种契机；同时随着改革开放而来的西方现代意识的进入也强化了对传统的质疑，大多针对乡村传统文化。文化冲突在 20 世纪 80 年代中期后相对激烈，在写作上则表现为一系列的超越，包括审视传统文化之"根"的"寻根"文学；技巧革新的"先锋"小说；也有直接针对城市传统文化的批判。最先出现的是"文化大革命"间成长起来的城市青年，他们并不愿意进入既定的规范接受正统的改造从而被体制化，相反，一些被传统称为"另类"的东西，以及那些持怀疑态度的观念成为他们标榜的对象。刘索拉的《你别无选择》就真实地表现了被放逐的"嬉皮一代"人生体验，音乐学院的学生们内心涌动着一种莫可名状的情绪，渴望从教育体制下出走，却无法为自己选择一个切实可行的未来。别无选择中肯定了再选择的背叛意识，却又有着无可选择的无奈，无奈中深深地透示出质疑的无力。刘索拉的勇气在于醒目地告知了一种与正统对抗观念的到场，却又在"别无"中明示了突围的艰难，表现为城市批判与批判的无力

20 世纪 80 年代思想价值方面最明显的表现是知识分子的理想化，"整个社会张扬人文精神、生命意识、个体苦难的体验和反思"，"知识分子成为社会的良知、社会的尺度和社会未来发展的动力"①。知识分子参与政治以实现自我价值，张扬精英文化以拯救时代精神，同时接受西方文化者用西方现代文化观念对中国既定思想文化层面进行全面的否定与批判。最"先锋者"就表现为对传统的彻底清算，以及随之而来的武断与无标准，文坛"痞子"王朔的写作就表现出这种疯狂滥炸一切知识与传统，无禁忌地玩味调侃一切崇高与神圣，而文坛对于他的评论或褒或

---

① 王岳川：《中国镜像》，中央编译出版社 2001 年版，第 28 页。

贬也是多着重他的"反叛"意识,他的批判神圣与理想、无视一切既定规范,展现出城市生命的无法承受之轻,不要责任与承诺,把生活工作当作游戏,在戏仿与嬉笑中解构一切。《浮出海面》中"没有和女孩睡觉不是有什么禁忌,而是我没有爱上谁"的对道德的解构;《谁比谁傻多少》中对文化人道貌岸然姿态的解构,更重要的是把知识分子置于被批判"靶子"的尴尬境地。王朔的人物玩世不恭,自我作践,他们嘲弄自己,借此嘲弄一本正经的人,并公开宣扬"我是流氓我怕谁",《一点正经没有》中"无本事的人才写作"的方言被一群大学生拉去谈文学,他说要为工农兵玩文学,台下的人起哄:

> "到此为止到此为止。"绑架我的学生头儿跳上台,对我说,"你走吧,你还挺真诚的。"
> "我他妈当然真诚了!"我瞪眼,"我要不真诚,我早就跟你们谈理想了!"
> "操你妈!"一群男学生挤到台前指着我骂。
> "操你们的妈!"我一摔杯子破口大骂,"你们他妈有本事打死我!"
> "算啦算啦,别跟他们逗气儿。"一群温和派学生上台劝我,拉着我。
> "谁他妈也别想跟我这儿装大个的——我是流氓我怕谁呀!"

这里既有对作家的讽刺,也有对知识与理想的解构,还有对革命文学的解构。有论者认为王朔的"痞子文学"中有后现代主义的内涵,如果同利奥塔一般把后现代主义看作一种现代性的初始阶段或者说伴随现代性而生的川流不息思潮,这种现象无疑是存在的，但这并不意味着应把王朔的批判纳入现代性批判的范畴。纵观他的创作，这主要表现为两个方面：一是反精英立场；一是"文化大革命"戏仿。

欲了解王朔的城市批判，需要阐述其文化立场，即在大众文学、革命文学与精英文学中所处的位置。王朔的小说常被纳入大众文化范畴，他却说他的文化观"仍停留在过去，即认为文化是少数人的精神活动，非工业的，对大众是一种给与，带领和引导的单向关系，而不是相反"①。这种文化观包含着两层内涵：一是肯定文化精英的内涵与文化对大众的给予姿态；二是对大众文化的不认同。"决不和大众混为一谈"意味着他的文化引导者姿态，以及超然于大众文化之外的身份定位。在王朔作品中的确一再出现游荡在城市现实生活中的叛逆者，他们均是无业游民，却无须关注生存问题，而是自由地出入大饭店，开公司，参与民间组织，以日常生活中的无所禁忌来随心所欲地反对既定的思维、观念与规范。深入研究将发现这些游民并不代表挣扎在城市生活中的大众市民，相反有着一种本质的区别。真正的市民具有一种强烈的"市民气"，正如池莉《烦恼人生》中的印家厚不仅与高雅、英雄背离，更重要的是终日沉浮在日常生活中，为着生存而焦头烂额。而以超越世俗为准则的"痞子"行为或许是市民渴望，却一直不敢效仿的，更不会成为市民的主导精神。事实上，王朔笔下的人物就是在抛开生存困境、一味调侃的过程中超越了世俗，他们的生存方式对于市民始终是一种理想状态。如果把王朔的人物玩心跳、不正经看作一种理想追求，只不过这种追求在于刺穿神圣面具下看似伪善的内质，我们将发现王朔是在以

---

① 王朔：《我看大众文化港台文化及其他》，《无知者无畏》，春风文艺出版社2000年版，第7页。

一种"理想"反叛另一种理想，抵达他渴望的目标，这种"理想"拉开了他与大众文化的距离。

20世纪80年代知识分子参政议政，与革命、主流合谋，所体现的更多不是为现代文化语境下个体的实现自我与寻求精神自由，而是中国知识分子的传统精神，尚"士"的文化心理。孔子在《论语》中说："士志于道，而耻恶衣恶食者，未足于议也。"余英时也说，中国古代知识分子所持的"'道'以人间秩序为中心，直接与政治权威打交道"①，他们所面临的问题是政治社会秩序的重建。王朔的反叛就从革命、政治主流文化与知识分子文化开始。

考察王朔小说与革命的关系，可以从他的"文化大革命"记忆开始。作为"文化大革命"留守者，他的童年与少年时代都是在强烈的革命文化环境下度过的，逃脱了政治劫难，同样未能真正了解革命精神，但政治运动以标语和口号的方式进入这一代人的意识中，并未参与革命的他们却以另一种游戏的方式阐释各自对于革命的理解。从革命的角度看，这是被"阉割"的一代，他们并没有真正接受到革命理论与文化知识，放逐在极度自由状态下，或常态或非常态地自由成长，同时对摒弃自我的各种禁忌与规范表现出反叛姿态。正如王岳川所说的，作为在高干"大后院"成长起来的一代人，他们"很明确文化大革命中腐化的成份，所以才以一种彻底反叛和调侃价值的形式出现"，"骨子里仍是贬低知识的官本位'大后院文化'的另一种表达"②。王朔在《动物凶猛》中为我们提供了他对于那个年代的解释：

---

① 余英时：《士与中国文化》，上海人民出版社2003年版，第103页。
② 王岳川：《中国镜像》，中央编译出版社2001年版，第93页。

> 我感激我所处的那个年代，在那个年代学生获得了空前的解放，不必学习那些后来注定要忘掉的无用的知识。
> 当人被迫陷入与自己的志趣相冲突的庸碌无为的生活中，作为一种姿态或是一种象征，必然会借助于一种恶习因为与之相比恹恹生病更显得消极。

把革命文化界定为"无用的知识"预示了对于革命文化本身的质疑，而所谓的"恶习"就是寻求哪怕极端与放肆、只要是与无用知识相对立与冲突的。在王朔的作品中我们看到了他对"文化大革命"的另一种阐释，《动物凶猛》、《浮出海面》、《看上去很美》中出现了一批骚动不安的少年，他们懵懂地越轨，并因越轨得逞而激动。以对于革命文化的解构与革命话语的再阐释，表现出王朔与革命文化及主流文化间的罅隙，由此可见，王朔在否定大众文化时并未选择与政治、主流文化接轨，充满了对于革命的大胆反叛。

否认大众文化、批判革命文化之后，王朔同样表现出对知识分子精英文化的质疑，小说《谁比谁傻多少》中就以一个 OBM 公司的机器来揭示文化人的虚伪与虚荣，更为突出的是对于道德与责任的否定。古代传统文化中"士"作为道德的承担者，是以自己内在的道德修养来作"道"的保证，因此道德、责任是知识分子安身立命之所在。王朔却在他的小说中一再书写对于责任的背道而驰以实现对精英文化的反讽。这表现在爱情的设置上，王朔并不解构爱情本身，在他看来，爱情是纯洁崇高且可遇不可求的，《永失我爱》、《一半是海水，一半是火焰》就阐释了对于忠贞不渝爱情的追求，但他却为自己笔下的爱情选择了以失败作结。其根源在于，爱情并不仅是指两情相悦，它必定进入婚姻与家庭，但一旦进入了家庭又必然要与责任、义务相连，这显然违背了王朔对理想与责任的解构姿态,因此,纵使一再书写纯真爱情的王朔仍选择放弃。《过把瘾就死》中就设置了杜梅与"我"婚姻的破裂,书写失败的爱情,却把爱情设置为超然世俗,从中再一次阐明作者对责任、义务等严肃话题的断然拒绝。

否定城市大众文化与知识分子传统精神的王朔意欲何为?王朔是以此标新立异,还是以退为进?在写出"痞子文学"之后的许多年,王朔这样解释当年的自己,"他的反文化反精英的姿态是被迫的,你想,他确实是没念过几年书,至今看罗素还要打瞌睡,要他做知识分子那就是赶着黄花鱼登陆猴子尾巴立刻露出来,一天也混不下去",但"未必一开始真想和知识分子闹翻",只是为"扮演一个淘气的孩子,引人注目"①。王朔界定自己为知识分子,并以知识分子身份与知识分子为"敌"看似荒谬,究其根源却发现这其中体现了王朔对自身出路的思考。自嘲的解释有着边缘者进入中心的艰难、尴尬与牢骚;"并不想闹翻"与"被迫"一词又清楚地告知了对知识分子文化的妥协姿态。但事实是,某种意义上作家王朔就是一个知识分子,只不过这一知识分子并不寻求与政治间的共谋。他说:"不管知识分子对我多么排斥,强调我的知识结构、人品德行以至来历去向和他们的云泥之别,但是,对不起,我还是你们中的一员,至多是比较糟糕的那一种。"② 在此可以确立,无论对于大众文化的否定,革命文化与知识分子文化的否定,王朔本意并不在于建构一个"另类"的文化形态,批判传统知识分子就在于确立另一种知识分子的到场,它为王朔进入知识分子群体提供了可能。因此在王朔的主题

---

① 王朔:《我看王朔》,《随笔集》,云南人民出版社 2004 年版,第 115—116 页。

② 王朔:《我看大众文化港台文化及其他》,《无知者无畏》,春风文艺出版社 2000 年版,第 7 页。

写作上，可以说，他所批判的文化并不是城市现代文化，相反，正是借助于现代文化来批判城市传统文化中的某些内涵，以此达到自己进入知识分子阶层的彼岸。

以执着于城市"另类"形象来确立自身知识分子的身份，表现在他与城市关系的书写中就是拒绝进入与进入的矛盾心态。所谓"拒绝进入"是指对城市传统文化中某些内涵的背叛；所谓"进入"是指自觉在城市间寻找自我定位。探讨王朔这一心态，我们不妨从王朔在《动物凶猛》中的一段话开始：

> 我羡慕那些来自乡村的人，在他们的记忆里总有一个回味无穷的故乡，尽管这故乡其实可能是一个贫困凋散毫无诗意的僻壤，但只要他们乐意，便可以尽情地遐想自己丢失殆尽的某些东西仍可靠的寄存在那个一无所知的故乡，从而自我原宥和自我慰藉。
>
> 我把这个城市认作故乡。这个城市一切都是在迅速变化着——房屋、街道以及人们的穿着和话题，时至今日，它已完全改观，成为一个崭新的、按我们的标准挺时髦的城市。
>
> 没有遗憾，一切都被剥夺得干干净净。

因为乡村人虽然"丢失殆尽"了某些东西，仍在想象中寄存于"一无所知的故乡"而"羡慕"他们，似乎在表明居于已"改观"城市的王朔并未有某种渴望与理想，而对于城市传统文化的批判也是出于无奈。事实上，一个以城市为自我存在之所的人，所熟悉、所恋、所恨都在这个城市，身为"文化大革命"留守者，无疑应是城市最为活跃的一族，并渴望依然成为城市中坚，或至少与众不同，以此凸显自己城市"主人"的身份。但不断的外来者在逐渐占领城市，况且大为改观的城市与故乡城市早已不能等同，这是另一种意义上的遗失故乡，城市"主人"身份早已不再，或许最能凸显自身个性的方式就是对城市价值规范的反叛，以另一种方式引领潮流，写作只不过是王朔以反叛的方式获得被认同的策略。

王朔的城市书写表现了"文化大革命"中间成长起来的"嬉皮一代"因成长期没有特别有根基的生活方式而形成的叛逆姿态，这种叛逆确定了他人物的独特意义。无所禁忌地反叛既定价值，解构现有文化模式，却又无法建构，或以另一种更为合理的模式取而代之，其结果就是抛弃了一切，包括虚伪、正经、神圣、道德。对此，王朔在回顾自己的写作时也曾有过遗憾的表述："我年轻的时候有改造社会、开一代风气的雄心，文学可视为英雄。对知识分子的嘲弄批判使我有快感同时也失去了最后的道德立场。"① 在对城市传统文化的批判中表现人与城市间的对立姿态，这种姿态并不决然。刘索拉早已以别无选择宣告了选择的无力，王朔却又以进入知识分子行列表明人与城割不断的联系。身为作家的王朔对于城市传统文化进行批判，身为城市人的王朔对城市并未有厌弃姿态。揭示虚伪面具下的伪善，还原哪怕庸俗的真实，叛逆传统道德的城市写作或多或少引导了此后城市作家对于城市传统文化的书写。

二 城市现代性反思

当我们把城市文化置于消费时代进行审视，城市文化已不仅仅表现为某些既定的（传统文化）抑或前卫的（现代文化）观念，更多表现为现代性语境下的一个符号与象征，它的负面因素

---

① 王朔：《我的文学动机》，《随笔集》，云南人民出版社2004年版，第142页。

使得作家对城市的书写也多纳入审美现代性下的反思之中。本雅明曾以"天桥"作为城市研究的个案，他认为"天桥"使诸多陌生人相聚后擦身而过，揭示了现代城市中人存在的孤独境况。马尔库塞用"异化"一词来概括这种个性生存的孤独状况，他把工业社会看作一个极权主义社会，无论在政治、文化、思想与生活领域，社会与思想都表现为同一的价值取向与评价尺度。造成这一存在的关键是技术的进步，这使得发达工业社会通过各种传媒以及充分富裕的物质财富满足人的需要，实现对人的控制。一方面，科学技术带来了人类征服自然解放自我的可能，却又以过剩的物质成为钳制人的工具；另一方面，启蒙现代性带来了人类主体意识的解放，泛滥的物质又以锐不可当之势进入人们的日常生活，引导与建构人的生活方式，消解人的主体性。在泛滥的物质面前，作为存在主体的人逐渐表现为批判的、否定的、超越性的和创作性的内心向度的丧失，成为单向度的存在。这样的人"不仅不再有能力去追求，甚至也不再有能力去想象与现实生活不同的另一种生活"①。现代城市与人的关系就是物质与人的关系，人无法超越城市与物质存在，且获取越多的物质，个性自我丧失也越大，生活于城市使人类在精神上陷入了一种孤独境地。

如果说，20世纪80年代王朔的城市批判是针对城市传统文化而言的，并通过西方现代文化得以实现；那么，90年代邱华栋的城市批判是针对城市现代文化而言的，并纳入到城市现代性反思思潮之下。90年代人与城的关系有了进一步改变，非主体化倾向把"大写的人"逼进无处躲藏的角落，物质利益充盈着整个社会思想，渴望寻求自我的人们开始反思城市现代文化，对

---

① 刘继：《译者的话》，〔美〕马尔库塞著《单向度的人》，上海译文出版社1989年版，第2页。

此却无能为力，从城市出走是这一反思后的"对策"，却无法抵达。从城市出走亦无法抵达正是邱华栋面对城市的姿态，这一点我们不仅从他的人物欲弃城而去又终未能离去的矛盾中找到证据，还可以从他本人对城市的言说中得以证明。他说自己"对城市的感觉确实是矛盾的，既想进入又想拒斥，既想拥抱它又感到害怕，既想融入它又想疏离它"①。有人把矛盾的根源归结于邱华栋由西部荒原进入东部大都市所产生的不平衡、动荡、失调心态，但问题是"外来者"身份并非构成矛盾心态的充分条件。20世纪90年代的大都市容纳了许多"外来者"，他们进城之初带着分享城市利益的渴望，有面对先行者的不平衡，自然也有回顾后来者的庆幸。作为由新疆某城市进入北京的邱华栋，心里一定也经历了由边缘进入中心的超越之感；但作为一个已熟知城市并未有历史纠缠体验与记忆的"外来者"，他又是极其自觉地进入城市并参与城市生活构成。邱华栋曾说过："对于我而言，我不可能去虚拟历史，我是'文革'后成长起来的一代人，我对当代中国历史缺乏体验记忆。我因而对当下生活非常感兴趣，我生活在城市中，我的朋友以及很多人都生活在城市中，我便把写作的视点放在以城市为背景了。"② 在历史与现实中选择了现实；在新疆与北京中选择了北京，从这一意义上看，我们不难理解邱华栋何以强调自己是北京人。为北京新移民一族对北京城市的体验毕竟不同于北京本土人，王朔面对自小穿越的京城小巷，所向披靡的调侃中含有"本土人"的霸气与放肆，在邱华栋身上，则代之以外来者或积极或疲倦的挣扎，他们必须作为"生活主

① 邱华栋：《穿越都市——邱华栋访谈录》，《花城》1997年第5期。
② 邱华栋：《我的城市地理学和城市病理学以及其他》，《南方文坛》1997年第5期。

动的寻求者，承担者，甚至是创造者，接受者，他们自己就在这里面摸爬滚打"①。积极投身于城市与现实胶着的存在状态，并自觉描写当下城市生活，邱华栋选择了"生活之恶"。

在王朔笔下，对于城市批判尚留有爱情的一席之地，爱情走向失败与他对责任、义务的不得不放弃相关联；在邱华栋笔下，爱情的失败却不仅是无视责任，而是生活之恶造成的，因而他从责任的放弃走向对其本质的挖掘。在邱华栋看来，爱情在城市已成虚妄。《生活之恶》中的眉宁为了一套房子出卖肉体与爱情；吴雪雯在遭受背叛后渴望成为家庭主妇，但家庭的琐碎与庸俗彻底破灭了她的梦，杀死后女逃离家庭表现出对生活的复仇。纵使现代城市的生灵也曾渴望过高雅与浪漫，但这种渴望在残酷的现实面前化为幻影。

由对城市环境所造成的人类生存困境出发，走向对整个城市现代性本身的批判，邱华栋进入了城市病理学的思考，表现为城市系列人的书写。他说："我发现城市多多少少都有一些病，这当然是现代性病症，我开始关注城市病理学，我发现城市人可以加上很多定语：平面人、广告人、直销人、公关人、钟表人、电话人、电视人、化学人、持证人……于是我写了一系列的'人'等系列小说，从城市病理学入手，由城市地理学转而进入了城市病理学讲述。"② 城市病主要表现在城市中人的变化上，由能主宰自我的存在个体转变为被物质主宰，而对城市的批判则主要表

---

① 邱华栋：《不能卸装——邱华栋访谈录》，《小说评论》2003 年第 4 期。

② 邱华栋：《我的城市地理学和城市病理学以及其他》，第 44 页。邱华栋在《城市漫步》（中国广播电视出版社 1999 年版）之第一辑《人群》中，扫描了 40 种都市人；第二辑《场景》中扫描了 40 个环境要素；第三辑《经历》中描述了城市生活中自我心灵片断来展示城市文化新景观与城市于个人心灵的投影（见《自序》），小说中的"人物系列"就是这些随笔的一种扩展性书写，其根本的思路是一致的。

现为展示都市欲望。在现代社会，工业革命带来了前现代社会所未有的物质文明，从精神层面上，由对自然、上帝等信仰的彼岸世界走向"我是上帝"的此岸世界，张扬个性与自由；同时也带来了隐患，即无限膨胀的物质欲望导致人的"异化"，逐渐吞噬了生命个体的意义。"在这一社会中，生产装备趋向于变成极权性的，它不仅决定着社会需要的职业、技术和态度，而且还决定着个人的需要和愿望。因此，它消除了私人与公众之间、个人需要与社会需要之间的对立。对现存制度来说，技术成了社会控制和社会团结的新的、更有效的、更令人愉快的形式。"① 过度的生产和消费压倒了一切，生产技术以其不合理的合理性渗透到人们的日常生活中，机械的无限复制造成了单向度的城市环境与思维，以及单向度的个体。《音乐工厂》中就表现了人的"异化"，即人正在被物质吞噬的"命运"，音乐工厂购买了只要咳嗽一声就能制成一首歌的音乐合成机器，谁是歌者已不重要，重要的是制作与包装消解了人的主体性，人的本质附着于物质之上，个体的人成为无意识的符号。对"单向度"现状的反思在邱华栋小说中还表现为现代人彻底地追求自由，放弃责任与义务，视爱情、家庭为自由状态的障碍。《生活之恶》与《把我捆住》就表现了现代人已不再愿意栖身于如此庸常的家庭生活中，也不想为任何人、物与观念所束缚，他们一味解构永恒、崇高、神圣，生存感成为生活的第一要义，这种"生存感"是以物质的获取为衡量标准。由概念化的城市到概念化的人的揭示明晰了个体如何在物质面前丧失了意义。对"单向度"人的探讨走向面对城市现代文化的反思是邱华栋城市书写中最为重要的部分。

在《环境戏剧人》中邱华栋确立了自己与上一代人的差异，

① 马尔库塞：《导言》，《单向度的人》，上海译文出版社1989年版，第7页。

后者追求理想的热情的确也激动过这一代人，但物质充斥的城市是否还有个体追求理想呼声的空间与意义？"戏剧人""我"毕业于中央戏剧学院，与龙天米做搭档，我们演一些不愿意感动观众的戏，在戏里不表现人生与生活，因为"戏"就是戏，戏与人生、生活不同，换句话说，我们就是两个空心人，冷漠、机械地玩着刻板无聊的戏。后龙天米怀孕出走，说要去找孩子的爸爸，没有人承认，"我"尾随着，发现与她相处的是不同阶层的城市人，这种设置一方面可见在这一代人身上爱情、责任感的失落，另一方面则是游戏人生的态度。小说写到"我"曾经非常爱张承志，尽管他好像被很多人看作一个圣徒，因此"我"要去大阪和金牧场把剩下的东西捡回来，那些东西是张承志所呼唤的为许多人丢弃的人文精神。但到达大阪之后，"我"发现我们这一代与他有很多不同的想法，"我"只看见大阪路上一堆易拉罐，并对寻找的意义产生了深深的怀疑，这种意义就是终极目标。"我"与生活的关系，实际上也是"我"与城市的关系，"我"和城市就像两个骗子一样互相提防，而又不得不互相信任。"城市已经彻底地改变了我们，让我们在城市中变成了精神病患者、金钱者、持证人、娼妓、幽闭症患者、杀人狂、窥视狂、嗜恶者、金钱者、自恋的人和在路上的人。"《时装人》中展示的是被包装的城市，千篇一律，缺乏真正的个性与灵魂；《公关人》中的人与人戴上面具交往，谁都很难透过面具达到对方的内心与灵魂，更不必说心灵间的交往了。由此作者发出了惊叹："人是贫乏的，人的肉体是让人厌弃的，人的灵魂没有固定的面孔，只有面具才真正能呈现出人的灵魂。"在《持证人》中一个人能证明自己身份的是证件，证件远比人自身更重要；在《钟表人》中时间被钟表化了，生活被钟表化了，人也被钟表化了；在《直销人》中公众信息以势不可当的力量无限吞噬私人生活,并把原先丰富的私人生活改造为平面化,逐渐销蚀了个性,包括语言、思想观念。人越是感受到个体力量的丧失,就越需要物质的获取来填补这一丧失感,而所需要的个性实际上也是技术工业设计好的"个性",即包装,个体对自身的生活失去了主宰权与把握感,适应此种方式的人们渴望离去,终究力所难及,这也是《直销人》中的"我"渴望离开城市,离开广告人强加给自己的各种物品却没有退路的根源,"我"呼喊时没有一点声音。可怕的不是堕落,而是堕落时非常清醒,这是一种无奈的清醒。在《鼹鼠人》中韩非人对充满欲望的城市早已绝望,城市现代化毁灭了他赖于生存的城市故乡,绝望的韩非人最后以非理性的方式对抗理性,并逐渐走向灭亡。

城市遭受着欲望的冲击,生命个体在挣扎中沉沦,由沉沦而新生,这是放纵与自救的胶着,在批判作为一种普通书写城市的姿态之时,邱华栋从"病理学"角度凸显自身,以中产阶级的生活为观照对象,以环境对人的影响批判都市,包括城市的电气化与信息、摩天大楼。如果我们以乡村为参照物面对城市,不难发现这些其实都是都市文明的标志,邱华栋对此的一概否定在于随城市病态设置而来的"偏见",这一种所谓的"偏见"与现代性的反思品格是吻合的,即现代性带来的破碎、平面化、机械复制、工业暴利、生态威胁以及个人自我丧失的批判,由现代性反思到消费社会下的城市批判,城市被看作现代性的标志与象征。因此,邱华栋将城市批判纳入整个现代性的反思中,在理性观念指导下进入城市思考。

但毕竟对城市现代文化反思是时代共同的话题,这种反思也同样出现在"进城"作家与"返城"作家的写作上。例如张炜向乡村文化的回归;格非对于城市现代性的反抗;张承志向草原(乡村)寻找理想的书写等。何以能突出邱华栋自身的特点?不妨拿格非与邱华栋的城市现代性反思作一比较。首先，格非的城市批判存在着一定的困境，是出走又无法抵达的批判，这点与邱华栋是相似的。他们的区别则表现在，格非作为一个"进城"作家在他观照城市文化时，乡村传统文化是一个隐形参照，他的城市现代性批判更集中在以传统文化道德为评判标准的城市伦理道德批判上。比如，精神的堕落、优越的城市物质条件、自由的文化氛围不会进入他的城市批判视野内；邱华栋更多站在后现代文化视域下观照现代文化，一元化、平面化、机械化、面具、谎言通常成为他关注的焦点。其次，格非的城市批判属于文化批判，现实城市并不像他笔下那样充满着太多欲望，并不是城市本身有什么问题，只是城市文化中充满着精神堕落的部分；邱华栋的城市批判则从病理学角度，城市文化不是他要审视的，在他看来城市生病了，一个生病了的城市其文化、思想、城市人都是有病的。第三，对于城市的批判态度，格非的态度是批判与无奈，《欲望的旗帜》中对城市的精神溃败，格非还曾想着用爱情来拯救，最后当爱情也表示了它的无能为力时，人物的自杀、疯狂或者苦闷都是无奈的表示。无奈之后，格非陷入了困境。邱华栋对于城市的态度是复杂的，城市是恶之花，对于"恶"他是憎恶的，对于"花"他又是渴望的，即便有批判，进入城市却毫不犹豫。正如《午夜狂欢》中所说的，尽管城市冷漠、华丽、高大而又令人惊羡，但"他们就在城市里生活着，是城市肠胃中的蛔虫，分享着城市肚腹中的油脂，因而他们都既爱它又恨他"。

身为作家的邱华栋对于城市现代性的认识极富理性，但身为新都市人的邱华栋又自觉进入城市，批判与进城之间带来了批判的无力，即不放弃城市又批判城市，这就导致了批判本身的暧昧。邱华栋城市批判的无力与他从边缘进入中心的"外来者"

身份是分不开的。"外来者"与都市的关系至少有这么几种，或作为物质的崇拜者，或利益的参与者或城市的审视者。物质崇拜者丧失自我；利益参与者自觉投入城市；城市审判者则带有否定姿态，邱华栋显然选择了后二者以建构他的城市书写。"否定"表现了一代知识者面对物欲都市的自救意识，但"投入"姿态又弱化了否定的意义，双重心态使他们绝不可能弃城而去。没有记忆与历史，精神与信仰的一代人怀揣着梦想进入城市，因为城市创作了无数不可能的可能，他们以所有青春热血为赌注投入城市，即使输个精光也不忍离去，而一旦离去则意味着将以"最大的输家"为结局。城市新一代尽管一再表现出放弃姿态，也并不可能有真正的出走者，身为城市的一员他们最是无处可走。对于城市这种批判的无奈与无力，包括当下的城市生活和写作都充满了一种浮躁与欲望的气息，邱华栋是深有感触的，21世纪初他选择了从城市撤退。他说："在对都市生活的多年关注和写作之后，我把目光投向了遥远的历史，投向了一百多年来的近现代，以及在中国的一些外国人的活动，和他们对剧烈变化中的中国的感受。"① 《戴安娜的猎户星》就是证明。从这一点上看，他是一个清醒的写作者，也是一个勇于超越自我的写作者。

三 后现代狂欢及其余虑

1998年10月，《北京文学》用大篇幅刊出了一份名为《断裂：一份问卷和五十六份答卷》的问卷调查，这份问卷的最初发起者是韩东，后以朱文的名义发出了一百多份问卷，收回了56份。问卷中涉及到许多尖锐的问题，包括文学批评对于创作的影响、大专院校里的现当代文学研究价值、作协的意义、《读

---

① 邱华栋：《戴安娜的猎户星·后记》，长江文艺出版社2004年版，第243页。

书》等权威期刊的意义、经典作家写作的指导意义、西方哲学家对于创作的影响等，朱文对于这一系列问题的答案都是否定的。我想，这样一种姿态实际上就是他对待创作的姿态，一个是怀疑，一个是批判，先有怀疑随后有了批判。怀疑的是什么？所批判的又是什么？韩东曾这样界定这一代人的怀疑意识："我不是任何意义上的'确信者'，我们的目的不是为了教化或布道。我们是那样地犹豫和矛盾，虚无绝望，同时又对人世间的快乐充满眷恋。""怀疑在我这里就是怀疑，不仅是对信仰的怀疑，同时也是对不信的怀疑。"① 对这一个群体来说，彻底怀疑是面对一切的态度。那么怀疑的是什么？他自己又是站在怎样一个立场来怀疑的？从朱文的问卷答案可以看出，这种怀疑至少包括两点：一个就是肯定、既定、完整，另一个是经典、中心，怀疑所达到的就是多元、可能，各种断裂。

带着怀疑姿态进入城市创作的朱文把"性欲"作为他观照的对象，他的主人公无一例外都不富裕，甚至可以说穷，如小丁、《弟弟的演奏》与《我爱美元》中的"我"，但他们对这个社会的现存体制与传统观念却充满着仇恨，并且用"性欲"表现出来。这种性欲到了泛滥的程度，以致"碰见一个女人就立刻动手把她往床上搬，如果一时搬不成，我调头就走，绝不拖泥带水，因为我时间有限，我必须充分利用做一些实在的事情"，这是一群对一切玩世不恭又躁动失落的城市游荡者，是王小波所谓的"沉默的大多数"中的一员。

在《弟弟的演奏》中，朱文塑造了一个勃起的年代，全民的性意识觉醒，性欲望高涨，"我"是一个秘密的病菌携带者，这个病菌指的是一种叛逆的、带有腐蚀性的、难以抵抗的观念。

---

① 　鲁羊、韩东：《虚无和怀疑》，《青年文学》1996 年第 3 期。

其实大学校园的许多学生充满性欲，叙述人"我"一个学期天天潜入女生宿舍过夜；老五因强奸被送入监狱；同宿舍的其他同学也为找到一个女孩子而东蹿西跳，但"性"是被压抑的，因此叙述者"我"与小初的性冒险只能接受处分，为招引女孩子的诗刊也被保卫科加以禁止，性欲的发泄最后都以失败而告终。教授、优等生在"我"看来都是不正经的。"他们成功地把性幻想变成了远大的理想，成功地把致命的女人变成了可为之抛头颅洒热血的人民，成功地把狭隘的床笫变成了广阔的祖国大地。"换句话说，他们从不正视自己的欲望，只是用别的方式来宣泄。一切欲望遭受管制的校园让"我"感觉无聊，建新说他要死了，"我们一下子兴奋起来，太好了，终于有些事情了，这真是太好了"。如此，把大学生刻画得低级、庸俗、淫乱，人们观念里校园的纯洁、神圣与崇高想象也被摧残得七零八落，校园并不产生浪漫，"大学校园不再是象牙塔，也不是净土，更不是生产理想和浪漫的地方，而是一个青春的阉割场"①。在张扬性欲的过程中，朱文进行了批判，所批判的正是这些与性欲对立的神圣、崇高等传统道德与正统体制。

《我爱美元》中的讽刺意味更为直白，某一天，"我"、老女人王晴在睡觉，父亲来敲门，父亲性格暴躁，警犬一般，是"我"道德上的"监护"者。"我"并不感到羞涩，奇怪的是，父亲对"我"的性生活也并不干涉，只是不希望"我"跟她结婚。"我"跟父亲说话没有一点正经，"我"始终认为父亲是性欲"旺盛"的人，只是有点生不逢时，他们那会儿的性欲不叫性欲，而叫理想或者追求。在找弟弟的过程中，"我"对父亲进

---

① 杨胜刚：《没有旗帜的对抗——朱文的写作姿态》，《小说评论》2001年第4期。

行了一系列"性欲"的试探,"我"想看到父亲正经的外表下充满着欲望的内心,于是在餐厅、电影院、夜总会通过各种方式"纵容"父亲的性欲,并和父亲进行了一系列对话。父亲对"我"感到焦虑,"我"也企图说服父亲,用平常心对待"性":

> 我们知道性不是坏东西,也不是好东西,我们需要它,这是事实。
>
> 如果我们的生活中没有,正好商场里有卖,我们就去买,为什么不呢?从商场里买来的也是货真价实的,它放在我们的菜篮里,同其他菜一样,我们不要对它有更多的想法。就像吃肉那样,你张开嘴把性也吃下去吧,只要别噎着。
>
> 你要努力吃得体面一些,你要努力吃得心安理得,你要努力吃出经验来,你要努力保持住你良好的胃口。
>
> 吃肉的时候你犯不着来一段抒情,或者来一段反思,那么性也一样,吃吧。
>
> 父亲打断了我的夸夸其谈,他对我说,那好,就用你的话我再给你进一言,性这玩艺只能当菜吃,不能当饭吃。

终于在夜总会我们带回来两个女人,父亲对此事也默认了,"能当菜吃",还是要吃的。一次次的诱惑,父亲终于不再掩饰自己的性欲。事实上,父亲和"我"在一起的时候,并不过于压抑自己的欲望,弟弟却更是父亲潜在的道德监督者。当"我"和父亲分别带着女孩进电影院的时候,让父亲总不能放松自己的是那些小孩的年龄,在她们身上,父亲看见了自己的女儿。从这一点看,压抑父亲性欲的不是父亲对于精神、理想的信仰,而是身为父亲的责任感。换了一个年长的女人,父亲未必不会接受。在"逻各斯"中心主义者看来，"父亲"是一个至高的称谓，它代表着权力、中心、理性等，而在此处父亲的形象被彻底丑化，实则是对以"逻各斯"中心主义为理论核心的现代性的批判。

在朱文的小说中，我们能看到对于一切的怀疑，甚至包括叙述者本人。小说中的叙述者"我"通常是一个作家，是靠写作来发泄性欲的人。王朔笔下对于作家也有过嘲讽，方言说"无本事的人才去写作"，有嘲讽意味，而在朱文这里，写作成为一种性欲的发泄，写作就显得卑下。这里也可以看到弗洛伊德的观点，即写作是欲望的升华，朱文笔下的作家不仅通过写作来发泄欲望，还有行动。《我爱美元》中"我"的小说通篇写的都是性，因此，父亲说"我"有问题，弟弟说"我"堕落了。"我"毫无理由近似偏执而疯狂地渴望"性"，渴望超越一切禁忌，这正是后现代主义的怀疑姿态。"后现代主义的怀疑论，既包括对外在世界的怀疑，也包括对自我的怀疑。它反中心、反权力中心、反权威中心，亦反自我中心，认为作家不是非凡的'创世者'，而是与生活中平凡人一样充满困惑，充满难言之隐，有时也无所适从。"①

由后现代主义的怀疑论，我们再回到小说，朱文怀疑一切严肃、崇高、理性、意义，那么他所要达到的目的是什么？《我爱美元》中宣扬的是性欲的真实存在及金钱的魅力；《弟弟的演奏》中同样是提示性欲的存在，而现实生活是需要人"阳痿"之后才能进入的，可见怀疑的目的至少有一个就是揭示真实，这个真实就是性欲的存在。朱文的人物总在性欲的发泄中沉沦，最终走向的不是获得了满足，而是极大的虚无感。在《如果你注

---

① 张首映：《西方二十世纪文论史》，北京大学出版社1999年版，第461页。

定潦倒至死》中程军在强烈的肉体欲望主宰下，感觉到"什么都不重要"了，"无所谓"了，并且认为"我们都是冲动的奴隶，而冲动总是来得直接、不容回避，所以冲动是超越道德判断的"，所以人生只剩下性欲。在《让你尝到一点乐趣》中小丁就是这样一个虚无者：

> 小丁的身体已经一半顺势滑到梦里去了。难道我准备再睡一觉？他问自己，这未免太过分了。小丁挪了一下身子，把陷在梦里的那一半重新移出来。他想打起精神走出门去。但是出去又能干些什么呢？没什么新鲜事，没什么能激起他热情的新鲜事。既然如此，那还是在屋里呆着吧。这个艰难的决定刚做出不到10分钟，小丁均匀的鼾声就响起来了。

由真实走向虚无，朱文的人物在游戏人生，他们用身体而不是理想感受着生活，由此也可以看到朱文自己的写作姿态，强调用生命个体的身体和内部心灵出发体验人生，用身体的欲望反抗压抑欲望的道德，以一种无所忌讳寻求真实的狂热批判一切虚伪。在批判中，朱文选择的是有些潦倒的青年人，"一洗牛仔衣就没有衣服穿，穿上二十块钱一套的廉价西装也不挑剔"，或者出去疯狂一下还要把所有的硬币都带上，他们都是日常生活中的普通人。作家对于人物身份的设置总是有用心的，"底层"意味着与权力、中心、精英的对抗，作为大众的一员，所代表的是大众文化，反对的正是主流文化与高雅文化，后现代语境下的城市批判才表现得极为明显。

把后现代主义的"怀疑论"作为小说的关键词，朱文选择了一种消极、游戏、断裂的写作姿态，他的城市批判从邱华栋的病理学批判层面走向了从城市日常生活实现对城市生活的文化批判，目的是消除现代性的中心、权力话语，抵达后现代语境。朱文潜入日常生活的状态是极其放松的，毫无隐讳，然而又是一种非常放松的从日常生活出发的反戈一击，矛头直刺披着各种现代性伪装的假道学。朱文的人物是从未有过话语权的普通大众，甚至身份卑微者。他们的到场预示着沉默的大多数开始发出自己的声音，超越一切禁忌，实现后现代狂欢。

"游荡"、"对抗"是阐释他小说的关键词，但事情却似乎没有如此简单，这可以从朱文小说的疑点中看出来。《弟弟的演奏》中明明没有弟弟，也没有任何人演奏，为什么选这样一个题目？这莫非是朱文灵感一现的游戏姿态？其实别有用心，不妨作多种假设，"演奏"体现出弟弟对于音乐的爱好，而音乐艺术通常为浪漫、理想的象征，弟弟的演奏可以设想为小说的背景，在如此浪漫的音乐背景中上演一出宣泄欲望的故事，有些对于理想与浪漫进行讽刺的意味；演奏的弟弟还在渴望寻找理想，但他已经退到幕后，这对于理想与浪漫的追求者又是嘲讽；如果弟弟只在演奏时才想着浪漫，结束后一样沉浸于这个性欲勃发的世界，那就是对这个世界的莫大的嘲讽了。但"我"也曾经是"弟弟"，"我"是不是也曾经有过和弟弟一样对于音乐或者文学的迷恋，对于理想的渴望？《我爱美元》中弟弟的形象出现了，"我"并没有对他作任何评价，即便他一直认为"我"堕落了。他的手指细长而富有魔力，他想做一个流行音乐家，想退学，"我"其实是支持他的。在小说中，弟弟和"我"实际上是两个塑造得完全不同的人物，按"我"这种认为"性欲"是天下头等大事的人应该会嘲笑他的"守节"吧，但"我"没有这样做。"我"和父亲一直找他，找不着，在我们由于钱不够而被小姐"甩"了之后回到家里，他却出现了。他的出现让父亲猛然苍老而疲惫。试想，如果父亲和"我"把女孩带进家里，遇到弟弟，那小说该如何发展？一定是弟弟的绝望。让绝望的弟弟最后放弃理想，沉溺于欲望，那一定要天下大乱了，或许也能更好地实现"众神狂欢"了。朱文却让弟弟出场，显然是把他作为道德的监视者，无言的法官。更进一步说，弟弟的出场与否并不重要，因为道德法官实际上就存在我们自己的内心。这样看来，朱文的批判与怀疑并没有一走到底，在他眼里还有一个纯洁的东西，那就是"弟弟"，我们内心都有一个"弟弟"，我们也曾经都是"弟弟"。事实上，我们并不仅仅需要纯洁的弟弟，"弟弟还需要一个体面的没有污点的父亲，我们眼下还仍然需要一个体面的令人尊敬的父亲"。如果我们并不把"弟弟"、"父亲"看作现实生活中具体的人，而是说弟弟代表着明天、未来，父亲代表着昨天、历史，那么如此设置人物至少可以表达作者这样的思考，今天的罪恶与糜烂就在今天结束吧，我们还需要一个好的记忆与好的希望。这样，再看小丁的虚无，我们就能找到原因了，因为纯洁的弟弟是人生中辉煌的部分，纵欲的小丁就必然面临着苦闷与虚无，所以朱文作品中的人物一次次出轨，必将一步步走向绝望。

有一点需要提及，文学作品中描写"性欲"并不鲜见，如陈忠实的《白鹿原》、张贤亮的《男人的一半是女人》、王安忆的《岗上的世纪》等，不过它们对"性"的场面用了唯美的笔调，这些作者也是以肯定人性的姿态来写"性"的，到了朱文笔下性却成为如此肮脏不堪的事。当作者的写作最终要抵达某个精神境界时，任何形而下的写作都会是一种美；当作家的写作最终抵达的是形而下时，即便美的事情也会变得丑陋。但朱文的形而下写作并没有最终坠入深渊，这是写作的朱文在妥协还是朱文的写作在妥协？朱文说："我认为我的写作比我这个人要纯粹。在写作中，我为这种对立寻求某种解决，成功与否实际上都不是

我可以切实把握的。"① 写作只是一种职业，任何一种思考所指
向的都是为作家的朱文，也是为普通人的朱文，只不过其中的原
因或者是出于文学写作策略的考虑，或者出于批评家的考虑，或
者出于读者的考虑，或者出于编辑的考虑，这已经不重要了。笔
者认为，1998 年写《断裂》问卷时候的朱文是应该走得最远的
朱文。

　　20 世纪 90 年代的文坛曾有过"二王"与"二张"的论证：
一个是放弃崇高，不谈理想；一个是坚守信仰，肯定理想。把跨
越一个年代经历不同的"二王"放在一起，其本身就是一件很
有意思的事。王蒙这样说道："读王朔的作品，多少能尝到一点
能犯规和调侃的快乐；不能再活得那么累，那么傻，这本身，已
经显示了王朔的作用与意义。"② 而在经过了世纪之交后的今天，
张炜不再寻求"葡萄园"，张承志"告别"西海固，这样看，王
蒙像个先知先觉者，或许经历的苦难越多，对于人世看得就越透
彻，这一点，也肯定了王朔写作的意义。从王朔到邱华栋再到朱
文，对于城市的写作姿态呈现出一条清晰的路，即由对于既定传
统文化的批判到城市现代文化的反思，之后走向后现代的狂欢。
但他们的批判竟无一例外都有着对城市本身的暧昧，这种暧昧表
现在创作上就是对于城市的不同批判思路中包含着同一性，即批
判的无力感。正是在渴望中拥抱，在失落中厌弃的二重心态使得
城市作家的城市批判左顾右盼、举棋不定。王朔的停笔、邱华栋
走向历史题材写作、朱文更多关注电视剧能给我们一些对于城市
写作的启示，在对城市或放弃或迎合的复杂体验被不断重复之
后，我们还有何种独特的城市经验能得以发挥？尤其在物质化带

---

① 朱文、林舟：《在期待之中期待——朱文访谈录》，《花城》1996 年第 4 期。
② 程明：《名家说王朔》，《东方艺术》1994 年第 3 期。

来了城市单向度的思想与社会状态的今天，一些作家在反叛崇高与神圣中大胆宣扬卑劣与低俗，以此来对抗虚伪，真实固然可贵，但是否因此就意味着卑劣值得肯定？我们又需要何种观念指导城市书写？我们有冯骥才等对于市井民俗的追索；有铁凝等对于城市人性之美的张扬；有陈染等离城市而去进入自我世界的决然姿态；有梁晓声等为城市平民呐喊的人道关怀，然后我们遭遇了新一代"断裂"的宣言，以断裂表明自我个性书写的到场与合法性。文学有其永恒性，亦有其超越性，任何一种超越都无可厚非。在断裂的写作中我们看到了对城市欲望的面对姿态，以紧贴城市日常生活来反对一切无论有无伪善的崇高和美，把真实上升到无以企及的高度，但这种真实又总是有意无意与美错位。应有的美感与责任感在逐渐消失，如果"断裂"的意义仅仅在于将文学与生活等同，在文学中无法找到美与理想，那么后一个忧虑就将是文学还能给我们什么。

第三节　"遥想"乡村的写作

一　"想象"乡村的书写何以可能

一般来说，在已有乡村经验的基础上选择乡村写作是容易的，因为经验可以提供兴奋点，而对于缺乏乡村体验者，这种书写是否有可能以及书写能否凸显自身并不确定。进入当下的乡村应该不现实，即便对于远离乡村多年的"进城"作家，要他们写当下乡村的现实生活也是困难的，乡村在现代文化冲击下如何变化其本身不易把握，虚构也不容易。相对而言，凭着虚构进入历史打开另一扇窗，会看到另一个风景。选择历史看似涉险，因为保持历史真实性需要有明确的现场感，对于一个"缺席者"来说，乡村是一个异域，不能说他们对乡村缺乏了解，只能说缺乏个人生活体验以及对乡村本质的个体把握。除了想象之外，许多文字资料、图片资料是把握乡村的绝好材料，这样的写作能否抵达历史现场？问题的关键或许是我们先要对历史本身进行再阐释。

在传统历史主义者看来，历史等同于历史学家客观梳理的以语言符号记载下来的资料。但在新历史主义者看来，"历史"这一概念其实应该包含两个符号系统：一是指这一系统欲加描写的那组事件；二是指向一个文类故事形式，这一形式被该符号系统私下当做那组事件，目的在于揭示其结构上或过程上的形式连贯性①。简单地说，历史这一概念实际上包含着两个内涵：一个就是发生过的历史事件，或者说已消失的历史存在；另一个就是历史学家记载下来的历史文本，或者说被文本记载下来的关于历史的语言。传统历史学家把历史文本与历史事件相混淆了，事实上，历史文本并不等同于历史事件。这其中有几个原因：一是历史学家在记录历史事件的时候是有选择性记录，多选择重大的历史事件、英雄人物来记载，而小人物、普通日常生活中的趣闻轶事等并不作为关注对象，从这一点看历史文本是有空白的。二是历史学家在进行记录的时候，一定有一个立场，为了维护某一种立场，或者说不损伤某一个集团的利益，会避重就轻地记录一些事情。三是历史学家在用语言对历史事件进行描述之初，历史就遭受到某种变形，语言本身具有能指与所指的区别，而同一个词汇、一个句子，阅读对象不同，理解也自然不同。真实的历史事件已经无法被直接感知，我们目前接近历史的唯一通道就是历史文本，即记载的历史，因此福克斯—吉诺韦塞说"历史是一种

① 参见［美］海登·怀特《历史主义、历史与修辞想象》，张京媛主编：《新历史主义与文学批评》，北京大学出版社1993年版，第185—186页。

文本"。后人在研究历史时，只能通过预先存在的各种关于历史的文本来加以把握，而不管他们是以历史文件记录的形式体现出来，还是以历史学家在研究这些文件记录的基础上，对过去发生的事件所作的叙述的形式体现出来。其次，这种关于过去的历史叙述本身也是基于这样一种假设，即对于过去事件的书面表达和文本化基本符合这些事件本身的真实①。

作为文本的历史具有了文学性是重新阐释历史的理论依据，它意味着历史其实是包含着许多空白点的，这些空白点组成了一个被遮蔽的世界，为新历史主义者提供了进入历史的通道。在历史编纂者与历史研究者的叙述立场中还包含着一个话语权的问题，而新历史主义者却正是借用这一权力来质疑历史文本的真实性，即制造反对的声音，并将这一声音纳入秩序之中，打破传统的权力控制，其实质就是以反叛的方式重新审视历史文本。

再来看乡村历史，从历史诗学的研究角度看，记载乡村历史的有历史文本，文学作品中乡村历史也有史学价值，但要进入乡村历史现场也是不可能的。同历史一样，我们所有的关于乡村历史的文本并不能真正还原那个历史中曾经存在过的乡村世界，但这一些文本，包括文学作品所具有的史学本质，它能够为后来的写作者提供资料。换句话说，没有乡村记忆或体验的作家，他们也能够凭借文学作品中的乡村生活场景，以及历史文本中关于乡村的记载来虚构乡村，既然无法还原，任何一种进入都有可能，因此在写作中没有经历的写作是可能的，没有到过乡村的作家书写乡村也是可能的。

----

① 参见海登·怀特《评新历史主义》，张京媛主编：《新历史主义与文学批评》，北京大学出版社1993年版，第100页。

二 超越禁忌寻求乡村的"野趣"

"城市留守"作家是指"文化大革命"时留守的，并不意味着所有的作家都没有乡村经历，只不过与"文化大革命"时期下放或者插队的"返城"作家相比，他们没有在全民出动去乡村的语境下接触乡村，也未曾真正把自己看作一个农民，他们对于乡村的写作与"返城"作家是不同的，例如汪曾祺。

生长在高邮县城的汪曾祺与乡村的亲密接触主要有两次：一次是高中二年级随祖父、父亲避难于离城稍远的某个村庄的小庵里，在此住了半年，其中的体验写进了《受戒》；一次是1958年被打成右派下放到张家口一个农业科学研究所劳动四年，这四年让他"真正接触了中国的土地、农民，知道农村是怎么一回事"，"从农民那儿学到了许多东西"[1]，但对这段时间的回忆大多用记载农科所琐事的方式，并无太多对于乡村的描写，如《七里茶坊》。从作品中看，汪曾祺对于乡村的经验来自于避难时期。乡村书写姿态在他对乡村女性的认识上奠定了基调，他说："我有一种看法，像小英子这种乡村女孩，她们感情的发育是非常健康的，没有经过扭曲，跟城市教育的女孩不同，她们比较纯，在性的观念上比较解放。"[2] 因而，在《受戒》中，女孩的爱写得热烈而大胆，男孩却相对有些被动，这些思无邪的女性构成了乡村纯朴、明朗的境界。在对乡村生活的书写中，汪曾祺关注的是两个对象：一个是女性，一个是性情。《受戒》为我们展现了一个充满人情味的乡村赵家庵，这个地方有些怪，出和

---

[1] 汪曾祺、施叔青：《作为抒情诗的散文化小说》，《汪曾祺全集》第8卷，北京师范大学出版社1998年版，第71页。
[2] 同上书，第75页。

尚。"就像有的地方出劁猪的，有的地方出织席子的，有的地方出箍桶的，有的地方出弹棉花的，有的地方出画匠，有的地方出婊子，他的家乡出和尚。"看似有些宿命的意思，但这里的和尚和别处的不同，可以结婚、生子、找情人、谈恋爱，可以杀猪、吃肉、唱酸曲，无所谓清规戒律，连清规两个字也没人提起。因此在宿命中又有了选择，这就是表面写的是"受戒"，实际上表达的却是不受戒的意思。既充满了烟火气，又超越了烟火气，有了更多的美感。这个世界中的人物是率真而自然的，小英子天真、美丽、多情，唯一让我们疑惑的就是小英子和明子的纯洁爱情是否会继续下去。也许这是作者有意为之的，毕竟这不是一个真实的世界，而生活中总是有苦恼与不确定的。

　　从《受戒》中我们发现，汪曾祺的乡村写作并不太把注意力放在农民的生活环境或者生存困境上，而是爱情及其给予的生存力量。《大淖记事》却写得比较辛酸，十一子是一个锡匠，跟着一伙锡匠从兴化来到大淖，这伙锡匠中的老锡匠为人耿直，对其余的锡匠管得紧，不许他们喝酒赌钱，不许和妇道人家嬉皮笑脸，要大家不要怕事也不要惹事。这些锡匠没事了就练武、唱戏，虽为普通人，却有些脱俗了，此处可以看出汪曾祺书写市井小说时惯有的"雅趣"。这里的女人胆大，开放，"要多野有多野"，在男女关系上比较随便，发育得非常健康。大淖乡风淳朴，对任何事顺其自然，泰然处之，巧云的妈妈跟一个唱小生的跑了，父亲黄海蛟一点也不大惊小怪。巧云被刘号长睡了，走时丢了十块钱，巧云和父亲感到有些遗憾，但日子还是照样过。相对来说，《受戒》创造的世界太美，因为没有苦难也显得过于理想了，《大淖记事》中因为苦难而有些真实。黄海蛟半瘫了，生活的苦一下子压到巧云身上，原先对巧云有意思的年轻小伙子因为要和巧云好就要做上门女婿，他们的眼睛依然不缺乏爱慕，却少了几分急切，人性的复杂跃然纸上。年轻人的爱情依然是小说的重点，巧云与小锡匠的爱情是苦命人之间的爱情，小说设置了暴力，以此来考验他们之间的爱情，刘号长因为和巧云有过关系，仿佛巧云就是他的了。在得知巧云与小锡匠好了之后，刘号长企图用武力使后者屈服，暴力并没有让小锡匠求饶，他被打致残。如果说这是对爱情中男性的考验，接下来就是对女性的考验。在父亲和小锡匠相继躺在床上之后，巧云一下子有了两个不能动弹但要吃饭的男人，巧云却并没有经过太多考虑，而是毅然挑起父亲用过的箩筐挑担挣"活钱"去，她和大淖里所有的媳妇一样，鬓的一侧插着大红花，一个女人养活两个男人的日子没有压垮她，她反而显得更深沉，更坚定了。小说结尾还这样写道：

> 十一子的伤会好么？
> 会。
> 当然会！

并非作者不知道这种生活对于女性来说是艰难的，如果小英子是童年的巧云，那么巧云就是成熟了的小英子，她们在性的观念上开放，那是因为她们健康的心态。即便身子被玷污，日子还是要照样过，活着对于他们来说是重要的，但性观念的开放并不意味着她们就没有伦理道德观念，游戏人生，她们敢爱敢恨，敢于正视苦难，这就是汪曾祺笔下的乡村女性。与此相对照的是无法承受苦难的城里女孩，《忧郁症》中因为娘家与婆家的经济问题、"不孝有三，无后为大"的孝顺问题，城里小姐裴云锦终于承受不住，最后选择了自杀。不管出于什么原因，自杀本身是对生的逃避，这种逃避在乡村不会有。

我们能感觉到汪曾祺记忆里的乡村世界存在着现实乡村不曾

有的诗意，其中所有的恬淡与自然也未必合乎乡村"活命文化"的本质。汪曾祺写乡村社会少男少女健康、纯洁的爱，是有原因的，他说："现在有些青年在爱情婚姻上有物质化、庸俗化的倾向，有的青年什么都要，就是不要纯洁的爱情。"[1] 超越物质的爱情被设置到乡村，既体现了作者对乡村的美好愿望，也表明作者建构的渴望。应该说，《受戒》、《大淖记事》的世界离我们有些远，和尚是花和尚，十岁的孩子就知道爱情，乡村女孩被玷污了出上十块钱就万事大吉了，这是一个超越禁忌的世界，这个世界的人性人情顺理成章，但遗憾的是，这个世界不在我们身边，他存在于汪曾祺的理想世界里，在这个世界里，汪曾祺的写作带上冷静的思考与思考的冷静，带上了虚构与想象。很显然，汪曾祺并无意于涉及现实乡村的本质，这是一个熟知城市文化并未真正了解乡村民俗民情的旁观者在与城市对照之下对乡村的美好体验，因此这个世界才可能出于世俗又超越于世俗。

三 拆解既定的乡村形象

如果把文学中既定的乡村形象作为文本中的历史存在，它是否意味着其中还有另一个被遮蔽的世界存在，或者说，在一再出现的带有类型化的农民形象之外是否还有另一种农民形象存在，在已建构的乡村精神之外还有一种乡村精神？苏童曾这样说过："历史是一堆碎片，我按个人的兴趣用以重新还原历史，并为此感到心满意足。"[2] 应该说，在苏童看来答案是肯定的，关于乡村里的历史碎片就是他对于老家的片段记忆。苏童在谈他的

----

[1] 汪曾祺：《美学感情的需要和社会效果》，《汪曾祺全集》第6卷，北京师范大学出版社1998年版，第285—286页。

[2] 苏童：《用历史的碎片还原历史》，《山花》1994年第10期。

"枫杨树故乡"系列时，提到他十岁回老家杨中，故乡见闻早已模糊，只有笼罩着的雾气特别强烈，于是这种雾的感觉便跟定了苏童，成为他建构故乡历史的基点，从而还原个人构想中的乡村历史。为此他虚构了一个名为"枫杨树"的故乡，并把它作为自己的血脉之源。这个不曾生活过的所谓故乡对于苏童是陌生的，诚然也谈不上怀乡或还乡。苏童选择了从家族开始，进入这个陌生的乡村，他说："枫杨树乡村也许有我祖辈居住地的影子，但对于我那是漂泊不定的难以再现的影子。我用我的方法拾起已成碎片的历史缝补缀合，这是一种很好的小说创作的过程。""在这个过程中我触摸了祖先和故乡的脉搏，我看见自己的来处，也将看见自己的归宿。"① 过往的岁月以各种方式成为历史，后人无论以何种方式探究一二，其结果只能是接近而非抵达，因此任何虚构都是一种可能，苏童在可能中开始了对于乡村的大胆虚构。苏童对于乡村的虚构突出两个方面：一个是乡村的物象，一个是乡村的人物形象。在《逃》中，小说这样设置乡村的物象："仓房里堆放着犁耙锄头一类的农具，齐齐整整倚在土墙上，就像一排人的形状。那股铁锈味就是从它们身上散出来的。这是我家的仓房，一个幽暗的深不可测的空间。老奶奶的纺车依旧吊在半空中，轱辘与叶片四周结起了细细的蛛网。""铁锈"、"蜘蛛网"、"罂粟"、破旧的"纺车"、地主刘老侠的黑色大宅成了乡村永远的风景，它们沉重而不可诉说，透出衰老的气息，罂粟作为恶之花，在乡村开得极为绚烂，生机勃发的乡村面临毁灭。

毁灭是乡村的一个主题，不仅表现在乡村的物象上，还表现

---

① 苏童：《自序七种》，《虚构的热情》，江苏人民出版社 2003 年版，第 250 页。

在乡村的人物身上。毁灭与死亡是相关联的，在《1934年的逃亡》中，瘟疫袭击了整个村庄，"死亡是一大片黑兰的弧形屋顶，从枫杨树家到南方小城覆盖祖母蒋氏的亲人"，蒋氏的儿女一下子死了五个。这个世界不仅有肉体的死亡，还有精神的死亡。陈文治作为村里的东家，没有半个乡村"领袖"的样子，相反却干着极其丑恶的勾当，用白玉瓷罐装少男的精液，目的是为了壮阳健肾抑或延年益寿；祖父进城一直在城市里吃喝嫖赌，潜心发迹；村里第一百三十九个竹匠陈玉金宁愿杀妻也要进城；祖母蒋氏也并不善良，环子孩子的死或许跟她真的没有关系，她复仇的火焰却如此博大："我在酸菜里放了脏东西，我不告诉你什么脏东西……你不知道我多么恨你们。"一边是乡村人大量向城市逃亡；一边却是陈文治沉溺于性的渴望，且这种性写得丑陋到令人作呕的地步。这就是整个乡村的形象，已经难以仅仅用愚昧、落后来概括了，而是极其糜烂、淫欲、堕落，充满着死亡、毁灭与丑陋。

《罂粟之家》中的傻子演义在其他人的作品中也出现过，如韩少功《爸爸爸》中的丙崽，贾平凹《秦腔》中的"我"，这个傻子却有着惊人的食量，不停地想吃馍。傻子这一人物的设置，其目的是实现对乡村的另类阐释，父亲地主刘老侠强悍、精明，儿子演义是个白痴，沉草过于文弱，这是家族的退化与变种。这些农民又是在什么样的环境中生存的？接下来就有了对乡村"勤俭持家"意义的质疑，"勤俭持家"是通常用于农民的美誉之词，枫杨树的"勤俭持家"却有着另一层含义："你看见米囤在屋里堆得满满的，米就是发霉长蛆了也是粮食，不要随便吃掉它。"勤俭持家不仅仅是节俭，而是宁愿让人饿着也不能吃，"饿鬼，全是饿鬼，刘家迟早败在你们的嘴上"，地主的崽子演义饿得面黄肌瘦，整天哇哇叫。乡村种满了罂粟，罂粟和水稻在不同的季节里成为乡村的标志，贫穷的乡村也就有了它充满罪恶的一面。

在对于乡村的书写上，苏童选择了偏离于革命、战争之外的日常生活。例如《逃》中："一九五一年的空气仍然青涩潮湿弥漫了竹笋腐烂的气息。谁也不知道朝鲜战争打得怎样了。"在苏童的乡村世界里，充满了卑微者，他们没有做英雄的勇气。例如陈三麦就是一个逃兵。他们中的男性失血，女性失贞。革命年代的春麦有成为革命者与英雄的可能，他却是一个懦夫，为土匪金豹倒屎尿企盼讨得一点残羹剩炙；老婆六娥被金豹占了便宜，遭众人讪笑的他仍然没有勇气反抗金豹，为了保存面子为了泄愤，他把六娥的手臂砍了；六娥让村长睡因为他的米囤堆得山一样高；日本人的枪支被埋在地窖里，一家人怕惹祸竟连夜出逃。国家、民族及个人灾难如此深重之时，他们并没有萌发出任何一点反抗意识，而是选择了逃亡。但对这一被否定的乡村小人物苏童并没有行使道德审判权，也没有给后者以足够的精神自救。有意思的是，小说最后把逃亡的一家人置于生死关头，春麦选择自杀，牺牲自己以拯救妻儿，这在人物形象的塑造上是一个亮点，它使委琐者表现出崇高，苏童似乎在渴望人物走向崇高，事实却非如此，春麦的反省是留给家人的，既没有惊天动地的口号，也没有对国家、民族与个人命运的感悟，而完全是一个普通人也会偶然萌发的良心。良心发现与此前的逃亡并不矛盾，"死"让春麦还原为一个乡村普通人。

我们不妨再回到中国现当代文学作品中的农民形象上。一般来说，农民形象与土地、吃食文化是相关联的，终日面朝黄土背朝天因而艰苦；日出而作日落而息的简单生活方式培养了他们踏实的性情与相对封闭的思维，因而对农民形象的审视有出自对传统文化局限性的思考。在革命文学中，我们常能看到一种模式化的倾向，即他们大多数善良而纯朴，在战争年代不乏英雄形象，和平年代则服从党的指导安于耕作，虽然也有一些无伤大雅的缺点，但最终会在党的教育下得以改造，从而使缺点不再醒目，并表现出幽默感来。"文化大革命"后开始出现了进城的知识农民形象，他们有着自身对于城市现代文化的认同，挣扎着进城，以此作为超越自我的标准，这些人物所体现的气质与乡村精神是吻合的，而绝少有像苏童笔下，卑微、自私、懦弱、罪恶的农民形象，苏童寻找的是另一条进村的路。

浏览苏童"枫杨树"系列小说的标题，很容易发现一个常用词："逃"（包括飞越）。这一概念提供了一种出走的动作和抵达的方向——城市，因此，在出走和抵达中，苏童建构了一个个乡村衰败史，堕落的故事不仅发生在他的"香椿树"街，同样发生在"枫杨树"。《1934年的逃亡》还原了一个家族进入城市的历史，它被苏童称为有"特殊的意义的小说"①，在这一点上，不妨设想陈姓家族与苏童本人家族的某种联系。据苏童回忆，他祖父一辈从乡下进城，开店铺，人到中年就死了，后舅舅接管这个店，不久却时局大变。尽管他本人也意识到这一故事并不能构成一个家庭颓败的历史，但他却没有放弃。他说："对于祖辈生活的好奇感，心中蠢动着一种探险的欲求，但我不愿意去问，我情愿自己去想象。"② 想象的冲动从自身家庭衰落的结局出发进入了书写的过程，这种冲动的好奇心被他多年后一再重申。在一篇《后记》中，苏童讲述了这样一个故事：好多年前的一个下午，他在空旷的运河码头游荡，看到吊机驾驶室内从水里照出来

---

① 苏童：《自序》，《苏童文集·世界两侧》，江苏文艺出版社1993年版，第2页。

② 苏童：《苏童王宏图对话录》，苏州大学出版社2003年版，第119页。

一束金色的闪烁不定的光斑，神奇的光使他困惑而兴奋，他知道是孩子干的，但仍渴望得到关于河里内部最为恐怖的描述，使河流具备神话色彩。这么多年，他还守在岸边，等待其中隐藏的真实事件的出现。从诱惑处寻求真相，明知其缺乏真实感，仍要期待一个完全不可能的所谓"真实"出现，而这一假定的"真实"是他强烈渴望的东西。《1934 年的逃亡》就在寻找这种几乎不可能的可能。小说展示了两代农民的生活状态，父辈中有集乡村罪恶于一身的陈文治和率先进城寻找出路的陈宝年，他们一个终日无节制地放纵情欲，一个逃离到城里吃喝嫖赌；儿辈狗崽同样对暴力与欲望有着先天的崇尚，表现出一度繁荣过的家族正在走向衰败的必然。小说的开篇就有这样一首诗："我在枫杨树老家沉默多年/我们逃亡到此/便是流浪的黑鱼/回归的路途永远迷失。""永远迷失"意味着谁也不能回到 1934 年的历史现场，但苏童却依然选择了回归，并在"回归"中自得其乐。很显然，苏童并不是在梳理家族史，毕竟历史真相永远无法明辨，他所能做的是凭着对"历史的文学性"的理解，在历史的书写中表达个人对乡村的想象。小说结尾处，苏童用"附"的形式叙述了陈宝年的死，与儿子一样死于小瞎子之手意味着悲剧的重演，更重要的是陈宝年的"死"为衰败的家族画上了句号，整个枫杨树家族由此进入了一个无挣脱的死亡怪圈，它预示了苏童对于乡村的界定，始终与衰败、封闭、凋敝相连。这种结论看似毫无道理，毕竟没有接触过乡村的苏童总难以无故对乡村产生仇恨，同样也不可能把乡村认作逃离之所，相反，他还把血脉归在乡村这一侧。将此看作苏童对事物毁灭的脆弱与敏感，或者归结到他童年的一场病似乎过于简单。事实上，在余华的《一个地主的死》中我们同样能发现乡村正在毁灭的事实。我以为，这种毁灭意味着写作者清醒地意识到写作本身的建构性以及历史建构的虚无感，无论过程有何种可能，结局都是唯一的。逝去的已成为历史，虚构永远是虚构。这种想法也符合新历史主义者对历史再阐释的观点，在旧历史主义看来，历史大于文学，历史事件的真实性远大于文学的想象与虚构，而在新历史主义看来，文学是大于历史的，"文学在对历史加以阐释的时候，并不要求去恢复历史的原貌，而是解释历史'应该'和'怎样'"①，毁灭的结局是既定的，任何过程都有可能。

历史不再是矢量的时间延伸，而是一个无穷的中断、交置、逆转和重新命名的断片。苏童把历史事件的形态与外观打碎，重新以自己的理解予以建构，在主流与正史之外开辟了另一条进入乡村历史现场的可能路径，以人物的卑微昭显了"另类"的乡村与农民形象，以颓废、糜烂图解乡村质朴、善良的精神。苏童对虚构故事的迷恋远远大于故事的形式，在乡村故事的虚构中，他完成了祖辈进城的历史，也塑造了另一种有别于既定范式的乡村形象，这种乡村书写完全拆解了乡村、农民美好的一面，从大处来看，也是对于革命文学一种强有力的反拨。

四　另一种苦难在乡村上演

对于乡村苦难的书写在"进城"作家的写作中表现得极为明显，阎连科的《年月日》把农民、乡村的生存困境放到最大，苦难激发了老人最为原始的生存本能，在濒临绝望之地寻求希望。这其中有着对土地深切而厚重的爱。一个并没有乡村生活经历的"城市留守"作家如何表述乡村的苦难？余华说："生活经

---

①　王岳川：《后殖民主义与新历史主义文论》，山东教育出版社1999年版，第183页。

历对一个作家不太重要，重要的是心理经历。"① 写乡村难免面对农民，对农民的苦痛、悲喜余华如何感受？但农民也是人，他们与城市人没有本质的区别，而作为一个作家，余华说："我的兴趣和责任是要求自己写出真正的人，确切的说是真正的中国人。""不管他是政治社会中的人还是大众消费中的人，只要他是一个真正的人就行。"② 正是带着这种观念，余华走进了他的乡村世界。

最早写乡村，还有先锋的色彩，《祖先》就是这样一篇。小说一开始就对乡村进行了大段的描写："我们的父辈们生活在这里，就像是生活在井底，呈现给他们的天空显得的狭窄和弯曲，四周的山林使他们无法看到远处。距离对他们而言成了简单的吆喝，谁也不用走到谁的跟前说话，声音能使村庄缩小成一个家庭。如今这一切早已不复存在，就像一位秃顶老人的荒凉，昔日散发着蓬勃绿色的山村和鸟鸣一起销声匿迹了，粗糙的泥土，在阳光下闪耀着粗糙的光芒，天空倒是宽阔起来，一望无际的远处让我的父辈们看得心里发虚。"在这个世界里，空气是静止的，狭窄弯曲的天空、无法看到远处，乡村这个有生命的东西变得毫无生气，闭塞、落后。一位满脸白癜风癍的货郎，摇着拨浪鼓向我们村走来，他的到来活跃了乡村的空气。在当代文学史上，"货郎"形象时常出现，如铁凝的《棉花垛》、王安忆的《小鲍庄》都提到过"货郎"，"叮咚、叮咚"的响声曾经激动了沉寂的乡村。乡村女性渴望货郎的到来也预示着乡村对于城市丰富物质的渴望。"我母亲彻底沉浸到对物质的渴求之中，她的眼睛因

---

① 叶立文、余华：《访谈：叙述的力量——余华访谈录》，《小说评论》2002年第 4 期。

② 同上。

为饥饿而闪耀着贪婪的光芒，她的嘴在不停地翕动，可是她一点也不知道自己在说些什么。事实上这并不重要，她翻动货郎担子里物品的手指有着比嘴里更急迫的语言。"灾难就在此时降临了，灾难本身并不可怕，可怕的是灾难来得悄无声息，没有来路亦没有去路，一个浑身长满黑毛的家伙从树林里走出来抱起了"我"，母亲以及乡村的女性开始了反击，货郎也加入了反击队伍，父亲在一旁始终茫然。"我"被夺出来后母亲开始鄙视父亲，当晚跟着货郎钻进了树林，第二天母亲却回来了。父亲拿起枪决定找到那个黑家伙，杀死他，讨回尊严，终于，父亲找到了他却没有杀他，父亲也失踪了。多年之后那个黑毛家伙又出现在"我"身边，向"我"表示友好，母亲惊恐之下把镰刀砍向他的手臂，他死了。第二天一群长满黑毛的人出现在村子里，村民们拿起了猎枪，吓跑了他们。余华在设置故事时留下了一系列空白，父亲为什么没有回来？母亲跟着货郎走了，为什么又回来了？那些长满黑毛的家伙真的是祖先吗？如果我们把他设想为祖辈，我们会感到莫大的悲哀，这个村子里的人不知道来路也没有去路，他们对那片树林有着先天的恐惧，村里没有人能走出那片树林，而那片林子却是村子与外面连接的唯一通道，这里上演了一部中国式的《百年孤独》。这种苦难不仅普通农民有，地主也有。在《一个地主的死》中，从前地主王子清身穿黑色丝绸衣衫，鹤发银须，双手背在身后，走出砖瓦的宅院，慢悠悠地走在自己的田产上，极有尊严、派头，老了之后上厕所也哆嗦着，飞机的轰鸣和炸弹的爆炸吓得他躲在臭气熏天的粪缸，一直坐到天昏地暗。"老来丧子"对每一个中国人来说都是痛苦的，尤其在乡村，地主王子清就经历了这种痛苦。如果说这是一场灾难，那么灾难来临时他是被动的、无能为力的，他所做的只能是无助地和家人等着"孽子"回来。

《在细雨中呼喊》用一种残缺不全的片断回忆乡村生活，小说一开始就写了一个女人孤独、无助而嘶哑的哭喊声，使整个小说背景让人感到悲凉、恐惧。这里有破旧的庙宇、巨大的蜘蛛网、死去的黑衣人。"我"在孙荡住了五年之后回到了南门，"我"对这里的一切是冷漠的，各种暴力却在"我"面前上演，哥哥用镰刀砍破了"我"的脑袋，"我"告诉父亲，结果哥哥在弟弟的脸上划出了血，诬告"我"先用镰刀砍了弟弟，哥哥才使"我"满面流血，父亲的暴力就是把"我"绑在树上殴打。残忍在这里变得平常，"我"遭受殴打时，村里的孩子兴致勃勃地看，"我"的两个兄弟在维持秩序。村里人总要为了田地发生争端，挥着镰刀、菜刀上阵，因为"我"不要命的哥哥挥着菜刀冲向持了渔叉的王家兄弟，吓跑了对方，哥哥成为众口皆碑的英雄。乡村，暴力战胜了一切。在"我"离开南门之后，苦难就来到了，首先是父亲与斜对门的寡妇好上了，天天往她家搬东西，母亲受辱。媒婆给哥哥说了一门亲事，因为父亲给搅了，没有媒人再上门，哥哥和父亲瘫痪在床的英花结婚了，又是父亲对英花动手动脚激怒了哥哥，他用斧子砍掉了父亲的耳朵，在监狱里呆了两年。回来后，母亲因病魔缠身死去。暴力、苦难在余华的小说中被逐渐放大，这种苦难又不像阎连科笔下的来自于恶劣的自然环境，更多的是从人的内心欲望开始，积蓄到一个程度，超越了人的控制，带有无法抗拒的力量，苦难就有些宿命的意思了。

余华的创作从先锋起步，实际上许多评论者在评论他的作品时更多的是超越地域环境的，换句话说，很少关心他的故事是发生在乡村还是在城市。我想，任何一种写作都不是偶然的，它一定经历了一个不断思考与实践的过程，所以理清余华写作的来路是有必要的。最初充斥余华小说的是暴力，《十八岁出门远行》、

《现实一种》、《献血梅花》、《战栗》、《死亡叙述》等作品中所
体现的暴力是极为强烈的。关于暴力，余华曾说过文明正在对暴
力悄悄让步，暴力已经深入人心，"在暴力和混乱面前，文明只
是一个口号，秩序成了装饰"①。余华写作暴力是极为冷静的，
以致有论者惊呼余华血管里流的不是血，而是冰渣子，当然这是
一句戏言，但我们从中也知道余华对暴力叙事的偏好与成功。与
其他的先锋作家一样，余华不认为生活等同于真实。关于偏好暴
力的问题，余华是这样解释的："我有关真实的思考只是对常识
的怀疑。也就是说，当我不再相信有关现实生活的常识时，这种
怀疑便导致我对另一部分真实的重视，从而直接诱发了我有关混
乱和暴力的想法。"② 怀疑现实生活中的美好，另一部分的真实
就可能是世界充满着暴力，而这个暴力源于人的内心，这种观点
其实也预示了余华与现实世界相处的紧张关系，他一直是以敌对
的态度看待现实的。随着时间的推移，余华内心的愤怒渐渐平
息，他认识到真正的写作不是发泄，不是控诉与揭露，而是向人
们展示高尚。这里的高尚"不是那种单纯的美好，而是对一切
事物理解之后的超然，对善和恶一视同仁，用同情的目光看待世
界"③，随后就有了《活着》。

　　可以这样思考从"暴力"书写到关注"苦难"之间的逻辑
联系，"暴力"突出的是人隐秘的内心世界，是一个可能的世
界，既然有暴力就存在着施暴者与受暴者，早年余华关注的多是
施暴者，另一个世界即受暴者的世界进入了他的视野，那就是底

────────

　　① 余华：《虚伪的作品》，《余华作品集》第 2 卷，中国社会科学出版社 1994
年版，第 280 页。
　　② 同上书，第 281 页。
　　③ 叶立文、余华：《访谈：叙述的力量——余华访谈录》，《小说评论》2002
年第 4 期。

层平民世界。"暴力"成为苦难，苦难的根源并不一定是人祸，也可能是天灾。《活着》通篇写了苦难，并通过苦难叙事把人的承受能力放大到了极点。福贵少年时期是个浪荡子，吃喝嫖赌，逛妓院，后败光家产，搬出了老宅，生生气死了父亲。因母亲生病福贵去城里请郎中被抓去拉大炮，两年之后才得以回家，母亲死了，女儿凤霞成了哑巴。福贵回来后不久，亲人就逐渐离他而去，儿子有庆为难产的县长夫人输血时因抽血过量而死，因为要血的人是县长夫人，医院巴不得把他的血抽干，当福贵去医院问的时候，医院却说，你为什么只生一个儿子？聋哑的女儿凤霞终于结婚了，又难产身亡；女婿二喜意外被楼板挤死；最后凤霞的孩子苦根也因为多吃了豆子而胀死。如果说一切苦难还只是饥饿或者说肉体的折磨的话，他们还能扛过去，得了软骨病的阿珍躺在床上，医生说不出一个月就要死了，结果却站起来了，可见生活中的饥饿并不能打倒他们。如果大人死了还留下了小孩，小孩是大人的盼头，不幸的是一个个离福贵而去，包括孩子。死神仿佛就在身边，伺机而动，每次都等到福贵家的生活平静一些时出来搅局。因为来去全不由人，人在他面前是无助而无奈的，除了被动接受外别无他法，因死亡而来的苦难才越发深重。应该说，余华的乡村写作不是自觉的，换句话说，这一"苦难"并不只有在乡间才会出现，它实则超越了乡村，不过故事发生在乡村，就有了别样书写乡村苦难的意义。苦难更多的不是来自于饥饿，不是来自于肉体的折磨，不是思想的束缚，而是带有宿命意味的苦难，是无法抵抗的苦难，是人类生存的苦难。从小处说是个人的苦难，往大处说是一个民族一个国家的苦难，而从哲学层面上来说，亲人相继去世后，福贵的孤独寂寞与苦痛预示着生命个体永远的孤独感与苦痛。这种苦难与阎连科的《年月日》比较起来，前者无处躲藏亦无处抵抗的苦难自然更重。

作者为福贵设置了如此多的苦难，目的是为了突出他对苦难的承受能力以及他的生存哲学，在这个苦难的世界里，作为一个底层贫民，福贵没有哭诉、抱怨，他总是平静地接受，带着乐观的心态。活着不是为了别的什么，只是为了活着本身。福贵从生活中得到了活着的意义：

> 这辈子想起来也是很快就过来了，过得平平常常，我爹指望我光耀祖宗，他算是看错人了，我啊，就是这样的命。年轻时靠着祖上留下的钱风光了一阵子，往后就越过越落魄了，这样反倒好，看看我身边的人，龙二和春生，他们也只是风光了一阵子，到头来命都丢了。做人还是平常点好，争这个争那个，争来争去赔了自己的命。像我这样，说起来是越混越没出息，可寿命长，我认识的人一个挨着一个死去，我还活着。

"平常点"与"不争"是福贵的生存哲学，这使福贵更为坚韧、顽强，但我们在阅读作品时却分明感到被苦难压得喘不过气来。福贵承受生活的能力是惊人的，也是让人痛心的，儿子的死、女儿的死、女婿的死，他都只有平静地接受，在一天一天的苦难中，他活得只有为生活疲于奔命，却放弃了哪怕半点与生活抗争的勇气。"寿命长"成为他骄傲的资本，活着就是为了活得更长一些，就像吃是为了吃得更多一些，这显然是一个假命题，抽去了内涵，"活"就简化为空洞、虚假的概念。活着没有内涵，只有寿命。

从余华的作品中，我们看到他对底层苦难的关注，在人物面对苦难的处理上，余华是极为消极的，人物的处事方式或多或少能说明这一点。小说结尾处，福贵讲述完自己的苦难，带着牛走了，"我"这个听众也只是默然地听着老人的歌声，"少年去游荡，中年想掘藏，老年做和尚"。这歌词是有意味的，用和尚的心情看淡人生，少年多少风流事都已成烟云，这是福贵的心情，也是作者的心情。随后写道：广阔的土地"袒露着结实的胸膛，那时召唤的姿态，就像女人召唤着她们的儿女，土地召唤着黑夜来临"。显然作者用土地来预示着生命的实在，生命并不是虚幻的，是真实的，苦难与承受苦难就如同土地，它是真实的。带着让生命进入现实的思考，余华把人的尊严、精神、灵魂统统放弃，让人坠入生活的最底层，尽显人的卑微、猥琐、平庸，从他们被生活的重担压榨下的身影思考生存的意义，余华没有让人物站起来。以致到了《许三观卖血记》，许三观面对苦难没有别的办法，就是卖血，谢有顺说他有些像个游手好闲的主，一吃光就想着仓库。人物承受苦难的能力让我们敬仰，但面对苦难的消极态度却让人悲哀。

在"城市留守"作家的乡村写作中，我们看到了有别于传统的乡村形象，除了汪曾祺的写作是对于记忆深处历史的打捞之外，苏童、余华的乡村写作更强调自己的内心经历。后者凭着自己对于乡村历史的想象，虚构乡村与农民，这种虚构又总是有由头的，一个从祖辈进城的历史中寻找蛛丝马迹；一个从生活中面临的苦难出发深入乡村世界。他们三人的乡村形象是不同的，汪曾祺的乡村过于理想，尽管从世俗中来，抵达的却是超越世俗的文人的"雅趣"之地；苏童的乡村是碎片化的，为了书写祖辈的"逃"进城，突出罪恶的乡村走向毁灭的过程；余华的乡村浸在活命的苦水里，从中能看到现实的影子，却是抛弃了精神层面的卑微的乡村。但无论美好、罪恶，还是卑微，他们都没有把乡村看作"自我"，对乡村及文化本身并未涉及。笔者认为，他们的写作不管与现实的关系是否密切，都有建构乡村可能世界的考虑，在可能的世界中，乡村远远脱离了既定的乡村形象，凸显了另一种乡村精神，它无视高加林的进取、香雪的纯朴、马缨花的奉献、陈奂生的厚道，消解也好还原也好，这些乡村书写至少告知我们，在超越既定乡村书写经验方面还有多种路径存在。

　　"城市留守"作家中的大部分都把城市及其文化作为关注的焦点，即便书写乡村，作为他者的乡村传统文化已经很少能成为他们关注的焦点，他们投向乡村的目光就有"遥想"的意味。首先在于乡村作为"他者"，他们在情感上或多或少有些隔膜，写乡村通常无所顾虑；其次对于作家自身而言，只有超越既定的写作才能真正凸显自我。在现代性反思语境下，对于乡村的"另类"思考才有其价值。

余　论

自我与他者的归宿

　　作家的身份不同，书写城市与乡村的姿态是不同的，即便某些身份不同的个体之间有相似处，但放在一个时代背景下，从身份角度考察他们的写作就会发现不同是明显的。例如邓友梅与汪曾祺同作为北京的"异乡人"（这里的异乡人是客人的意思），都着眼于北京社会的底层，邓友梅有邓友梅涉猎的心态，他的对象选择是非常冷静的，无一例外都带有外乡人"打量"的眼光；汪曾祺沉到生活的骨子里，在生活中找到精神上的儒雅，高邮人与京城普通市民在他眼里实际上没有本质的不同。

　　写作姿态的不同表现在创作上就是作者对城、乡的不同阐释，阐释的不同归结为他们在自我与他者文化上的不同归宿，这里涉及到一个概念——自我。根据社会学家米德的观点，"自我"既不是生理意义上存在的个体，亦不是意识存在的个体。自我"是一个不断发展的东西，它不是与生俱来的东西，而是在社会经验过程和社会活动过程中出现的"①。自我包含两方面的内容：一是为主体存在的自我即主我；一是客体存在的自我即宾我。宾我是自我中被注意、思考或知觉的客体，承受了外界对"我"的注视，主我是自我中积极地知觉与思考的部分，主导

_____

　　① ［美］乔治·赫伯特·米德：《心灵、自我与社会》，霍桂桓译，华夏出版社1999年版，第146页。

"我"对外界的活动。主我通过宾我对外界作用，指导宾我，同时宾我承受外界的信息并反馈于主我，因此作为经验着外部世界对自身进行活动的整体，自我具有反身性，即自我对自我的指导与反馈，他者为自我之外的存在者，其意义在主我与宾我的这种关系中得以存在。萨特认为自我与他者间存在两种关系，简言之就是被占有与占有的关系。一方面，他人的出现让我感到羞耻；另一方面，他人的存在能让"我"更好地把握"我"的存在①。他人的自由，是"我"存在的基础；同时因为"我"通过他人的自由而存在，"我"没有任何安全感，"我"处在这种自由的威胁之中。

　　如果把自我与他者的范围延及某一社会群体及其文化，我们发现，自我与他者的关系将进一步表现为文化间的占有与被占有上。由于自我本身的发展性，自我的文化内涵亦表现为一个新整体。从文化的发展角度看，文化间有相互交流、碰撞的过程，从每一个个体来看，他自己所有的文化也有与他者文化间的交流、碰撞、融合。例如"进城"作家进城之初乡村是自我，城市是他者，从文化内涵上看，最初自身所有的文化就是乡村文化，在与城市文化接触后有了交流、碰撞、融合，自身所拥有的文化就不仅包含着乡村文化，还有城市现代文化。同样，"返城"作家与乡村文化相遇后，自身所拥有的文化就包含着城市现代文化与乡村文化。"城市"留守作家在西方现代文化冲击本土文化后感受到西方文化的内涵，自我文化中也包含着西方文化的内涵。当然这只是相对而言的，两种文化之间的冲突对于某个人会成为主要的文化冲突，并不意味着"进城"与"返城"作家就没有感受到西方现代文化。如果把人生比作一条线，这条线上会有一些

---

①　［法］萨特：《存在与虚无》，陈宣良等译，三联书店1987年版，第293页。

点，这些点就是他们人生道路上的关键时刻，看作拐角也未尝不可。对"进城"作家而言，进城这一动作是他们生命中第一个点，这个点对他们的意义是极为深远的；对"返城"作家而言，由城市到乡村、由乡村到城市的来去是他们人生中较重要的点，这个点也将影响部分人的一生；对"城市留守"作家而言，城市生活充满了他们的记忆，西方现代文化的进入才可能成为他们生活中的一个点。外来文化或者说他者文化的进入，会影响本地人的选择，不过他们对此并非全盘接受，毕竟完全融入异域文化而放弃早先已有的自我文化是不可能的，因为一部分文化认同已进入无意识状态。

在自我与他者文化间不可避免地存在文化遭遇问题，自我在接受他者文化并形成为一个新整体的同时，也伴随着对于他者文化的对抗。通常来说，个体在遭遇他者之前，对于他者都存在一种想象模式，即"集体想象物"（"集体想象物"常用于比较文学形象学中对于异国形象进行阐释，本书借用该词描述对于未接触过的异域，包括城市或乡村。正如我们永远无法了解未曾接触过的异域的真实为何，所"掌握"的其实就是一种"想象"，只不过此处的想象比猜测更接近现实存在——作者）。莫哈的论述能给我们一些启示，他说："一个作家（或读者）对异国现实的感知并非是直接的，而是以其隶属的群体或社会的想象作品为传媒。"① 事实上，一个作家对于异乡（这里指与自我对立的社会形态，城市或乡村）的言说同样存在一种想象，所书写的他者实际上是自我眼中的他者，这正如萨义德所说的："人类大脑拒绝接受未曾经过处理的新异的东西是非常自然的；因此所有的文

---

① ［法］让—马克·莫哈：《试论文学形象的研究史及方法论》，孟华主编：《比较文学形象学》，北京大学出版社 2001 年版，第 28 页。

化都一直倾向于对其他文化进行彻底的皈化，不是将其他文化作为真实存在的东西而接受，而是为了接受者的利益将其作为真实存在的东西来接受。"① "进城"作家进城之前脑海中的城市形象，有来自于乡村对于城市由来已久的渴望，以及偶尔的上城所见城市富裕的物质程度与感受到的自由精神氛围，后者摒弃了传统乡村社会过多的清规戒律，森严的等级制度，与现代文化的优越性相通。在"返城"作家对于乡村的想象中，中国现当代艺术作品中对劳动人民形象的塑造提供了较为重要的一笔，农民淳朴而愚昧，阶级政治地位高，精神上需要启蒙，还包括辛勤而欢快的农民生活与劳动场面。这种想象物以口头或书面的表述出现，并经过不断重复与删增而成为套话，即"人们对各类人物的先入之见"②。对于写作来说，一方面成为注视异域的前提，束缚了作家的异域写作，这在一定基础上影响着对异域形象的塑造；另一方面则成为作家超越性写作的基点。例如"城市留守"作家中的苏童对于乡村精神的解构就是对"套话"的超越，从另一个角度看，如果他真正接触了农民、乡村之后，他会超越"套话"对他的影响，他笔下的乡村会有意无意地与那个现实中的乡村接轨，不过结合的程度与他对于乡村的理解程度成正比。

在与异域文化相遇之后，生命个体不仅感受到他者文化对于自我所属文化的冲击力，另外还会面临他者如何看待自我的问题。毕竟每个个体存活的意义是依靠他者得以实现的，在与他者文化相遇的过程中，多少会有对后者的接纳，这样，自我文化将面临丧失的危机，因此，对于自身文化命运的焦虑是必然的。这种文化焦虑表现在"进城"作家身上就是城市现代文化冲击下

① 萨义德：《东方学》，王宁根译，三联书店1999年版，第86页。
② 孟华：《试论他者"套话"的时间性》，《比较文学形象学》，第185页。

乡村传统文化的焦虑，贾平凹、张炜、阎连科等"进城"作家的写作就是例证。在"返城"作家身上是乡村传统文化冲击下城市现代文化的焦虑，当然这种焦虑对于城市现代文化可能还不是太明显，对于知识分子文化就有些强烈了，张贤亮的写作清楚地说明了这一点。"城市留守"作家在西方文化的冲击下对城市传统文化的出路表现出焦虑，冯骥才、刘心武的写作就带有这种焦虑。不管是哪一种出身的作家，他们不可能全然放弃自身所属的文化而接受他者文化，在遭受被他者文化注视之后，主体进入了对他者文化的注视。自身固守的文化在与他者文化对比中确立了对自身文化的态度，当自身所属文化处于优势地位时，面对他者文化则表现出文化上的优越感，以及对他者文化的否定与批判，这一姿态在"返城"作家对于乡村的书写上较多出现。相反，当自我文化为劣势时，他们作为文化上的受歧视者，对自己所属的文化产生不承认甚至反对情绪，但这种情绪并不会导致对自我文化的全然放弃，相反，守护自我成为随后的事实。布朗在对"自我"的研究中谈到"宾我"中有一种"集体自我"，这种自我能使主体在面对一种占统治地位的文化时保留自己的民族性，在本书中则表现为保留自身所属的文化。由于文化本身的差异导致文化的不适感，并由此走向了否定他者与寻求自我之途，这种姿态在"进城"作家与"城市留守"作家的城乡书写中表现得较为突出。

在文化的相互注视之后，他者与自我进入相遇状态，出现文化间的对话。进入他者文化的主体接纳了他者文化之后，把他者的某些特性纳入自我之中，弥补了自我欠缺的部分，成为新的个体存在。在对于他者文化观照的同时，也同样有着对自我文化的观照，而由于自我的发展，与早先并未接触到异域文化的那个自我并不相同，在对于本土文化的姿态上，接纳的现代文化发挥作用，表现出文化上的不适甚至不认同感。例如，"返城"作家在乡村接受且认同了部分乡村传统文化，返城后易产生对城市现代文化的道德批判；同样，"进城"作家接触且认同了城市现代性后，对最初所属的乡村传统文化则表现出审视姿态；"城市留守"作家尽管并未走出城市，但是外来西方现代文化的冲击也使城市面临着文化上的挑战，有的走向对城市传统文化的审视。因此，我们很容易理解"进城"作家在接受城市现代文化之后，又忧虑于自身所属乡村文化的危机，渴望精神返乡，但乡村却已无法为他们提供精神归宿地。自我文化与他者文化不断地构成一个新的自我整体，这是一种文化间的"共在"，但这种状态下仍存在一种主导文化，在自我行为中起关键作用。自我面对他者并未完全认同他者文化，主导文化成为对抗后者所凸显的部分。对"进城"作家而言，童年时期乡村文化就已进入潜意识，成为主导文化，现代文化的内容左右着他们表述世界的方式，因此，他们有对乡村传统文化的认同与反思，有对城市文化的追求以及审视，还有对城市文化的对抗与对乡村文化消失的无奈感。"返城"作家的城市现代文化成为主导文化，这一文化是他们审视乡村且张扬自我的基础，这种文化也自然引发了他们对乡村的审视以及最终走向城市的姿态。"城市留守"作家身上所体现的文化中，城市传统文化尤其是民间文化成为主导，他们在接受了西方现代文化（相异于自身城市文化的部分）之后，因城市传统文化的消失，自然有了对于城市民间文化的拯救，对城市传统文化的批判以及对城市现代文化的反思。身份的不同，建构自我与他者关系的不同，文化选择的不同，对于城乡的书写姿态亦不同。

本书把 20 世纪 1980—2000 年小说中所体现出来的作家城乡书写姿态作为考察对象，以相互对照的平行结构建构本书，目的是使作家身份与城乡书写姿态的关系更为明晰。作为考察这一时间段小说中城市乡村形象的诸多方法之一种，它只能指明一种存在，呈现一种现实。而在本世纪初，本书所涉及的部分作家的写作仍在继续，城乡的界限更为模糊，城市容纳了太多的"异乡人"，加之"进城"已不再成为农民的难题，同时乡村精神田园形象的永远缺失，对于城市或乡村的认同与审视意义随之丧失。就出生于20世纪70年代的作家而言，无论出生于城市还是乡村，出身与写作姿态间的关系已不再分明。如果把写作看作作者思想的表达，现代社会多元化与无中心等后现代性的观念逐渐主导了人们的思维，关注当下日常生活成为写作的倾向，尤其对于生活在城市的写作者，当下生活的实质就是城市生活，乡村的田园风光将成为逝去的风景，要回答张扬乡村精神在当下是否仍有现实意义，以及选择何种精神书写等诸种问题亦非易事。加之城市生活的平面化所带来的城市经验的匮乏，深刻地展现独特的城市生活经验尚需突破。更重要的是，读图时代的到来使文学渐趋边缘化，以超越性的书写寻求自身存活的空间将成为作家亟待解决的难题。

主要参考文献

《马克思恩格斯选集》第 1 卷，人民出版社 1972 年版。

《马克思恩格斯全集》第 42 卷，人民出版社 1979 年版。

丁帆：《中国乡土小说史论》，江苏文艺出版社 1992 年版。

赵园：《地之子》，北京十月文艺出版社 1993 年版。

周水涛：《论新时期乡村小说的文化意蕴》，华中师范大学出版社 2004 年版。

高秀芹：《文学的中国城乡》，陕西人民教育出版社 2002 年版。

［美］亨廷顿：《变化社会中的政治秩序》，王冠华等译，三联书店 1987 年版。

北京大学中文系文艺理论教研室编：《论文艺》，人民文学出版社 1999 年版。

［德］伽达默尔：《真理与方法》，洪汉鼎译，上海译文出版社 1992 年版。

莫言：《小说的气味》，当代世界出版社 2004 年版。

费孝通：《乡土中国　生育制度》，北京大学出版社 2004 年版。

李立志：《变迁与重建：1949—1956 的中国社会》，江西人民出版社 2002 年版。

国家统计局：《中国统计年鉴》，中国统计出版社 1992 年版。

［美］詹明信：《晚期资本主义的文化逻辑》，三联书店 2003 年版。

［法］让—弗朗索瓦·利奥塔德：《后现代状况》，岛子译，湖南美术出版社 1996 年版。

［英］吉登斯：《现代性的后果》，田禾译，译林出版社 2000 年版。

［英］齐格蒙特·鲍曼：《现代性与矛盾性》，邵迎生译，商务印书馆 2003 年版。

［美］大卫·库尔珀：《纯粹现代性批判》，臧佩洪译，商务印书馆 2004 年版。

俞吾金等：《现代性现象学——与西方马克思主义者的对话》，上海社会科学院出版社 2002 年版。

金耀基：《从传统到现代》，中国人民大学出版社 1999 年版。

詹姆逊：《詹姆逊文集》第 4 卷，王逢振主编，中国人民大学出版社 2004 年版。

［美］马奈·卡林内斯库：《现代性的五副面孔》，顾爱彬、李瑞华译，商务印书馆 2002 年版。

［美］马歇尔·伯曼：《一切坚固的东西都消失了》，徐大建、张辑译，商务印书馆 2003 年版。

［法］波德莱尔：《波德莱尔美学论文选》，郭宏安译，人民文学出版社 1987 年版。

郑杭生等：《当代中国城市社会结构》，中国人民大学出版社 2004 年版。

钱穆：《现代中国学术论衡》，岳麓书社 1986 年版。

［德］康德：《历史理性批判文集》，何兆武译，商务印书馆1991年版。

刘小枫：《现代性社会理论绪论》，上海三联书店1998年版。

［英］亚当·库珀、杰西卡·库珀：《社会科学百科全书》，上海译文出版社1989年版。

王康主编：《社会学词典》，山东人民出版社1988年版。

李强：《当代中国社会分层流动》，中国经济出版社1993年版。

［德］马克斯·韦伯：《支配社会学》，康乐、简惠美译，广西师范大学出版社2004年版。

王岳川：《二十世纪西方哲性诗学》，北京大学出版社1999年版。

［德］海德格尔：《存在与时间》，陈嘉映、王庆节译，三联书店1987年版。

童庆炳主编：《现代心理美学》，中国社会科学出版社1993年版。

朱光潜：《西方美学史》，人民文学出版社1979年版。

［法］拉康：《拉康选集》，褚孝泉译，三联书店2001年版。

［奥］弗洛伊德：《弗洛伊德论美文选》，张唤明、陈伟奇译，知识出版社1987年版。

［美］露丝·本尼迪克特：《文化模式》，王炜等译，三联书店1988年版。

［美］萨义德：《知识分子论》，单德兴译，三联书店2002年版。

［美］埃里克·H.埃里克森：《同一性：青少年与危机》，孙名之译，浙江教育出版社1998年版。

洪子诚：《当代文学概说》，广西教育出版社2000年版。

［德］西美尔：《社会学》，林荣远译，华夏出版社 2002 年版。

孟悦：《历史与叙事》，陕西人民教育出版社 1991 年版。

格非：《小说叙事研究》，清华大学出版社 2002 年版。

郑也夫：《知识分子研究》，中国青年出版社 2004 年版。

［匈］卢卡契：《历史和阶级意识》，王伟光、张峰译，华夏出版社 1989 年版。

刘小枫：《这一代人的怕和爱》，三联书店 1996 年版。

徐友渔：《直面历史》，中国文联出版社 2000 年版。

张凯、纪元：《又说"老三届"》，中国青年出版社 1997 年版。

蔡翔：《日常生活的诗情消解》，学林出版社 1994 年版。

贾平凹：《我是农民》，陕西旅游出版社 2000 年版。

钟敬文：《话说民间文化》，人民日报出版社 1990 年版。

冯骥才：《思想对话》，中州古籍出版社 2005 年版。

王岳川：《中国镜像》，中央编译出版社 2001 年版。

余英时：《士与中国文化》，上海人民出版社 2003 年版。

［美］马尔库塞：《单向度的人》，刘继译，上海译文出版社 1989 年版。

张京媛主编：《新历史主义与文学批评》，北京大学出版社 1993 年版。

王岳川：《后殖民主义与新历史主义文论》，山东教育出版社 1999 年版。

许志英、丁帆：《中国新时期小说主潮》，人民文学出版社 2002 年版。

［美］乔治·赫伯特·米德：《心灵、自我与社会》，霍桂桓译，华夏出版社 1999 年版。

［法］萨特：《存在与虚无》，陈宣良等译，三联书店 1987
年版。

孟华主编：《比较文学形象学》，北京大学出版社 2001
年版。

［美］萨义德：《东方学》，王宁根译，三联书店 2002 年版。

李洁非：《城市相框》，山西教育出版社 1999 年版。

李书磊：《都市的迁徙》，时代文艺出版社 1993 年版。

［美］李欧梵：《上海摩登——一种新都市文化在中国
1930—1945》，北京大学出版社 2001 年版。

言心哲：《农村社会学概论》，中华书局民国二十八年版。

王光东：《张炜王光东对话录》，苏州大学出版社 2003
年版。

谢有顺：《贾平凹谢有顺对话录》，苏州大学出版社 2003
年版。

郜元宝：《王蒙郜元宝对话录》，苏州大学出版社 2003
年版。

王尧：《莫言王尧对话录》，苏州大学出版社 2003 年版。

王宏图：《苏童王宏图对话录》，苏州大学出版社 2003
年版。

王尧：《李锐王尧对话录》，苏州大学出版社 2003 年版。

周立民：《冯骥才周立民对话录》，苏州大学出版社 2003
年版。

王尧：《韩少功王尧对话录》，苏州大学出版社 2003 年版。

张承志：《荒芜英雄路》，上海知识出版社 1994 年版。

张承志：《鞍与笔》，学林出版社 2001 年版。

陈村：《无法拒绝》，文汇出版社 2001 年版。

刘庆邦：《到远方去》，长江文艺出版社 2002 年版。

后　记

我从 2004 年就开始着手这篇论著的写作，一直写到了 2006年。依稀记得那年的 4 月，我写完最后一个字，长舒了一口气，走上阳台看外面睡意蒙眬的灯光。其时夜已深了，校园里静得很。我久久地站着，恍恍惚惚，感觉自己像在水底冬眠了很久的鱼，正开始苏醒，开始浮向水面，却又分明感到一种大梦初醒后的无力与困乏，并随之而来莫名的失落感。都说，任何一种对于历史的解读都是误读，我们并不能真正还原历史现场，我却还要打捞历史；都说，文学是一个整体，我偏要把它分散在几个盒子里，这里花生，那里瓜子，还有黄豆……我突然恐慌于我的论述究竟能为读者呈现出怎样的文学面貌，或许也不过是多次误读之后的又一次。随后我又奋力为自己解脱，写论著不过是对于假设的论证，论证也只能提供一种可能，既然我们永远不能还原历史现场。但我如此卖力地论证不过是一种可能，这让我无法说服自己。

我于是记起小时候常玩的游戏，在沙堆上搭"城堡"——南方的空气略微潮湿，先把沙子堆成一个小包，里面掏空，像个窑洞。小包上面画上一圈圈的盘山公路，"窑洞"口再铺一条又大又宽的马路，可总是在马路还远未竣工的时候，城堡就塌了。我却不管，重新开始，只盼望得到在同伴面前炫耀的资本。想不到成年之后的我又在玩着类似于在沙堆上建"城堡"的游戏。

　　女人一思考，男人就发笑；男人一思考，上帝就发笑。我想起自己像搬运工一样一堆堆地把书从图书馆搬到宿舍，又从宿舍搬回图书馆的日子；想起为了查阅某句话、某些观点的出处往返于苏州与上海图书馆的日子；想起在国家图书馆故纸堆里拨拉资料的日子；想起一口气看完一本长篇、长期注视电脑后眼珠欲裂的日子……竟有些悲哀了。

　　我对自己说，这是你生坏了的孩子，既不忍抛弃，最好的办法就是背过脸去。

　　我决定把它放一放。

　　这样一放就是三年，如果不是特殊原因，我仍然不会去动它。

　　西安的夏天比起南方要凉爽些，我在凉爽的夏日里开始鼓起勇气逼迫自己正视它，却发现已经失去了当初的理性与客观。两年来辗转东西南北，内心经历了太多起伏，我无法保持平和。在这个凉爽的夏日里我一次又一次地激动，我看见车站里的人潮涌动，看见带泪的笑靥、告别的手势、挥动的旗帜以及渐行渐远的列车；我看见烈日炎炎下脸朝黄土背朝天的耕作，看见挥洒的汗水、刀刻的皱纹、干裂的大地、看不到头的群山以及盲目眺望的眼神；我看见城市霓虹灯下舒展的舞姿、飞扬的裙裾、翕动的红唇、觥筹交错的……这些熟悉又陌生的画面让我一次次停下笔，呼吸急促，思绪纷乱，我想起自己的过往岁月，想起一个个也曾相遇、相识又告别的城与人，竟有无法承受的惆怅与落寞了。

　　就这样我一路磕磕绊绊写到了最后。敲上最后一个句号时，我突然释怀了，感到一种从未有过的宁静。写作的过程本是一个自我体验与自我成长的过程，就像孕育孩子，它带上了我的印记，虽然不甚漂亮、成熟，但它是鲜活的、干净的，它证实了一种奋力的思考与拼搏，或许，这就够了。

　　论著得以顺利完成，与一系列博学、宽容的老师的鼓励与提携是分不开的。感谢恩师范培松教授，南京大学的 许志英 教授、丁帆教授、王彬彬教授，江苏省社科院的吴功正研究员，苏州大学的王尧教授、曹惠民教授、汤哲声教授等。范先生严谨的治学态度、刚正的品格、率真的性情、敏锐的思维一直是范门弟子们自叹不如又引以为豪的，求学三年来，恩师的关爱常让身处异乡的我感到无比的温暖；丁帆教授在乡土文学研究方面的成就有目共睹，丁先生的建议高屋建瓴，给予拙作的肯定令后进感奋；王彬彬教授犀利的眼光、独到的见地让人折服；王尧教授在授课中表现出来的睿智与幽默让我透过另一扇窗看到了美丽的风景。

　　感谢一直关心与帮助我的老师、同学、朋友与同事；感谢西安工业大学博士科研启动项目的资助。

　　最后的感谢留给我的父母、爱人与女儿，是他们的付出才有了我的投入，其中的歉意与感激是无尽的。

吴妍妍

2009 年 5 月于西安